Le canari du nazi

Du même auteur
aux Éditions J'ai lu

LE SOUCI DES PLAISIRS
N° 9122

L'ORDRE LIBERTAIRE
N° 10232

MANIFESTE HÉDONISTE
N° 10280

LE MAGNÉTISME DES SOLSTICES
N° 10965

Dirigé par
MICHEL
ONFRAY

Le canari du nazi

Essais sur la monstruosité

ESSAI

J'AI LU

Cet ouvrage rassemble des articles issus des conférences de la deuxième saison des Universités populaires de Caen à Paris, qui avait pour thème « Les monstres ». Ces conférences se sont tenues au théâtre du Rond-Point, de novembre 2010 à juin 2011.

Introduction

Le canari du nazi

Chaque année, l'Université populaire de Caen propose de se décentraliser au théâtre du Rond-Point. J'aime ce paradoxe girondin… Le maître des lieux, Jean-Michel Ribes, nous a donc accueillis une saison pour réfléchir à un thème de son choix : « Qu'est-ce qu'un monstre ? » Paris était le lieu idéal pour croiser les réflexions sur la question de la monstruosité – comme le zoo l'est pour penser la condition carcérale des animaux.

Gérard Poulouin ne croit pas si bien dire quand il écrit pour ouvrir ce volume collectif : « Nous sommes entourés de monstres. » Le pire n'est pas que le monstre le soit, mais qu'il n'ait pas toujours la tête de l'emploi. D'ailleurs, il n'a presque jamais la tête de l'emploi… Quand il ressemble à ce qu'il est, la chose devient facile. Mais la plupart du temps, le monstre arbore une figure humaine… Il pourrait même enseigner à l'Université populaire, voire exceller dans l'enceinte de l'UP et faire partie de ceux qui montrent de l'habileté à traquer le monstre partout où il ne se trouve pas pour mieux éviter de le voir là où il est. La monstruosité emprunte ce genre de chemins tortueux…

Le monstre peut être incarné tout entier dans une figure reconnaissable (le parricide, l'incestueux, le criminel, le pédophile, le dictateur, le violeur, le traître, le communiste pour le fasciste, le fasciste pour le communiste, le terroriste, aujourd'hui le djihadiste...), mais il peut également être moins repérable parce que dilué dans le labyrinthe d'un être banal. La monstruosité se love alors dans les parties gangrenées de la totalité d'un être. Tout dépend de la grosseur de ces tumeurs...

J'ai connu ce genre de monstre, souriant, avenant, hâbleur, beau parleur, avant de découvrir que le sourire était le rictus découvrant les dents avant qu'elles se plantent dans la chair de l'innocent et de me rendre compte que le caractère affable s'apparentait à l'hypnose du serpent qui obtient par la séduction la chute de l'oiseau dans lequel il va planter ses crochets venimeux. Il parlait de Spinoza comme un livre et accumulait dans sa vie un catalogue de perversions dignes de l'imagination déréglée de Sade !

Les variations sur le thème du monstre sont multiples : monstres littéraires, cinématographiques, architecturaux, monstres décoratifs, monstres historiques, mythologiques, monstres bruns et monstres rouges, monstres de contes de fées et monstres de chair et d'os, monstres pour les païens, monstres dans la pierre médiévale ou monstres dans la peinture décadente, monstres présentés comme divins, monstres humains, monstres politiques ici et maintenant – nous ne manquons pas de voies d'accès à l'éternelle monstruosité des hommes.

Prenons garde à ne pas proposer une définition définitive du monstre : celui-ci l'est pour l'un, alors qu'il est un héros pour l'autre – les pourvoyeurs de guillotine en 1793. L'un le fut en son temps, mais ne l'est plus – le Turc Ali Agca qui a tiré sur Jean-Paul II, aujourd'hui converti au christianisme. L'autre ne le fut pas de son vivant, mais l'est devenu – l'ancien résistant Robert Faurisson passé dans le camp négationniste et révisionniste. Celui-ci l'a été dans une partie de sa vie, mais ne l'était pas dans le restant – Staline, père de famille tendre. L'ange de jour auquel on donne le bon Dieu sans confession s'avère la nuit être un diable sans foi ni loi – la ribambelle de curés pédophiles. Je n'oublie jamais qu'après une journée de « travail » à préparer et assurer *l'intendance* de la solution finale, Himmler ôtait ses chaussures en rentrant chez lui à une heure tardive… pour ne pas réveiller son canari endormi ! Cette image me hante souvent – elle m'aide à comprendre certains hommes…

Michel Onfray

Première partie

Les monstres, figures mythiques

Aux confins, le monstre

Je me propose d'avancer quelques réflexions sur les monstres dans les domaines historique et politique. Rejetés vers une zone dont les contours restent flous, plus ou moins loin de la normalité inhérente à l'humain, les monstres ne sauraient trouver place au milieu des humains. Avant d'en parler, je suis tenté de vous entretenir d'autres monstres : d'une part, des monstres nés de l'imagination humaine, présents dans différentes formes d'art, et, d'autre part, des animaux et des êtres humains, présents dans la nature, dont on dit qu'ils sont des monstres. Il peut y avoir des corrélations entre les uns et les autres. Pour ce qui est des monstres dans les domaines historique et politique, la raison vacille, puisque ce qui leur vaut un tel qualificatif, c'est une appréciation morale, et non des traits physiques.

Les monstres dans l'art

Nous sommes entourés de monstres. Ils sont présents sur des chapiteaux dans des églises et des cathédrales, dans des tableaux, dans les arts décoratifs… Ils ne sont pas circonscrits à une période historique, on les rencontre dans la littérature, dans différentes formes d'art, dans des films d'hier et d'aujourd'hui…

Mentalement je fais une halte à Paris, je songe à Notre-Dame, aux gargouilles, à ces monstruosités, dues à Viollet-le-Duc[1], qui occupent les toits de la cathédrale, à des pages du roman de Victor Hugo, *Notre-Dame de Paris*[2].

Toute une part de notre environnement architectural, livresque, etc., nous a familiarisés avec les monstres… Des lectures de contes dans l'enfance nous en ont fait découvrir. C'est à ces lectures d'enfance que songe vraisemblablement Christian Bobin dans une page d'un livre publié en 2011, *Un assassin blanc comme neige* – page présentant une salle des hospices de Beaune : « La porte franchie je reçois de plein fouet des rayons d'une vision forgée en 1443. Je contemple sidéré les petits lits rouges et blancs comme dans un conte où l'ogre serait dieu, les poutres avalées par des monstres de bois colorés[3]. » Lors de pérégrinations en France, nous découvrons des bâtiments religieux susceptibles de receler des monstres. Il faut en effet attendre le concile de Trente au XVIe siècle, pièce maîtresse de la Contre-Réforme, pour que l'Église écarte, dans les lieux de culte, les nudités et les monstres. Les églises romanes et gothiques ont conservé de nombreux monstres empruntés à différentes sources. Le bestiaire médiéval renferme des créatures hybrides, conjuguant différents éléments d'animaux.

Les monstres sont présents dans des œuvres visibles dans des musées. On peut songer au *Jardin des délices* de Jérôme Bosch, qui réunit un certain nombre de personnages, des dépravés, des luxurieux, des ambitieux, qui souffrent mille maux, pris en charge par des monstres[4] ; à certaines représentations de *La Tentation de saint Antoine*, par exemple au retable de Matthias Grünewald[5]. Les monstres existent dans l'art bien au-delà du Moyen Âge. Je songe pour ma part à ce tableau : *Persée délivrant Andromède*, de Véronèse[6]. Et aux monstres de Bomarzo, dans la propriété du duc Vicino Orsini, présentés par André Pieyre de Mandiargues dans un texte précédant des photographies de ces « grands monuments bizarres[7] ».

Gilbert Lascaux, dans *Le Monstre dans l'art occidental*, raconte la pérennité du monstre en Occident, précise combien il est présent dans des ouvrages pour enfants, des bandes dessinées, des films de science-fiction[8]...

Les monstres ont parfois perdu leur dimension hideuse, ils sont devenus des motifs décoratifs stylisés pour des meubles, de la vaisselle, des papiers peints... Ceux-ci ne nous effraient pas : acclimatés le plus souvent dans la culture occidentale depuis l'Antiquité, ils sont présents dans notre environnement immédiat. Que l'on songe aux sphinx et aux chimères qui sont de simples signes culturels.

Les monstres sont présents dans des œuvres littéraires. Nous avons fait allusion à Victor Hugo. On peut songer à *L'Enfer* de Dante. Dans le Septième cercle, Dante va à la rencontre des usuriers ; Virgile lui présente Géryon : « Voici venir la bête à la pointe aiguë / [...]. Sa face était celle d'un homme juste, / tant elle avait apparence bénigne, / et le reste du corps était d'un serpent[9]. » Géryon, dans la mythologie, était un géant à trois corps et trois têtes, le voici sous la plume de Dante recyclé dans une autre forme, tout aussi monstrueuse[10]. Des monstres quittent un espace culturel, réapparaissent dans un autre, à l'identique ou transformés.

Les monstres sont présents dans les contes et divers récits fantastiques. Je songe à un conte de Madame Leprince de Beaumont : *La Belle et la Bête*[11]. Dans une contrée lointaine, un homme s'égare dans une forêt, il rencontre la Bête ; pour se sauver, il s'engage à donner à celle-ci l'une de ses filles. Dans le conte, repris par Jean Cocteau dans un film étrange et envoûtant[12], nous sommes au-delà de la lisière du monde habituellement fréquenté par les hommes.

On peut songer à l'œuvre de Mary Shelley qui révèle une créature monstrueuse, œuvre du Docteur Victor Frankenstein[13]. Le Docteur Frankenstein est lui-même un monstre pour avoir créé une telle créature. Cette figure s'est imposée dans la culture occidentale pour désigner une personne qui pratique des gestes indignes, inhumains. Ainsi, à propos d'un chirurgien impliqué dans un trafic d'organes au Kosovo, arrêté en Turquie en 2011, on parlera de Docteur Frankenstein[14]. Ici nous quittons le domaine des monstres rêvés, nés de l'imagination d'artistes, pour des monstres inscrits dans l'histoire des sociétés humaines. Nous les retrouverons plus tard.

Le cinéma a adopté les monstres. Ils apparaissent dans des films qui fascinent et font peur. Ils sont susceptibles de hanter des grottes, des forêts, les profondeurs marines, des régions encore à conquérir dans l'espace… Contre toute attente – et la sidération en est alors d'autant plus grande –, les monstres sont aussi au cœur d'une ville : à Prague, ce sera le Golem[15] ; à New York, ce sera King Kong, un singe aux dimensions gigantesques[16].

La capacité humaine à inventer des monstres semble ne pas connaître de limites. Il y a un au-delà de la lisière du monde connu, classifié, répertorié, un autre monde foncièrement différent, susceptible d'héberger des monstres.

Gilbert Lascaux, l'auteur de l'article « Monstres » dans l'*Encyclopædia Universalis*, affirme : « Le monstre, dans l'art, peut être défini comme la création, par l'imagination humaine, d'un "être matériel" que son créateur n'a pas pu rencontrer. [...] Le monstre se définit [...] comme *différence* par rapport à la perception que l'on a généralement du monde naturel. Comme le montre, par exemple, André Leroi-Gourhan [...] dès les premières figurations qu'il trace sur les parois de ses grottes, l'homme fait apparaître des formes monstrueuses [...]. Depuis cette origine, l'homme n'a cessé de produire des formes monstrueuses[17]. »

Notre relation aux monstres est parfois ambiguë, ils peuvent être attirants. Le commissaire général d'une exposition présentée à Nancy aborde cet aspect : « Depuis la nuit des temps, les monstres fascinent[18]. »

Les monstres dans la nature

Les monstres sont-ils toujours intégralement inventés ? N'empruntent-ils pas, pour certains d'entre eux, des éléments au monde naturel ?

Quand on évoque la question du monstre, on peut faire le détour par la zoologie. Des monstres nés de l'imagination humaine empruntent une part de leurs formes au monde naturel et constituent ainsi des chimères ; d'autres sont la transposition de créatures que l'on rencontre dans la nature, celle-ci donnant à voir des créatures qui, par certains traits, se distinguent du type dominant, par rapport aux espèces auxquelles on pourrait les référer.

Il y a des monstres dans la nature, du moins désignés comme tels, des monstres qui sont attestés, susceptibles d'être présents autour de nous, plus ou moins inquiétants, plus ou moins surprenants. Ambroise Paré, chirurgien de plusieurs rois de France, avait constitué un cabinet de curiosités. « Ayant le goût des organes et animaux étranges, il accumulait dans son cabinet parisien les curiosités qu'il recevait de ses amis voyageurs ou qu'il découvrait lors de ses propres voyages. [...] Cela formait dans son cabinet un bric-à-brac de merveilles qui réjouissaient l'amour qu'il portait à la richesse de la création divine », écrit Jean-Michel Delacomptée, auteur d'un livre consacré à Ambroise Paré. On trouvait dans le cabinet de ce chirurgien « le cadavre desséché de deux siamois à une seule tête », à côté d'oiseaux venus de pays exotiques[19]. Ce qui semble relever des « erreurs de la nature » appartient à l'ordre naturel.

Dans le dictionnaire de Furetière, un écrivain du XVIIe siècle, considérons l'article « Monstre » : le monstre est un « prodige qui est contre l'ordre de la nature, qu'on admire ou qui fait peur. Aristote dit que le *monstre* est une faute de la nature, qui voulant agir pour quelque fin, n'y peut pas néanmoins arriver, à cause que quelques-uns de ses principes sont corrompus ». Furetière illustre son propos en ces termes : « L'Afrique est pleine de *monstres* à cause de l'accouplement des bêtes féroces de différente espèce qui s'y rencontrent. [...] Les Cyclopes, les Centaures, l'Hydre de l'Herne étaient des *monstres*[20]. »

Furetière introduit ses lecteurs dans une contrée lointaine, et dans un temps mythique. Il juxtapose ainsi, en se référant à une figure d'autorité, Aristote, des notations qui relèvent de la zoologie, de la biologie, et d'autres, culturelles, qui introduisent un certain relativisme par rapport à la notion de monstre. Il dirige le regard humain sur des créatures vues comme monstrueuses, et ainsi amène les lecteurs de l'article « Monstre » à réfléchir sur des positions communément acceptées : « Une enfant qui a deux têtes, quatre pieds ; un animal qui a plus ou moins de parties qu'à l'ordinaire, ou mal disposées, passe pour un *monstre*[21]. »

Dans une édition du XIXe siècle du *Dictionnaire philosophique* de Voltaire, on peut lire ces lignes dans l'article « Monstres » : « Il est plus difficile qu'on ne pense de définir les monstres. [...] Il y a les monstres par défaut. [...] Il y a les monstres par excès. [...] La troisième espèce est de ceux qui auraient des membres d'autres animaux, comme un lion avec des ailes d'autruche [...]. Mais toutes les chauves-souris sont pourvues d'ailes ; les poissons volants en ont, et ne sont point des monstres. Réservons donc ce nom pour les animaux dont les difformités nous font horreur[22]. »

Les monstres exhibés

Furetière fait mention, dans l'article « Monstre » de son dictionnaire, d'une présentation dans un espace public d'individus dotés d'une difformité : « On voit des *monstres* à la Foire St-Germain. » Ces monstres présentés au public sont objets de curiosité, mais aussi de plaisanteries (on peut en rire alors qu'ils sont en captivité ou sur des tréteaux : il y a alors une déchéance du monstre, il n'impressionne plus, il ne fait plus peur, ou si peu). On retrouve la foire sous la plume de Voltaire, dans l'article « Monstres » déjà cité : « J'ai vu une femme à la Foire qui avait quatre mamelles et une queue de vache à la poitrine. Elle était monstre, sans difficulté, quand elle laissait voir sa gorge, et femme de mise quand elle la cachait. » De tels monstres, il est possible d'en rire. À leur propos, on peut parler de *tératologie blanche* : « [...] accident [...], et cafouillage, le monstre après tout peut n'être qu'un lapsus de l'évolution, une distraction sans conséquence. Il est alors cette curiosité qu'on désigne du doigt et que les badauds vont admirer sur les places publiques et aux baraques de la foire », lit-on sous la plume de Jean-Pierre Raynaud commentant des œuvres de Victor Hugo[23].

Les monstres de foire sont des animaux, des êtres humains, qui se caractérisent par une difformité. Dans la mesure où ils sont enfermés, exhibés dans des cages ou sur des tréteaux, ils sont intégrés dans le monde de la normalité, à côté de ceux qui se perçoivent et se veulent normaux. Présenter des monstres dans des foires, dans des cirques, n'est pas le fait du seul âge classique ;

la pratique perdure bien au-delà. « Attestée dès le XVe siècle, l'exhibition de curiosités humaines se développe à l'âge classique, gagnant les foires marchandes et profitant de l'épanouissement du spectacle de divertissement. Au XIXe siècle, la poussée urbaine encourage la multiplication des parcs d'attractions, des foires et des cirques[24]. » Dans le parc d'attractions Gröna Lund Tivoli, à Stockholm, des personnages d'un roman de Nina Berberova, *Le Roseau révolté*, contemplent des monstres[25].

Sans être présentés dans des foires ou des cirques, des individus perçus comme des monstres en raison de difformités sont l'objet de railleries de la part de leur entourage. Le conte de Wilhelm Hauff, *Le Nain Long-Nez*, aborde ce sujet à partir de la situation de celui qui est devenu un monstre.

La thématique de l'exhibition d'un individu vu comme monstrueux, on la retrouve en 1980 dans le film de David Lynch, *Elephant Man* ; ce film raconte l'histoire d'un personnage disgracieux par rapport aux canons établis concernant l'harmonie du corps humain, par rapport à certains critères que nous avons intériorisés. Le film *Freaks* de Ted Browning de 1932 aborde ce même sujet, mais à propos de plusieurs individus présentés dans un cirque[26].

Un tyran, qui fut un monstre criminel, vaincu, peut connaître cette déchéance : être exhibé dans une foire. Shakespeare aborde ce sujet dans sa pièce *Macbeth*. Macduff, celui qui n'est pas né d'une femme, va terrasser Macbeth, qui a assassiné son roi et commis des crimes pour se maintenir au pouvoir. Quand le tyran rencontre Macduff et découvre qu'il a été abusé par des sorcières, il a un moment d'hésitation. Macduff, avec lequel il se bat, lui dit : « [...] rends-toi, lâche, / Vis pour être l'objet de la curiosité du siècle. / Nous mettrons ton portrait, comme celui de nos monstres très rares, / Sur un poteau, avec cette inscription dessous : / "Ici on peut voir le tyran" [...][27]. » Le tyran qui a été vaincu, celui qui fut un monstre qui semait la terreur par sa violence, sera la risée du public. Il n'a pas plus de prix alors qu'un individu ordinaire doté d'anomalies physiques.

Dans ces derniers siècles, lorsque des dictateurs vaincus sont entourés par une foule surexcitée, exposés aux railleries et aux injures, n'ont-ils pas le statut des monstres de foire ?

Les monstres dont on oublie la monstruosité

Il y a des monstres dont les noms nous sont familiers et qui sont susceptibles d'être associés à une réception positive. Le monstre n'effraie pas toujours, il peut tout au contraire séduire, capter l'attention, être considéré comme une créature susceptible de cohabiter avec les êtres humains en bonne part.

On peut songer à la licorne qui protège la pucelle, la jeune vierge (le musée de Cluny expose une célèbre tapisserie avec une licorne : *La Dame à la Licorne*[28]), qui peut être confondue avec le Christ[29] ; mais également au centaure, qui est aussi une image dans certains contextes du Christ[30]. On peut penser à l'ange qui est doté de deux ailes, de quatre, de six ailes – l'ange n'est pas perçu comme monstrueux. Ces diverses créatures, qui n'existent pas dans la nature, se caractérisent par des traits spécifiques qui les installent hors de la nature, hors des catégories reconnues et circonscrites ; elles ne sont pas pour autant ressenties comme monstrueuses, elles ne sont pas susceptibles de faire peur en raison d'une hideur particulière. La pensée vacille, si nous agréons certaines créatures hors nature. Que devrions-nous penser de celles que nous écartons jusqu'à la lisière des forêts obscures ? Qu'est-ce véritablement qu'un monstre ?

Dans des œuvres de fiction des derniers siècles, nous découvrons des créatures qui, de prime abord, sont monstrueuses en raison de leurs traits physiques. Mais il convient de passer outre à la répulsion première. Dotés d'une réelle force physique, de tels monstres ne sont pas nécessairement brutaux et barbares. Tout au contraire, ils peuvent être aimables, pleins de sollicitude, voire de tendresse, pour des êtres humains. On les découvre dans des dessins animés et des livres pour enfants. On les voit dans des romans d'anticipation, dans des films de science-fiction. Aux côtés d'un navigateur qui appartient au genre humain, un vaisseau spatial accueillera une cohorte de personnages étranges, quelque peu monstrueux : une camaraderie de bon aloi réunit tout ce petit monde. Ce qui est en cause, à l'adresse d'un public d'enfants comme d'un public d'adultes, c'est une interrogation sur les canons de la beauté et de l'harmonie. Ce qui paraît contre nature – et, de fait, c'est le cas au regard de nos repères habituels – est un élément d'une nature en extension, dont on ne connaît pas les contours, une nature qui se révèle ainsi au-delà de ses lisières connues.

Les monstres : incarnations des vices ?

Il est un monstre que nous condamnons, mais qui peut nous fasciner, nous autres êtres humains, c'est le monstre qui sévit dans le domaine politique, qui ne veut pas connaître de limites à l'exercice du pouvoir. Nous saluons sa défaite. Nous pouvons toutefois manifester de la compassion à son égard quand il est devenu étonnamment fragile. Dans la pièce de Shakespeare, *Macbeth*, nous avons Lady Macbeth. Elle a des crises de somnambulisme. On appelle un médecin à son chevet... Il entend ce qu'elle dit lors d'une crise, et parle en ces termes à l'adresse de la femme qui l'accompagne : « On chuchote des horreurs. Les actes contre nature / Engendrent des maux peu naturels [...][31]. » Elle ne peut être soignée. Elle est hors de la nature... Le médecin ne se moque aucunement d'elle, il la plaint.

Furetière aborde la question du monstre dans le domaine moral. « MONSTRE, se dit figurément en Morale, de ceux qui ont des passions vicieuses & excessives. Néron était un *monstre* en cruauté. Ce vieillard est un *monstre* d'avarice. Le peuple séditieux est un *monstre* à cent têtes. »

La figure exemplaire du monstre, c'est Néron. On se souvient de Suétone, retraçant l'histoire de Néron : « Son libertinage, sa lubricité, sa profusion, sa cupidité, sa cruauté, se manifestèrent d'abord graduellement et d'une façon clandestine. [...] Mais peu à peu, à mesure que ses vices grandissaient, il renonça aux fredaines et au mystère, et, sans plus grand soin de dissimuler, se jeta ouvertement dans de plus grands excès. [...] Il n'est absolument pas une seule catégorie de parents que ses crimes aient épargnée. [...] Sans faire aucun choix, ni garder aucune mesure, il fit périr suivant ses caprices n'importe quelles personnes, sous n'importe quels prétextes[32]. »

Ce monstre de cruauté, nous le retrouvons dans une pièce de Racine, *Britannicus*. Dans l'introduction à sa pièce, Racine précise à propos de son personnage Néron : « D'autres [des commentateurs] ont dit [...] que je l'avais fait trop bon. J'avoue que je ne m'étais pas formé l'idée d'un bon homme. Je l'ai toujours regardé comme un monstre. Mais c'est ici un monstre naissant. Il n'a pas encore mis le feu à Rome. Il n'a pas tué sa mère, sa femme, ses gouverneurs[33]. »

Il est un autre monstre sous la plume de Suétone : Caligula. « Jusqu'ici, écrit-il, nous avons parlé d'un prince ; il nous reste à parler d'un monstre. [...] Il entretint des relations incestueuses avec toutes ses sœurs [excepté Drusilla, qui mourut et dont il saluait la divinité], il les prostitua souvent à ses mignons [...]. » Suétone donne des exemples de « la férocité de sa nature ». « Ses crimes les plus monstrueux s'aggravaient de paroles atroces[34] »... Albert Camus a lu Suétone, et a conçu une pièce, *Caligula*, représentée en 1945. Cette pièce a été longuement méditée ; en janvier 1937, Camus note dans ses *Carnets* : « Caligula n'est pas mort. [...] Il est en chacun de nous. Si le pouvoir vous était donné, si vous aviez du cœur, si vous aimiez la vie, vous le verriez se déchaîner, ce monstre ou cet ange que vous portez en vous[35]. » Le monstre n'est pas un être à part, il est une potentialité de chacun de nous si d'aventure nous accédons à un pouvoir sans limites ; la monstruosité est de l'ordre du possible, comme l'angélisme.

Une femme peut être un monstre. Je pense à l'une des tragédies de Corneille : dans *Médée*, pièce jouée pendant la saison 1634-1635, publiée en 1639, nous avons un personnage présenté comme monstrueux, Médée. Voici ce qu'en dit Corneille dans une épître à monsieur P.T.N.G. : « Je vous donne Médée toute méchante qu'elle est [...]. Ici vous trouverez le crime en son char de triomphe [...]. » Après l'accomplissement du crime de Médée, Jason s'écrie, devant celle qui a tué ses enfants : « Horreur de la nature, exécrable tigresse[36] » (acte V, scène 6). Horreur de la nature : Médée sort de la nature dans la mesure où elle a une dimension monstrueuse, elle tue ses enfants. Submergée par la jalousie, cette magicienne accomplit un infanticide parce qu'elle n'a plus d'attaches avec la vertu – ni avec la raison. Elle a sombré dans la folie. Fragonard, au XVIIIe siècle, représente Médée encouragée par la Folie, qui tient une marotte, dans une gravure illustrant la notoriété de cette figure féminine monstrueuse[37]. La responsabilité de cette femme est-elle engagée ? L'acte est monstrueux. Est-elle un monstre ?

Dans une autre pièce de Corneille, *Rodogune*, jouée pendant la saison 1644-1645, nous découvrons Cléopâtre, reine de Syrie (à ne pas confondre avec Cléopâtre, dernière reine d'Égypte). Corneille présente celle-ci comme une « seconde Médée[38] ». Elle a tué l'un de ses fils, Séleucus, et se propose de tuer son autre fils, Antiochus, avec une coupe dans laquelle elle a versé du poison. Cléopâtre meurt pour avoir bu elle-même le breuvage empoisonné, sous les yeux d'Antiochus, le frère jumeau de Séleucus, et de Rodogune, une princesse vertueuse. « Au fond du personnage, il y a la fureur de dominer, la *libido dominandi*. [...] S'abandonner à l'amour-propre, à la *libido dominandi*, c'est en vérité se livrer au Diable », lit-on sous la plume de Georges Couton, qui a annoté les œuvres complètes. Vouloir le pouvoir conduit aux dernières extrémités, aux pires crimes. Et pourtant, nous pouvons être fascinés par des créatures monstrueuses ; elles s'adressent à nous, à cette part de nous-mêmes qui est tentée par la passion du pouvoir. « Cléopâtre, écrit Georges Couton, suscite la même admiration horrifiée que le plus beau des anges déchus[39]. »

Tullia est une autre figure féminine monstrueuse, présente dans la culture romaine. Cette fille du roi Servius Tullius est prête à tout pour accéder au pouvoir. Elle se défait de son mari, de sa sœur aînée ; la voici épouse de Tarquin le Superbe, elle pousse celui-ci à renverser son père. Servius Tullius est grièvement blessé, il fuit. Tullia reconnaît le cadavre de son père dans une rue : « C'est ici que la tradition place un crime horrible et contre nature [...]. Tullia, hors d'elle-même, poussée par des furies vengeresses de sa sœur et de son mari, fit passer, dit-on, sa voiture sur le corps de son père », écrit l'historien latin Tite-Live[40]. Thomon, un artiste français du XVIIIe siècle, a représenté la scène dans une gravure : Tullia conduit un char en direction du cadavre de Servius Tullius ; dans la foule, des femmes et des enfants sidérés par son geste ; derrière le char, des femmes s'enfuient pour se soustraire à la vision d'un acte inhumain[41].

Ces monstres, contre les apparences, conservent une part d'humanité. Jean Serroy, préfaçant deux pièces de Corneille, aborde ce sujet : « Les monstres [...] ne sont jamais des monstres froids. La Cléopâtre de *Rodogune*, poussée par la passion de dominer, en incarne dans ses débordements mêmes, le plus bel exemple[42]. »

Les monstres : humains, inhumains ?

L'écrivain Remy de Gourmont a repris la figure de Lilith, cette femme qui précède Ève. Le Créateur n'est pas satisfait de la femme qu'il a façonnée avec de la glaise : « Tu n'auras pas l'homme. Je ne puis te détruire, puisque tu es, mais je te maudis. [...] Va trouver Satan, je te le donne et je te donne à lui [...] ». Lilith espère l'émouvoir : « Seigneur, aie pitié de ta créature, aie pitié de la femme... » Jéhovah ne transige pas : « Mais tu n'es pas une femme, tu es un monstre. » Azraël conduira Lilith auprès de Satan[43]. Lilith est dépossédée de son humanité, elle appelle une condamnation. Ève sera la femme digne d'Adam. Le partage entre les êtres humains et les créatures monstrueuses relève de l'évidence pour le Créateur. Qu'en est-il dans la cité, pour ce qui est des hommes et des femmes confrontés à des comportements détestables, à des gestes meurtriers au nom d'une idéologie politique ? Ou, dans le registre des faits divers, face à ceux qui torturent, violent, tuent, pour assouvir des pulsions ?

Sont-ils tentés de dire de leurs adversaires qu'ils sont des monstres, dans certaines circonstances, avec la force de l'évidence ?

Nourris d'une culture occidentale qui présente des monstres dans le domaine politique, des acteurs de l'histoire ont pu dénoncer la présence de monstres dans la cité, à tel ou tel moment de l'histoire nationale. Ce fut le cas de Charlotte Corday. « Il y a des monstres à Paris », dit-elle dans une pièce de théâtre écrite par Drieu La Rochelle qui reprend des propos de cette héroïne[44]. Convaincue de la vilenie de Marat, elle assassinera celui qui rédige la liste des gens à arrêter jour après jour ; elle est alors, à ses propres yeux, une « Romaine » qui débarrasse la terre d'un monstre. Par un renversement du pour au contre, c'est elle qui sera perçue par les membres d'une faction au pouvoir comme un monstre. Michel Onfray fait entendre le testament politique de Charlotte Corday dans un hommage à celle qui quitta Caen pour rejoindre Paris et tuer Marat dans son bain. Il rapporte des propos de Sade à l'encontre de Charlotte : « Défigurez les traits de ce monstre, ou ne l'offrez à nos yeux indignés qu'au milieu des Furies du Tartare[45]. » Ici encore, la réflexion vacille : est-il aisé de cerner qui, par ses gestes, est un monstre ? Se comporter comme Brutus, est-ce monstrueux ?

Les monstres trouvent place dans l'histoire des hommes à des moments où la violence devient la règle.

La Seconde Guerre mondiale, avec le nazisme, a vu une cohorte de monstres s'approprier l'Europe, conduire des millions d'hommes à la mort. La romancière catalane Maria Àngels Anglada met en scène, dans *Le Violon d'Auschwitz*, Sauckel, le commandant du camp, « géant sadique et raffiné », des officiers de la Waffen-SS, « monstres déguisés en uniformes impeccables », qui ont pour objectif la destruction des juifs prisonniers. Sauckel, c'est « le Monstre » : il est désigné par ce mot à plusieurs reprises, à côté du mot « Tyran[46] ». La confrontation entre le commandant du camp et les prisonniers relève du roman historique, mais plus encore du conte fantastique : le commandant et ses complices quittent le genre humain pour rejoindre la catégorie des monstres qui ne sont que haine et violence, ces monstres qu'il convient de détruire. Pour désigner les soldats allemands qui ont combattu les maquisards du Vercors, un personnage parle en ces termes, dans un roman de Pierre Péju : « [...] un jour, les Fridolins nous sont tombés dessus. Du ciel, en pleine nuit noire, comme des oiseaux de proie, des bêtes mauvaises. [...] On a vite compris qu'ils étaient venus pour nous détruire, pour incendier et massacrer. C'étaient des méthodiques, des monstres[47]. »

On peut aussi songer aux régimes communistes. « Dépassant les crimes individuels, les massacres ponctuels, circonstanciés, les régimes communistes ont, pour asseoir leur pouvoir, érigé le crime de masse en véritable système de gouvernement. [...] la terreur a été dès l'origine l'une des dimensions fondamentales du communisme moderne [...] la Russie léninienne et stalinienne [...] glace le sang par son côté expérimental mais parfaitement réfléchi, logique, politique », lit-on dans *Le Livre noir du communisme*[48].

Curzio Malaparte a consacré un livre à Lénine. Le maître de la Russie a des traits communs avec Robespierre, le héraut de la Terreur : « C'est le fanatisme petit-bourgeois, le fanatisme des petits avocats, des petits professeurs, des fils de notaire de province, qui explique aussi bien la logique de Lénine que celle de Robespierre[49]. » Divers esprits éclairés, européens, bourgeois et philanthropes, qui ont fait le voyage de Moscou n'ont pas voulu voir en Lénine « un Européen moyen ». Désireux « de le refouler au-delà des frontières de l'esprit bourgeois », ils en ont fait un Mongol : « Méfiez-vous de Lénine, leur fait dire Malaparte, car c'est un monstre, mais, en même temps, rassurez-vous, car c'est un Gengis Khan, issu du fond de l'Asie. Ce monstre n'est pas de chez nous. » Malaparte ironise : « Ce qui rassure l'Europe bourgeoise sur son destin, c'est qu'elle n'a pas enfanté, qu'elle ne pouvait pas enfanter un monstre. » Lénine est un autre Gengis Khan pour les idéologues bourgeois « qui se réclament toujours de Voltaire et de Rousseau, affectent d'avoir à cœur la liberté de l'Europe ». Selon ceux-ci, « de tels monstres ne sauraient naître que sur les rives de la Volga ou dans les steppes de l'Asie : ils ne sauraient être ni Anglais, ni Allemands, ni Français ». Malaparte s'insurge contre cette volonté systématique de reléguer le monstre Lénine aux confins de l'Europe. Tout au contraire, pour Malaparte, cet « Européen moyen » n'est qu'un petit-bourgeois adepte du fanatisme. Malaparte renverse la perspective adoptée par les bourgeois philanthropes héritiers des Lumières. « On pourrait presque dire, souligne-t-il, que pour arriver à devenir ce qu'on appelle un *monstre*, la condition indispensable, c'est d'être un petit-bourgeois[50]. »

Plus près de nous, on peut songer aux massacres dont se sont rendus responsables les Khmers rouges après avoir accédé au pouvoir au Cambodge. Leur chef, Pol Pot, c'est le « monstre rouge[51] ». « [...] la trace que les Khmers rouges laisseront dans l'histoire est tout entière faite de sang[52]. » Une actualité récente, suite au procès intenté à Douch, responsable d'un centre de torture et de la liquidation de prisonniers arrêtés selon le bon vouloir des autorités du moment, a rappelé des pages tragiques de l'histoire du Cambodge[53].

Un homme qui est devenu une machine à tuer est-il vraiment un monstre, un monstre qui n'aurait plus rien d'humain ? N'est-ce pas une facilité que de voir en lui un monstre, afin de ne pas interroger les circonstances qui rendent possibles de tels massacres sous l'autorité d'un chef ?

Hannah Arendt ne voyait pas dans Eichmann un acteur de la destruction des juifs d'Europe, un monstre ; elle a voulu comprendre comment un fonctionnaire ordinaire, plutôt médiocre, a pu jouer un rôle majeur dans le programme d'extermination des juifs d'Europe conçu par Hitler et ses proches, et accomplir des actes monstrueux ; elle s'est interrogée sur la banalité du mal. « Il eût été réconfortant de croire qu'Eichmann était un monstre (mais s'il en était un, alors l'accusation d'Israël contre lui s'effondrait, ou, du moins, perdait tout intérêt ; car on ne saurait faire venir des correspondants de presse de tous les coins du globe à seule fin d'exhiber une sorte de Barbe-Bleue derrière les barreaux). L'ennui, avec Eichmann, c'est précisément qu'il y en avait beaucoup qui lui ressemblaient et qui n'étaient ni pervers ni sadiques, qui étaient, et sont encore, effroyablement normaux. Du point de vue de nos institutions et de notre éthique, cette normalité est beaucoup plus terrifiante que toutes les atrocités réunies [...]. Eichmann n'était ni un Iago ni un Macbeth ; il ne lui serait jamais venu à l'esprit, comme à Richard III, de faire le mal par principe [...] c'est la pure absence de pensée [...] qui lui a permis de devenir un des plus grands criminels de son époque. Cela est "banal" et même comique : avec la meilleure volonté du monde on ne parvient pas à découvrir en Eichmann la moindre profondeur diabolique ou démoniaque[54]. »

Peut-on qualifier les chefs des bourreaux de monstres ? Au regard de l'histoire, *a posteriori*, un contemporain d'Hitler et de Mussolini peut dire qu'ils étaient « également animés d'une passion nationale quasi monstrueuse[55] ». Le 16 février 1943, dans une lettre au Duce, Hitler écrivait : « [...] ce que nous serons tous deux pour l'Europe, seule la postérité pourra, un jour, en juger[56] ». Des contemporains n'avaient pas attendu les leçons de l'histoire pour dénoncer les monstres au pouvoir à Berlin et à Rome. *A contrario*, en dépit de la défaite du nazisme, il y a toujours des néonazis en Europe, qui vont dans le sens de la déclaration d'Hitler.

Tite-Live, Suétone, bien d'autres après eux ont rapporté les faits et gestes de monstres dans l'histoire. Au regard du bien et du mal, ou plutôt de ce qui est perçu comme relevant du bien ou du mal dans le domaine de la morale, il paraît aisé de qualifier tel ou tel de monstre. Au regard du droit, le crime contre l'humanité – apparu lors du procès de Nuremberg contre des nazis – fait de tel ou tel un individu qui s'est éloigné du monde humain. Devient-il pour autant une erreur de la nature ? François de Menthon, procureur français lors du procès de Nuremberg, affirme, à propos du nazisme, que « nous nous trouvons [...] devant une criminalité systématique découlant directement et nécessairement d'une doctrine monstrueuse [...][57] ».

Pourquoi devient-on un monstre ? Est-ce parce que l'on a perdu tout sens moral et que l'on vit une certaine exaltation dans la violence, le sadisme ? Est-ce parce que l'on a rejeté des repères religieux ou moraux sur le bien et le mal ? Pierre Klossowski, commentant l'œuvre de Sade, écrit : « Ayant renié l'immortalité de l'âme, les personnages de Sade, en retour, posent leur candidature à la monstruosité intégrale [...][58]. » Est-ce parce que l'on se laisse submerger par des vagues de *libido dominanti* ? Quoi qu'il en soit, ces monstres ne sont pas le fruit de l'imagination humaine[59], ils appartiennent au monde humain. Et pas plus que les « erreurs de la nature » qui appartiennent à l'ordre naturel, ils ne sont des « erreurs de la nature ». Les présenter comme des monstres, c'est d'un certain point de vue une commodité pour ne pas s'interroger sur leur trajectoire dans l'histoire. Les inscrire dans un territoire très éloigné de l'Europe, comme ce fut le cas pour Lénine, c'est s'exonérer d'une réflexion sur une part de la pensée politique en Occident.

Tenir compte de leur trajectoire dans l'histoire amène à examiner un contexte socioculturel, les réseaux dans lesquels se sont inscrits ceux que l'on perçoit comme monstrueux, mais aussi à s'interroger sur la complicité de ceux qui ont aidé les monstres, sur l'adhésion de toute une part de la population à ces monstres. « Comprendre l'homme par l'époque peut mener à "banaliser" l'horreur, sinon même à l'escamoter », peut-on lire dans le compte rendu d'une biographie de Staline[60]. Il convient de se garder de deux attitudes : banaliser la monstruosité ou, au contraire, exclure celle-ci de ce qui est proprement humain.

Que faire des monstres qui ont sévi à un moment donné dans l'histoire ? Les juger au regard de règles inscrites dans une Loi que l'on peut espérer universelle, et ce quand ils sont battus ou renversés. La situation est identique, toutes proportions gardées, pour les individus qui défraient la chronique des faits divers et que l'on qualifie de monstres.

Face à eux, il y a une part de sidération pour l'esprit commun, respectueux de quelques règles favorisant le vivre-ensemble et attentif aux droits humains. Comment accueillir dans le monde humain des individus qui ont commis des actes indignes, monstrueux, qui se sont installés aux confins d'un bien commun, l'humain ? L'inhumanité n'est pas une « erreur de la nature », elle est de l'ordre des possibles, elle reste foncièrement mystérieuse, elle nourrit des interrogations sur le bien et le mal, elle fait bouger les lignes quant à nos représentations de ce qu'est un être humain.

Nombreux sont les monstres qui sont le fruit de l'imagination humaine, et pourtant reçus par des hommes et des femmes comme véridiques, en particulier dans le domaine religieux. Par ailleurs, des animaux et des hommes ont été ainsi désignés parce qu'ils ont un caractère exceptionnel, des formes inattendues, difficiles à inscrire dans des catégories établies. Les avancées de la connaissance scientifique ont facilité la consignation de créatures longtemps perçues comme monstrueuses dans des cadres élaborés par une pensée scientifique nourrie de l'expérience. La raison a élargi le champ du savoir. L'imagination humaine, elle, ne s'est pas assagie ; elle n'a pas cessé d'explorer divers espaces hantés par des monstres.

Dans le domaine politique, en Occident tout particulièrement, on valorisera le « juste milieu », la « normalité », le respect de règles communes (je songe à George Orwell et à la *common decency*), et on parlera de « monstres » pour les acteurs politiques qui ont recours à la violence et aux meurtres pour asseoir leur autorité ou, pire encore, selon leur bon vouloir. Cette appellation « monstre » est employée par les Anciens et réutilisée par les Modernes dans le champ du politique. Elle est aussi utilisée pour désigner un individu qui, emporté par une idéologie meurtrière, tue des êtres innocents. À une réserve près d'importance : ceux que l'on voit comme des « monstres » n'ont pas été perçus nécessairement comme tels, mais, tout au contraire, ont été dans certaines circonstances célébrés comme des héros ou des chefs d'exception. Nombreux furent les Européens qui ont suivi Hitler dans sa volonté de construire une Europe « allemande » dans laquelle les juifs ne pouvaient trouver place, aussi furent-ils victimes de crimes de masse. Le nazisme a toujours ses thuriféraires. À l'inverse, ceux qui ont marqué, à Montpellier, leur hostilité à l'érection des statues de Lénine et de Mao, responsables de millions de morts par fanatisme politique, se sont entendu dire que ces dictateurs étaient liés à des idéologies de libération, et donc pouvaient trouver place dans une cité française, en dépit de leurs zones d'ombre. Mussolini et Hitler ont été vaincus dans une guerre mondiale, Lénine et Mao sont des vainqueurs dans leur pays, ils sont devenus pour certains des icônes révolutionnaires.

Ceux que l'on désigne, dans certaines sociétés, comme « monstres » parce qu'ils ont tué au nom de convictions religieuses ou politiques sont honorés par des groupes de personnes qui partagent leurs convictions, et salués comme les héros d'une cause qui a ses exigences, même meurtrières. Un acteur de l'extrême droite européenne traitera Anders Breivik de « monstre » pour aller dans le sens de l'opinion commune, mais légitimera la tuerie dont il s'est rendu coupable[61]. Un adepte d'un certain courant idéologique islamique verra dans Mohamed Merah un martyr et non un monstre.

Recourir à ce mot « monstre » afin d'extraire des individus ou des groupes humains de ce qui est proprement humain, ou afin de les installer aux confins de l'humanité, n'est-ce pas une facilité pour ne pas affronter ce qu'il y a de sidérant chez ceux que l'on dit « monstres » ou dans des actions dites « monstrueuses » ? Ne seraient-ils plus humains en raison de leurs actes ? Nous-mêmes, sommes-nous à l'abri de pratiques monstrueuses ? La distinction entre le bien et le mal, la distinction entre la normalité et la monstruosité sont évidentes, dira-t-on. Continuons donc à parler de monstres pour désigner ceux dont les pratiques sont odieuses, ceux qui terrifient par la violence de leurs actes et par leur manque d'humanité. Acceptons le fait qu'ils ne sont pas loin de nous, à la différence des monstres rêvés qui hantent les forêts des contes ou les régions exotiques évoquées dans d'anciens récits de voyage ; ils sont à côté de nous, voire nous-mêmes.

Gérard Poulouin

Lilith, du monstre femelle à la femme rebelle

Afin de condamner le comportement antisocial des femmes insoumises, des figures féminines légendaires ont été altérées par les promoteurs d'une image tantôt insipide tantôt diabolique de la féminité. Tel fut le sort jeté à Lilith, figure originelle de l'insoumission, transformée en monstresse infernale, en démone nocturne, en épouse du Mal avant d'être revalorisée au cours du XXe siècle par des écrivaines et des artistes qui s'en emparent pour dire l'émancipation de la femme moderne.

Des ancêtres babyloniennes

Peu de contemporains connaissent l'histoire de Lilith, l'une des démones les plus vieilles de l'humanité, issue de l'une des plus anciennes mythologies du monde et qui trouve ses lettres de noblesse maléfiques dans le judaïsme. Pourtant, la censure juive s'est évertuée à épurer le monothéisme naissant des anciennes croyances polythéistes qui ont alors trouvé refuge dans la culture populaire.

Ce monstre femelle fut élevé à la faveur d'une légende médiévale, *L'Alphabet de Ben Sira*[1], au rang de première Ève et d'épouse de Satan. Lilith y apparaît comme une figure enfin singulière, suffisamment individualisée pour infuser l'imaginaire collectif.

Car, au départ, la monstresse n'est pas une créature bien identifiée. Son ancêtre directe est à rechercher au sein de la civilisation sumérienne, berceau de l'écriture et, plus précisément, dans le panthéon surnaturel de l'ancien Empire babylonien autour duquel s'agite une tribu de démones et de démons. Les formes archaïques de Lilith sont surtout manifestes dans la figure démoniaque de l'Ardat Lilî, qui convoite les hommes la nuit, s'infiltre dans leurs foyers comme un souffle. Elle est une vierge frustrée qui volette vers l'homme, qui n'a jamais été imprégnée de son odeur, qui n'a pas été déflorée, qui ne connaît pas la volupté, qui ne donne pas de lait. Vengeresse, elle fait obstacle aux unions en privant les fiancés de leur vigueur sexuelle et en empêchant les noces des jeunes filles… Ainsi, aux débuts de son histoire, Lilith n'est pas une figure non liée[2], dotée d'une sexualité exigeante, mais ressemble plutôt à une vieille fille frustrée, dépourvue de vie sexuelle. Une autre figure, plus individualisée, semble avoir légué ses traits à notre monstre femelle, contribuant ainsi à la caractériser : Lamme (ou Lamaschtu, en akkadien), fille du dieu suprême, Anu, qui préside le panthéon babylonien. Celle-ci n'est en rien une « jeune fille de bonne famille ». Parce qu'elle demanda un jour à son père pour son dîner de la viande de nourrisson humain, elle fut boutée hors du cénacle divin. C'est une figure franchement nocive, délibérément mortifère : elle, la dévoratrice, la furie, l'ennemie, la voleuse, est une démone stérile qui attaque les femmes enceintes, les mères et les petits enfants – qu'elle tue. L'iconographie akkadienne la représente sous les traits d'une femme nue, dont les membres inférieurs se terminent en serres d'oiseau de proie, dont une partie du corps est généralement celle d'une lionne. Pour s'en préserver, des amulettes, telle la *Plaque des enfers* conservée au musée du Louvre, sont façonnées.

Première femme d'Adam

À la faveur d'une lente construction, Lilith sort du fourre-tout démoniaque pour être érigée en figure féminine hors normes. Quelle ascension, en effet ! Celle qui originellement n'est qu'une démone parmi d'autres, mentionnée parmi d'autres animaux peu amènes et dans une triade où elle figure aux côtés des esprits nocturnes, reçoit à la faveur du Moyen Âge un statut exemplaire : celle de première femme d'Adam et d'épouse de Satan. Tout le monde connaît Ève, mais peu d'entre nous savent que cette servante d'amour fut précédée d'une première femme rebelle. Dans la Bible, elle fait une apparition trop discrète pour être véritablement remarquée et se trouve citée dans un bestiaire où cohabitent sur fond de ruines les chacals, les vipères, les autruches, les chats et les chiens sauvages ainsi que les vautours : « Là les satyres se donneront rendez-vous, là Lilith elle-même établira son gîte et trouvera une retraite tranquille[3]. »

Les démons lubriques et pervers que sont les satyres ont meilleure presse que notre monstre femelle, nommé une seule fois dans le texte biblique et qui fait partie de cette cohorte d'agents de malheur hantant les régions désolées et les contrées maudites, commettant leurs méfaits dès que la nuit tombe, s'incarnant dans des bêtes sauvages. À peine évoquée, comme pour conjurer d'emblée son caractère nocif, Lilith est inscrite néanmoins en filigrane, fantasmatiquement présente ; un peu comme Sade l'est dans les textes du XIXe siècle, où, nommé timidement « le vieux », il apparaît comme cette zone interdite dans laquelle il n'est pas bon d'entrer et encore moins de s'égarer…

La Bible est un patchwork textuel. De multiples sources écrites rédigées à des époques distinctes par des auteurs différents la composent[4]. Le récit canonique de la Genèse a la particularité de présenter d'emblée une anomalie pour tout lecteur attentif. En effet, lorsque Dieu créa l'univers et l'humanité, il est dit dans un premier temps qu'au sixième jour, il façonna l'homme à son image et « qu'à l'image de Dieu il le créa ; mâle et femelle il les créa ». L'élément de coordination « et » joint dans un rapport très égalitaire la création mâle et femelle. Les deux êtres sont bénis et Dieu les invite à être féconds, à remplir la terre et à dominer toute la Création. Il n'est pas question de dominer alors la femme désignée par « femelle ». Tout semble limpide. Cependant, un peu plus loin, l'on apprend que le Seigneur Dieu modèle l'homme avec de la poussière prise du sol et insuffle dans ses narines l'haleine de vie. Il n'est plus question d'une femme. L'homme est placé dans un jardin en Éden afin de cultiver le sol. Il naît d'emblée agriculteur… ce qui n'est sans doute pas sans lien avec les tribus agro-pastorales qui s'établirent en Mésopotamie vers le IVe millénaire et contribuèrent au développement agricole de toute la région. Le Seigneur ne demande pas son avis à l'homme et décide de lui créer une aide qui lui soit semblable à partir de l'une de ses côtes[5] :

> « Le Seigneur Dieu transforma la côte qu'il avait prise à l'homme en une femme qu'il lui amena. L'homme s'écria : "Voici cette fois l'os de mes os et la chair de ma chair, celle-ci, on l'appellera femme, car c'est de l'homme qu'elle a été prise." Aussi l'homme laisse-t-il son père et sa mère pour s'attacher à sa femme, et ils deviennent une seule chair. Tous deux étaient nus, l'homme et sa femme, sans se faire mutuellement honte. »

On connaît la suite : l'interdiction de toucher à l'arbre de la connaissance du bonheur et du malheur est enfreinte par la femme, dont les yeux sont dessillés par le serpent. Afin de la punir, le Seigneur annonce à Ève qu'elle connaîtra les douleurs terribles de l'enfantement, qu'elle sera avide de son homme et dominée par lui. Tous deux sont alors boutés hors du jardin d'Éden. La Genèse, on le voit, hésite sur la place accordée à la femme : créée en même temps que l'homme à la ressemblance de Dieu ou découlant d'Adam, subordonnée à lui, vouée à être son soutien dans un destin mortel qui s'annonce difficile en raison de la « faute » commise. Il y aurait donc deux femmes : l'une issue de la même terre, l'autre créée, la malheureuse, à partir d'une côte. L'invention d'une première épouse donnée à Adam, via notamment la légende de Ben Sira, était alors un bon moyen de résoudre cette anomalie textuelle à défaut de résoudre l'incongruité sexuelle sous-jacente...

Il n'a pas été facile de créer une compagne « digne » d'Adam. Il a fallu que nos rédacteurs et exégètes s'arrachent la barbe avant de parvenir à cette icône que nous connaissons : Ève. Ainsi, dans l'un des commentaires rabbiniques des premiers siècles, Adam s'écarte, écœuré, du premier brouillon féminin en raison du fait que la créature est pleine de sécrétions et de sang ! Une femme digne de ce nom – c'est bien connu – doit être inodore, sans tache, lisse comme une pierre polie.

C'est donc après des siècles d'incertitude que la femme pétrie de la même terre que son compagnon est devenue Lilith, la première femme de l'Humanité. Comme en témoigne la légende de Ben Sira, elle scandalise d'emblée par un geste fondateur d'insoumission. Lilith refuse d'être en dessous d'Adam pendant l'acte sexuel. Seul l'homme pouvait, dans la tradition juive, exiger une telle interversion temporaire des positions sexuelles – jeu de rôles ne remettant pas foncièrement en cause la hiérarchie inégalitaire des relations entre les hommes et les femmes. Lilith prêtait à ce renversement postural une portée bien plus vaste, une signification bien plus grande que ce qu'en fit la postérité, toujours friande de détails grivois. La fameuse querelle sexuelle cachait un tout autre enjeu : le Pouvoir. Lilith ne souhaitait pas prendre la place de l'homme, mais voulait que son désir à elle soit pleinement reconnu et concrétisé en un acte hautement symbolique, avec la complicité de son compagnon. Face à l'hostilité de ce dernier, elle prit congé, osa prononcer le nom indicible de Dieu et sortit avec la légèreté d'un souffle, princesse légère au-dessus des nuées, du jardin de l'Éden. Les anges envoyés par Dieu le Père eurent beau tenter de convaincre la récalcitrante, celle-ci n'en démordit point et préféra les eaux maudites de la détestée Égypte plutôt que l'ennuyeux jardin des délices. Elle préféra les dangers d'une vie de femme non tributaire des assignations traditionnelles à ce microcosme, où son trop-plein d'énergie vitale tournait à vide. À l'image de la vagabonde de Colette, Lilith préféra le Monde où son appétit de savoir pouvait s'exalter. Ardemment femme...

Lilith : un symbole d'émancipation

Cette femme, tout feu tout flamme, ne laissa pas la littérature et les arts indifférents[6]. Pour la Lilith des origines, seule comptait la libre expansion de ses facultés. Insoumise, sacrilège, séductrice, elle cumule les imperfections ! Elle est une révolution féminine à elle seule. Si les écrivains et artistes sauront l'épurer de sa facette mortifère de tueuse d'enfants, elle restera pendant longtemps une figure dangereuse, attentatoire au précieux équilibre conjugal. Lilith convoite non seulement l'homme dormant seul chez lui, s'infiltrant dans ses rêves les plus intimes, mais aussi le conjoint qu'elle sépare de son épouse par sa seule puissance de suggestion érotique. Facteur de déséquilibre, Lilith l'est assurément, mais aussi promesse de nouvelles occasions d'enchantement, d'un regain d'élan vital, loin des conformismes pudibonds.

Physiquement, Lilith apparaît chez les romantiques du XIXe siècle comme une femme dont les beaux et longs cheveux attirent, étreignent et étouffent[7] :

> « La première femme d'Adam.
> Mais prends garde à ses beaux cheveux.
> À cette parure qui lui confère une splendeur unique.
> Quand elle y enserre un homme jeune,
> Elle ne lâche pas de sitôt. »

La toile de Rossetti la peint rousse et rêveuse, tandis que le poème du même, *La Beauté physique*, la dépeint comme une femme fatale, prenant possession de l'esprit, du cœur et du corps des hommes. Le portrait de Lilith est encore plus noir chez Hugo, qui en fait une figure funeste, guidée par un orgueil insensé, répudiée par Adam. La « grande femme d'ombre » a eu le tort d'oublier dans *La Fin de Satan* que l'homme est le roi, dit le poète, qui semble ici dicter la loi de Dieu… Au XXe siècle, Remy de Gourmont ne fait pas dans la dentelle et prive Lilith de sa belle fierté en la faisant ramper de façon ridicule après Jéhovah, lui réclamant, suppliante et à genoux, l'homme dont elle est, dit-elle, la « femelle » et la « maîtresse »[8]. Alors que s'il y a bien une femme qui peut se passer de l'amour des hommes au nom de sa liberté, c'est bien Lilith ! Un peu plus tard, *La Vagabonde* de Colette donnera une belle version de la femme détachée des liens traditionnels, qui préfère renoncer, non sans souffrance, à l'amour d'un homme pour mieux s'adonner à sa passion itinérante : le théâtre.

Notre belle monstresse prend aussi au XXe siècle les traits d'une toute jeune fille, aguichante et perverse, qui a marqué l'imaginaire masculin : Lolita. En effet, Nabokov écrit un court poème, *Lilith*, qui semble annoncer le roman ultérieur[9]. Figure de la séduction détachée de toute référence religieuse, que l'on recherche et fuit tout à la fois, Lilith sous le masque de Lolita fait perdre la tête aux hommes. À l'époque où l'érotisme devient un objet d'interrogation philosophique à part entière, puis est promu comme mythe moderne, l'homme continue à projeter ses peurs et ses désirs dans la figure de la femme fatale, révélant l'ambivalence de son rapport à l'autre sexe.

Bien heureusement pour notre chère Lilith, des écrivaines s'emparent d'elle afin de la revaloriser. Lilith est une conquête féministe à elle seule. Une aubaine pour les partisanes de l'émancipation des femmes...

Le XXe siècle voit poindre d'autres façons de dire le sexe. La littérature érotique a longtemps été un bastion masculin. Tout change en 1954 avec la parution d'*Histoire d'O*, écrit par une femme : Dominique Aury.

Outre-Atlantique, Anaïs Nin a une longueur d'avance et écrit des nouvelles érotiques sur commande, afin de satisfaire le goût pornographique d'un collectionneur privé qui lui réclame plus de précisions et moins de métaphores[10]. C'est là où le bât blesse. Car Nin se refuse à aborder le sexe par des procédés directs qui le privent de ce qui l'enchante. Elle redonne du sens aux sens à grand renfort d'images. La nature profondément sexuelle de Lilith, fil rouge de sa construction mythique, aurait pu trouver chez Nin un formidable espace d'expansion[11]. Or quelle surprise, en lisant sa nouvelle *Lilith* (1940), de découvrir dès la première ligne le portrait d'une femme frigide ! Il est vrai que la démone Lilith était à ses origines une figure mésopotamienne insensible au plaisir, une vierge frustrée, l'annonce de la vieille fille des temps modernes. C'est, en réalité, oublier que le personnage féminin de Nin est doté d'un fort tempérament sexuel, d'une énergie libidinale qui s'extériorise par des crises de nerfs, des accès de colère, des scènes. Seul moyen de faire réagir un mari passif. La Lilith de Nin est, comme la créature mythique, une figure frénétique, aux cheveux électriques, aux yeux brillants, au corps fébrile et nerveux, une « bête sauvage » perdue en plein désert. Fruit non pas d'un dysfonctionnement mais d'une mésentente sexuelle, la frigidité de Lilith est une jolie projection de ce que vit Nin aux côtés d'un mari certes bienveillant mais taciturne, immuable, d'une passivité qui la met, dit-elle, « au supplice ». L'orgasme rétif de l'héroïne est en réalité un fleuve brûlant qui ne demande qu'à être révélé et à s'épanouir…

Brûlante est aussi la Lilith de l'écrivaine et journaliste libanaise Joumana Haddad, qui ose dans un pays peu favorable à la liberté des mœurs lancer un magazine consacré au corps à destination d'un lectorat féminin. Dans *Le Retour de Lilith*[12], la poétesse restitue les multiples facettes de la démone, l'élève au rang de figure de la femme totale en laquelle s'embrassent tous les contraires, en laquelle se résolvent toutes les contradictions. Joumana redonne à Lilith l'initiative de son départ de l'Éden. Ainsi ne subit-elle pas l'humiliation de la femme répudiée. C'est elle qui rejette Adam et son paradis limité afin d'inventer son chemin, de façonner sa liberté, d'hériter de sa vie. De même que d'autres figures féminines qui sont comme autant de bras armés – Dalila, Salomé, Néfertiti, la reine de Saba, Hélène de Troie, Marie-Madeleine, Ishtar, Artémis –, Lilith préfère les errances d'une liberté sans cesse à réinventer aux assignations identitaires qui enferment. Joumana se livre à une revalorisation assumée de Lilith, contre les maléfices que la mythologie lui a attribués. La démone des poètes devient sous sa plume une « sur-femme », qui est toutes les femmes à la fois sans jamais se réduire à l'une de leurs facettes. Ève, à côté, fait vraiment pâle figure…

La *Lilith* d'Alina Reyes, auteure bien connue du *Boucher* et plus récemment de *Charité de la chair*, est également un personnage puissant[13]. Reyes lui rend sa haute stature de figure cruelle, amorale, avide de sexe. Dans une ville imaginaire dénommée Lone, une femme, directrice du muséum d'histoire naturelle, fait sortir la Lilith tapie en elle à la faveur d'une opération de chirurgie esthétique réalisée par son ancien amant. Celui-ci, érigé en créateur, devient l'objet d'une quête vengeresse de la part de Lilith, créature qui traque non seulement son Pygmalion mais aussi sa nouvelle petite amie. Vengeance de la première femme d'Adam contre le couple mythique ? Gourmande des hommes, elle les séduit et s'abreuve de leur sperme la nuit, puis s'en prend à eux jusqu'au sang avant de rencontrer le fameux Samael et de s'unir à lui. Ce couple d'amants postmoderne s'en va ensuite semer le plaisir et la mort dans la ville de Lone. Dans ce roman, Lilith est une figure qui s'émancipe peu à peu et convie les femmes à faire de même. Dans le chapitre « L'ange noir », la narratrice adresse aux autres femmes un appel fougueux à cesser de se poser en victimes, à prendre le pouvoir en pleine lumière, à faire le deuil de tout ce qui entrave et paralyse : le masochisme, l'attachement aux parents, la quête du prince charmant. « L'ange noir » n'est pas sans rappeler le *Manifeste de la femme futuriste* de Valentine de Saint-Point en 1913[14], où la futuriste invite les femmes à cesser de s'amoindrir et à viriliser leurs comportements. Là encore, chez Reyes, plutôt que l'obsession identitaire, c'est la liberté qui est promue, non contre les hommes mais tout contre les hommes, car Lilith les aime, ne veut pas se battre contre eux mais pour eux, pour elle-même, contre elle-même.

Dès les années 1970, des féministes opèrent une récupération positive en faisant de Lilith un symbole d'émancipation, occultant sa part maléfique. Les féministes juives retournent aux sources et retiennent de cette figure ce qui peut servir directement leur cause : une égalité en droits non détachée de la religion. Par le biais de cette figure légendaire qui connaissait le nom ineffable de Dieu, les féministes juives pratiquantes réclament une plus grande place dans le judaïsme et l'accès aux études religieuses. Comme on le sait, pour changer les rapports entre les femmes et les hommes, il ne suffit pas d'un arsenal législatif conséquent : c'est au niveau des représentations symboliques qu'il faut agir, non seulement en les déconstruisant mais aussi en proposant des alternatives plus soucieuses d'égalité. La fiction est à cet égard une précieuse ressource. On découvre ainsi, dans un texte écrit en 1972 par des juives nord-américaines, un conte où Lilith se lie d'amitié – et peut-être même davantage – avec Ève, la conformiste. Lilith se manifeste ici comme une femme qui paie cher sa liberté par la solitude et l'exclusion de la communauté humaine, mais qui parvient à convaincre Ève de larguer les amarres et de conquérir une fois pour toutes son autonomie. Car Ève dans le jardin d'Éden s'enquiquine... En lieu et place de la démone qui menace les femmes en couches et les bébés, Ève rencontre une sœur et, conquise, la rejoint dans l'insoumission. D'autres féministes feront de Lilith une figure matricielle, le symbole du refus douloureux de la maternité ou encore la quintessence des opprimées qui osent la révolte : la féministe française Mariella Righini[15], l'Iranienne Reza Baraheni[16], etc.

Les lectures au féminin de Lilith congédient le monstre femelle et nous rapprochent d'une figure non liée, profondément humaine, déterminée et douloureuse, puissante et solitaire, qui ne se contente pas de se poser en victime de l'ordre masculin, mais lutte pour conquérir et asseoir son indépendance envers et contre tout. Aujourd'hui, rançon de son succès, on assiste à un affadissement de ce modèle désormais assaisonné à toutes les sauces : pornographie, rock, bande dessinée, chanson française, etc. C'est aussi le cas d'autres figures telles que l'amazone ou encore la sorcière, passées dans le langage courant. Cependant, Lilith n'a pas fini de faire parler d'elle et sans doute a-t-elle encore beaucoup à nous apprendre sur l'énergie de la révolte mise au service de la liberté, de la dignité et de l'égalité entre les femmes et les hommes... Les atteintes aux droits des femmes partout dans le monde justifient que l'on s'indigne[17] et que l'on fasse « œuvre lilithienne ». L'insoumise Lilith a donc encore de beaux jours devant elle, à condition qu'à l'indignation succède un véritable acte d'émancipation...

Alexandra Destais

Quand la raison vacille : démon(s)trer l'incongru

Prolégomènes : du *jardin des délices* au *jardin des simples*, que des mots, point d'images

Me voici devant la page blanche et il va falloir trouver des mots pour dire ce que j'avais *monstré*, naguère, avec force illustrations, pour conter ici mes *fables* sans *formes* ni *figures*, n'en déplaise à André Chastel[1].

Adresse au lecteur : au fronton de cet édicule, on peut lire : « Nul ne sortira d'ici satisfait s'il n'est peu ou prou informé de quelques images issues des *livres à figures* du passé, et de quelques bons ou mauvais dess(e)ins de la science et de l'art. »

Qui fut voyeur au Rond-Point début 2011 devra se faire lecteur et se remémorer le déjà-vu, et qui en fut absent devra combler l'invu par l'errance dans les livres d'images ou dans son imaginaire, ce miroir que lui tend sa psyché puisant dans sa mémoire ; car on ne reconnaît que ce que l'on connaît déjà. Et s'il en est de ceux-là qui sont épris d'exactitude, ils devront se référer à quelque diaporama que je tâcherai de rendre public sur le site de l'Université populaire de Caen, avant que cet écrit ne leur tombe des mains ou qu'ils n'en détournent les yeux. En attendant, il ne vous reste plus qu'à feuilleter compulsivement dictionnaires et encyclopédies, et à vous méfier des dérives facétieuses de l'auteur.

Il y aura ici quelque chose de la *monstration* – sous la forme de la désignation, plutôt que sous celle de l'exhibition –, une invitation à une tératologie déambulatoire, inquiétante autant que délicieuse, puisque le *monstre* est en quelque sorte la figure de l'autre, et on sait que l'altérité dérange, pour le moins, voire que la tératophobie pousse à l'annihilation quand l'humanité oublie son nom et se fait mortifère – voilà pour le plus. Puis il sera un peu – mais pas beaucoup, trop peu hélas – question de la dé-*monstration*. Mon propos initial, en deux volets au Rond-Point, était conçu comme une sorte de renversement de ce qui serait censé opposer la mesure et la démesure. Le lecteur sera tenté, du moins je l'espère, d'en conclure à l'insanité d'une opposition assez bien portée par le sens dit commun : rationalité et sensibilité. Car la mesure n'est pas nécessairement la norme, et la mathématique n'est pas nécessairement dépourvue de monstres ; mais elle a ceci qui devrait *alerter les bébés*, à savoir : que l'on y procède à la démonstration, pour ne pas succomber à la volonté assez bien partagée dans le monde que nous connaissons de chasser le monstre, voire d'anéantir le monstrueux sans autre forme de procès que l'énoncé de sa prétendue incongruité, d'autres diraient son inaptitude ou son inadaptation.

Il s'agira ici d'un *exercice de style* sur le premier aspect développé naguère, à la manière de Raymond Queneau, et j'emprunterai l'épigraphe qui suit à Georges Perec, cet autre oulipien de mon jardin secret. Pour le flâneur curieux d'aller voir ce qu'il en était, dans le détail, des monstres, de la *monstration* et de la démonstration dans le second volet du diptyque originel, je le renvoie à une prose ornementée de figures qu'il trouvera sur le site de l'Université populaire.

Les monstres, *côté jardin* : figures de la *monstration*

> « Il y a dans un coin une toise. Je me sais menacé de devoir passer plusieurs heures dessous ; c'est une brimade plutôt qu'un véritable supplice, mais extrêmement inconfortable, car rien ne retient le haut de la toise et, à force, on risque de rapetisser. »
>
> Georges Perec, *La Boutique obscure*, n° 1, mai 1968. Paris, Denoël, 1973.

Pour peu qu'on s'intéresse à l'architecture et à l'art des jardins, deux champs de l'utopie du lieu retrouvé, on ne peut qu'être frappé de stupeur lorsque l'on a l'occasion de visiter le Jardin des Monstres de Bomarzo, une sorte d'*Hortus Palatinus* avant la lettre, dessiné et peuplé de statues qui préfigurent les grottes, les fontaines en rocaille et les automates que Salomon de Caus proposa à la princesse palatine au début du XVIIe siècle pour décorer les jardins de la colline du Friesenberg, près de son palais de Heidelberg, ou encore les paysages anthropomorphes, sortes d'arcimboldesques du corps entier. Toutes ces entreprises du *concetto* ou du *barroco* seraient-elles des *manières* de folie ou une catégorie de l'étrangeté qui pourrait nous faire dire que le surréalisme, qui pare de prétendues vertus freudiennes un goût intemporel pour le bizarre, le singulier ou le baroque, n'a pas inventé grand-chose en prônant le fantastique, qu'il n'a fait, somme toute, que revisiter ?

Reste que, quand l'architecture et les arts graphiques s'égarent ou se livrent à ces penchants, la raison défaille à l'image du corps dans cette *Maison penchée* de Bomarzo, qui fait vaciller son visiteur.

Et qui affirmerait que le visuel précède l'écrit ? Un Chinois dont l'écriture est faite d'idéogrammes ? Mais qui use de l'encre et des pinceaux à calligraphier pour peindre les rouleaux qu'il ne sortira et ne déroulera que pour quelques amis choisis.

Les monstres, *côté jardin* : glos(s)ons un peu

À défaut d'enchaîner les images d'un diaporama, listons les mots du glossaire que nous utiliserons, d'abord et dans l'ordre alphabétique, cet arbitraire de la raison, puisque ici les figures, si ce n'est de style, sont proscrites et n'iront donc pas sans dire :

1 – Anamorphose : peinture à regarder de biais, si ce n'est de travers…

2 – Baliverne : *balle* et *verne,* c'est-à-dire virevolte et tourne-vire.

3 – *Barroco* : perle de forme irrégulière dont on a fait tout un style.

4 – Calembredaine : calembour, propos cocasse, extravagant ou vain.

5 – *Concetto* : pensée brillante, selon la définition qu'en donne le Cavalier Marin[2]. Qu'on s'étonne après cela que de facétieux conteurs aient introduit la sirène et la licorne, mêlant l'hippocampe ou le veau marin avec la lyre des naufrageuses, le narval avec la cavale ; la France qui préfère l'*esprit* à l'*humour,* dit-on, parlera de *pointe,* vexée sans doute que *concerto* ait supplanté *concert*. On a les *Manières* qu'on peut ; à relire Ovide ou Quintilien, notre Marin n'avait pourtant inventé que le mot, pas la chose.

6 – Coquecigrue : mâtinée de cigogne, de coq et de grue comme la licorne, cheval au rostre de rhinocéros.

7 – Fabulette : petite fable, alors que ce qui est fabuleux l'est prodigieusement, incroyablement.

8 – Fadaise : sottise à la provençale.

9 – Faribole : si frivole.

10 – Grotesque : un mot qui court depuis le XVe-XVIe siècle, alors que l'on redécouvre à Rome et dans sa campagne des décors peints dans les maisons ensevelies depuis des lustres et dans lesquelles on pénètre comme dans une grotte plutôt que de plain-pied. Grotesques, la Domus aurea et le palais de Néron ? Oui, par les rapprochements incongrus qu'on peut y admirer et qui feront les délices de Raphaël, devenu maître de fouilles : faunes, démons, nymphes, décors et détails satiriques ou champêtres, masques de la comédie et

de la tragédie lorsque les fresques font allusion au théâtre et à ses décors (à Pompéi, en particulier)... Tous motifs dont on retrouvera des traces dans le Palazzo Vecchio de Florence, dans la villa Foscari, dite *la Malcontenta* et construite par Andrea Palladio. Le goût pour ce type d'ornement où l'effroi se mêle au risible va faire que le mot deviendra générique et désignera ensuite les produits de la caricature où l'hybridation le dispute à la métamorphose : les plus connus sont dans les *Carnets* de Léonard de Vinci ou chez Quentin Metsys.

11 – Monstre, du latin *monstrum* : ce que l'on montre ou l'on exhibe ; quelque chose qui va de la galerie de portraits aux phénomènes de foire, ceux de *Freaks*, la monstrueuse parade (1932) de Tod Browning.

12 – Paysage anthropomorphe : avatar de l'analogie entre microcosme et macrocosme ; très éloigné cependant de l'hommage appuyé à la nature, qui nous dominerait, dans la peinture chinoise ou dans le romantisme allemand (chez Caspar David Friedrich, par exemple) ; quelque chose comme des images à secret d'Épinal où il faut chercher l'animal familier qu'elles recèlent ; le genre inclut le portrait, mais aussi la figure en pied.

13 – Physiognomonie : cette pratique, qui soustend un art de « peindre » la nature humaine, tant par le dessin que par la plume, remonte à la plus haute Antiquité ; on parle alors de *physionomia*, et le *gnomon*, outil imaginé par Thalès pour mesurer la hauteur des pyramides, n'a sans doute été introduit que pour rappeler qu'il y a de la proportion et de la quantification, donc de la mathématique dans le procédé. La méthode

prétendra être fondée en raison : les traits du visage peuvent donner un aperçu du caractère et de la personnalité, et elle peut aller jusqu'à calquer les traits de caractère sur ceux des animaux (voyez Della Porta, Cardan). Car de même que l'homme a fait Dieu à son image, contrairement à ce que croit l'intéressé, il a fait les animaux à sa ressemblance, ce qui permet ensuite au physiognomoniste (voyez Lavater ou le peintre Le Brun, cherchant à exprimer les passions) d'affirmer que tel individu est rusé comme un renard, fort comme un bœuf, noble comme le lion ou impérial comme un aigle... Bref, un anthropomorphisme au service d'une pseudo-science.

14 – Phytognomonie : il existe au moins un ouvrage, de Jérôme Cardan, médecin, mathématicien et astrologue, qui s'est cru autorisé à certains rapprochements entre plantes et humains ; n'oublions pas qu'à la même époque, la dernière semence que les pendus émettaient bien involontairement était censée faire pousser la mandragore au pied des gibets...

15 – Portraits composés : Arcimboldo, vous avez dit Arcimboldo ? Qui commit aussi quelques paysages anthropomorphes (voir *supra*).

16 – Prodige : le latin *monstrum* signifie « prodige ayant valeur de présage », et glisse aux alentours de 1120 vers le sens de prodige étonnant, voire effrayant, ou de chose incroyable. Il y a beau temps que j'éprouve le manque d'un mot tel qu'*inouï*, pour parler de l'*imperçu* avec le sens de la vue : l'inaperçu est trop faible et l'imprévu est un glissement du sens vers les vues de l'esprit.

17 – Sornette : propos frivole et creux, issu de la *sorne*, ou raillerie ; il y a du sournois dans cette sornette-là...

18 – Tératologie : du grec τερας (*teras*), monstre, et λογος (*logos*), science ; elle est consacrée aujourd'hui à l'étude scientifique des malformations congénitales ; mais le monstre grec relève lui aussi de la chimère ; forme de défense de l'imaginaire individuel ou collectif face à l'incongruité, au hors-norme.

Inquiétant ou grotesque, le monstre ? Affabulation, faribole, baliverne, sornette, fadaise ou coquecigrue, de quoi amuser la galerie ? Ou plutôt représentation des corps – représentation croisée quand l'homme fraie avec (ou s'effraie de ?) l'animal –, comme un feu qui couve, sans lequel point de fumée, et qu'attiseraient les bêtes immondes ? Les figures de l'altérité surgissent rarement par hasard, et ce que produit la science pour mesurer les écarts et les différences est souvent bien mal employé, on le verra, pour faire de ces écarts des fossés, voire des culs-de-basse-fosse. Et que l'on ne s'imagine pas que notre Âge serait épargné d'être bien moins que Moyen en la matière.

Les monstres, *côté jardin* : du phantasme du fantastique

La palette des images « fantastiques » – au sens des *monstres et merveilles* – produites dans le monde occidental est très large : elle va des arts graphiques (dessins, peintures, sculptures, ornements et fresques en architecture) à l'*histoire naturelle*, dérivée de la physique aristotélicienne, recouvrant nos actuelles sciences physicochimiques, la médecine, la biologie, la zoologie et la phytobiologie. Cette *histoire* est abondamment illustrée au Moyen Âge et à la Renaissance par des livres à figures qui mêlent allègrement réel et imaginaire, et pas toujours avec le discernement qui conviendrait à notre âge réputé avoir été éclairé par les Lumières. Nous citerons d'abord différents courants dans lesquels se manifestent goût pour la bizarrerie, intérêt pour l'anomal (plutôt que pour l'anormal, car la norme vient de la volonté de classer l'anomal), volonté d'effrayer (comme quand la barbe est bleue et les dents pointues dans les contes à ne pas dormir), voire volonté d'entretenir l'idée d'une toute-puissance d'un créateur dont les desseins nous échapperaient.

Prenons par exemple le Jardin des Monstres de Bomarzo, nommé Bosco Sacro, à l'origine, puis Parco dei Monstri au XXe siècle, et situé dans la province de Viterbe, au nord du Latium. Longtemps à l'abandon, on y voyait encore, dans les années 1950, des pâtres plutôt que des peintres (voyez les photographies de Glasberg illustrant l'ouvrage d'André Pieyre de Mandiargues sur ce lieu), mêlant leurs troupeaux au bestiaire fabuleux que l'on rencontre tout au long d'une *monstration* déambulatoire, en apparence erratique, et qui relève en fait du parcours initiatique imaginé par Pier Francesco, dit Vicino, Orsini, fils du *condottiere* Giancorrado Orsini, et dessiné par Pirro Ligorio (le concepteur des jardins de la villa d'Este), à l'exception du *Temple de l'Éternité*, mémorial dédié à l'épouse de Vicino, Giulia Farnèse, morte en 1560, qui fut réalisé par Vignole. Il vit là l'occasion d'affirmer sa puissance par l'alliance de la littérature, de la sculpture et de l'art des jardins, sorte de *concetto* avant la lettre. On y retrouve l'influence de Colonna et de son *Hypnerotomachia* (*Le Songe de Polyphile*, 1499) et de l'Arioste, avec son *Orlando furioso*. Sirène royale bifide, griffon ailé, ours emblématique de la famille Orsini, tortue atlante y côtoient des allées d'urnes ou de glands, une bouche – ou porte – des Enfers à l'apparence d'un masque de la tragédie antique, un Cerbère bicéphale, un combat titanesque entre Hercule et Caccus, des nymphes alanguies, un Neptune, une Démeter réglant les saisons et veillant sur trois enfants jouant dans son dos, des sphynges gardant l'entrée, un éléphant d'Hannibal se saisissant, avec sa trompe, d'un soldat armé pour le renverser, le combat d'un dragon avec un chien, un lion et un loup, ou encore la fameuse *Maison penchée* dont les fenêtres recadrent étrangement le paysage environnant, le tout pimenté d'inscriptions assez absconses, sortes de réflexions sur la vanité du monde, ou encore un petit Pégase, le cheval ailé, faisant face – crânement, mais discrètement – à la direction du domaine de la famille ennemie, etc.

Tous ces monstres marins ou ailés font irrésistiblement penser aux ouvrages d'histoire naturelle que produira la Renaissance, renouvelant le bestiaire médiéval, tel l'ouvrage du chirurgien Ambroise Paré (1510-1590), décrivant des *Monstres et Prodiges* (1571) dans un recueil consacré aux

« monstres » humains, aux hybrides que sont les animaux humanoïdes, mais aussi aux comètes, prodiges annonciateurs de merveilles ou de catastrophes – comme celle de fin 1527 qu'il représente avec force épées, sabres, poignards et hallebardes –, mais aussi aux têtes flottantes (et peut-être tranchées ?), s'inspirant d'une gravure allemande qui pourrait d'ailleurs bien représenter une aurore boréale plutôt qu'une comète. Il y a de l'esprit d'escalier dans cette débauche d'analogies, qui préfigurent les *cadavres exquis* des surréalistes, toujours en mal d'un recommencement faisant figure de nouveauté.

On peut y voir, tout ensemble et à titre d'exemple de la variété des objets abordés :

– une image du rhinocéros, très inspirée de la célèbre gravure qu'Albrecht Dürer consacra d'après nature à cet animal en 1515, fraîchement débarqué au Portugal ; ou *la pri(n)se des Crocodiles* sur un rivage où poussent des palmiers ; avec une fidélité aux spécimens qui tend à prouver qu'un témoignage visuel a présidé à la fabrique de l'image originale ;

– deux siamoises, avec un corps à deux cous et deux têtes, comme *Exemple de la trop grande quantité de semence* ; deux *enfans gemeaux hermafrodites, estans ioints* [étant joints] *dos à dos* ; *un homme, du ventre duquel sortait un autre homme* ;

– un cochon monstrueux, avec huit membres et une seule tête, *nay à Mets* [né à Metz] *en Lorraine* ;

– la *Figure prodigieuse d'un Enfant ayant la face d'une Grenoüille* ; un autre, *ayant esté preßé* [pressé] *au ventre de sa mere, ayant les mains & pieds tortus* ; les figures *d'une fille velue,*

& d'un enfant noir, faicts par la vertu imaginative ; la *Figure d'une Pierre extraicte à un Patissier de Montargis* ;

– le *Portraict d'un Triton & d'une Serene, v(e) us sus le Nil* ;

– un *Monstre marin ayant la teste d'un Moyne, armé, & couvert d'escailles de poisson* ; *un monstre marin ayant figure humaine* ; *un Lyon marin couvert d'escailles* ; un autre *ressemblant à un Evesque, vestu de ses habits pontificaux* ;

– la *Figure d'un Cheval de mer,* à queue de sirène et deux pattes avant palmées ; *d'une Truye marine*, etc.

Une grande part de ces figures est inspirée d'images publiées antérieurement, et se retrouve dans tous les traités ultérieurs de même nature[3] : on y voit progressivement les animaux exotiques devenir de plus en plus réalistes, et les monstres d'imagination ou de bouche à oreille disparaître progressivement jusqu'au XVIIIe siècle, avec les progrès de la dissection et de l'observation, mais aussi du dessin et de la gravure, qui accompagnent les *Mémoires de l'Académie* et autres journaux savants.

Les monstres, *côté jardin* : un réalisme perverti ou coupable ?

Cette question du « réalisme » dans la représentation des faits et des corps ressortit à un phénomène essentiel de la Renaissance : l'invention de la perspective et la redécouverte des règles de proportion antiques, touchant au corps humain, d'une part, mais aussi à la sculpture, à l'architecture et à ses dépendances. La Renaissance italienne et européenne, redécouvrant un platonisme « néoformé », et certains textes théoriques de l'Antiquité grecque, transmis et commentés, voire enrichis par leur passage dans le monde arabo-musulman, vont conduire à l'humanisme bien sûr, mais aussi à l'émergence d'une science rationnelle en grande partie fondée sur la mathématisation du réel, à commencer par la physique. C'est ainsi que l'on édite et illustre des versions en langue vernaculaire du traité d'architecture de Vitruve (Ier siècle de notre ère) : Léonard de Vinci en tirera, par exemple, son *homme de Vitruve* bien connu. Mais le plus important est peut-être du côté de la qualité du dessin : les règles de la perspective centrale, inventées par les architectes Filippo Brunelleschi et Leon Battista Alberti dans la première moitié du XVe siècle, puis démontrées *more geometrico* par le peintre-mathématicien Piero della Francesca autour de 1470, vont permettre de donner à voir des images « fidèles », certes illusionnistes, mais de nature à « tromper l'œil », non pour l'abuser par des images fallacieuses mais pour l'instruire de ce qu'il ne peut voir de ses propres yeux, lorsque ce qu'évoquent ces images relève de la remémoration ou de l'imagination pure. Car Piero della Francesca va développer dans son *De prospectiva pingendi*[4] des méthodes très sophistiquées pour peindre (feindre et montrer) « comme l'œil voit » au travers de la *fenêtre* qu'Alberti a ouverte sur le monde. C'est lui – particulièrement – qui nous a appris à « voir le voir », à procéder au décentrement de l'homme médiéval, c'est-à-dire à faire le pas de côté qui permet de voir en pensée, puis de transcrire en dessin les relations qu'entretiennent l'œil (le perspecteur est un cyclope...), le tableau (la vitre de la fenêtre fictive au travers de laquelle le voyeur perspicace perce le réel à jour) et la chose regardée.

Jugez-en et excusez du peu : non seulement il donne le moyen de représenter le carrelage régulateur du sol dans le tableau ; mais encore il expose le moyen d'élever les volumes par rabattement ; mais aussi il élabore les principes du trompe-l'œil horizontal pour la marqueterie et de l'anamorphose pour redresser les images d'un point de vue non frontal ; mais surtout peut-être, le procédé des coupes horizontales que nous appelons aujourd'hui des lignes de niveau dans les cartes topographiques, qui préfigurent le principe de notre moderne scanner en imagerie médicale. Il explique ainsi comment on peut effectuer des rabattements et des rotations sur les cubes et les parallélogrammes qui contiennent les différentes parties du corps humain (la tête, par exemple), pour comprendre comment on pourrait représenter un corps dans toutes les positions souhaitées. Ses procédures et celles qui les compléteront ensuite conduiront aux méthodes qui se traduisent aujourd'hui par le dessin assisté par ordinateur. Elles transforment en profondeur le rapport au réel de l'homme occidental. Désormais, il y a deux visions du monde : la vision directe et la vision « en perspective », qui est véritablement un autre mode, substituant le tableau ou le dessin au relief, avec de nombreux avatars permis bien plus tard par les progrès de l'optique et de la chimie, comme la photographie et le cinéma.

Ainsi, l'une des conditions pour que l'homme devienne « comme maître et possesseur de la nature » (Descartes) passe par la représentation, condition quasi *sine qua non* de la reproductibilité des choses et, cela dit en passant, du monde industriel à venir[5]. Désormais, plans et dess(e)ins se combinent pour une approche quantifiée de l'espace et des « objets » qui l'habitent – corps ou constructions. C'est à cette époque que Piero se saisit du compas à branches courbes pour mesurer les crânes et dessiner ses « courbes de niveau » de la boîte crânienne ; les mêmes instruments, quasiment, dont se saisiront les phrénologues du XIXe siècle. C'est aussi dans son sillage qu'Albrecht Dürer, dans son traité des proportions du corps humain, met en évidence le fait que la tête d'un enfant a un rapport à son corps plus grand que celui de la tête d'un adulte au sien. Observez les *Vierges à l'Enfant* des primitifs et de la première Renaissance et comparez-les avec celles des peintres de la fin du Quattrocento et du XVIe siècle, vous verrez que l'*habitus* visuel a changé, irréversiblement en même temps qu'une certaine normalisation s'effectue. Et que dire du moyen qu'invente le même Dürer, dans le même traité, pour transformer les physionomies, faces et profils, par déformation du quadrillage dans lequel il a dessiné les contours d'un visage « ordinaire » : quelque chose comme l'automatisation du grotesque, mais aussi quelque chose susceptible de manifester que l'homme peut aussi bien forcer le trait que la nature.

De fait, l'effort de rationalisation entrepris chez les géomètres pour mesurer les corps relève paradoxalement de deux mouvements *a priori* antagonistes : d'une part, il participe au désenchantement du monde, en proposant la quantification du microcosmique comme du macrocosmique, ce qui a pour effet d'atténuer les peurs irrationnelles ; d'autre part, il contribue à la création d'outils de mesure propres à toutes les déviances dont les sociétés mortifères sont coutumières, parfois avec les meilleures intentions du « meilleur des mondes », comme aurait dit Leibniz. Qu'on se souvienne de la phrénologie, qui pensait pouvoir détecter les criminels « de naissance » par l'observation de leur boîte crânienne, discipline bientôt généralisée par l'anthropométrie ; et faut-il rappeler, plus près de nous, la volonté de prévenir la délinquance par une détection précoce (dès la maternelle) des « troubles du comportement ».

Les monstres, *côté jardin* : du mauvais usage de la science

Un exemple de ce dévoiement de l'usage du nombre ou de la figure se trouve dans la nombreuse littérature qu'a engendrée, en particulier au XIXe siècle, le fameux « nombre d'or » qui « se cache(rait) » derrière la suite de Fibonacci[6]. Cette « divine proportion », pour reprendre l'intitulé d'un traité du tout début du XVIe siècle rédigé par un élève de Piero della Francesca, le mathématicien Luca Pacioli, ressortit à l'origine à un problème euclidien, dit du « partage en moyenne et extrême raison ». Le nombre d'or est lié à la question de la construction du pentagone régulier à la règle et au compas – figure pythagoricienne s'il en est. Ce rapport de grandeurs singulier, que l'on trouve établi au stade le plus élaboré de la théorie grecque des proportions, est devenu au fil des siècles, et particulièrement au siècle du déploiement de la psychologie de la forme (*Gestalt*), un prétendu canon d'une beauté tout à la fois « naturelle » (en raison des nombreux exemples de symétries d'ordre 5 que propose ladite « Nature » : disposition des pétales en symétrie d'ordre cinq, disposition spiralaire des graines dans la fleur de tournesol, etc.) et « idéale », du fait des propriétés extraordinaires de ce rapport de proportion. Celui-ci permet, en effet, l'auto-engendrement de certaines formes comme le « rectangle d'or » et la « spirale d'or ». On assiste alors à une sorte de résurgence de l'idée antique de symétrie-harmonie, due à sa prégnance, et utilisée effectivement par certains artistes (Raphaël, Poussin, Mondrian, Le Corbusier, pour ne citer qu'eux).

Au point que d'aucuns n'ont pas hésité à utiliser le nombre d'or pour normer les proportions du corps humain de la manière qui suit : dans un ouvrage intitulé *Le Nombre d'or, clé du monde vivant*, paru en 1945 (on croit rêver...), l'auteur, Dom Neroman, *monstre* d'abord que le nombril humain *est* (évidemment ?, naturellement ?) situé entre le sommet de sa tête et la plante de ses pieds dans le rapport doré, *puisqu'il l'est* sur une photographie de profil de la *Vénus de Milo*. Il affirme ensuite sans ciller que de nombreux exemples d'individus échappent à cette règle « parlant d'or », en commentant deux planches de dessins[7] dans les termes suivants :

« Les planches 35 *bis* et *ter* donnent, accompagnant la statue de la Vénus de Médicis, des femmes de diverses races qui n'ont pas été du tout choisies pour soutenir une thèse ; elles sont extraites d[u] très bel ouvrage encyclopédique *La Femme* (22)[8], dans lequel le docteur Verneau a rassemblé des photographies de femmes prises dans les races les plus diverses, et présentées dans un but strictement descriptif ; nous-même, nous nous sommes bien gardé de faire un choix dans ces documents : nous avons relevé les silhouettes de TOUTES les femmes figurées en pied et nombril découvert. Sur ces onze sujets, on en relève trois qui ont le nombril à la "hauteur d'or" ; nous les avons groupés autour de la Vénus de Médicis ; ce sont la Hottentote métissée de la tribu Korana, la Tamoule de Ceylan, et la Wende, de race slave ; toutes les autres ont le nombril trop bas, et cet écart sur la divine proportion est surtout accusé chez la Juive (fig. M) et chez la jeune Négrille de l'Afrique équatoriale (fig. K). »

Je laisse au lecteur le soin d'apprécier le raisonnement et l'argumentaire, sans parler de l'ouverture spécieuse du parapluie : il s'en fallait de peu qu'il ne nous expliquât que sa concierge, quoique femelle (et au demeurant assez vache : de race charolaise ou limousine ?), était de ces amis contre lesquels « on n'a rien, vraiment » et constituent « l'exception qui confirme la règle ». Faut-il pour autant concevoir la science, et donc la culture scientifique, comme porteuses du pire, alors que leurs ressorts sont la créativité et l'imagination, tout autant qu'elles sont essentielles pour les arts ?

Les monstres, *côté cour*(s) : démon(s)trer l'incongru, par la pratique

> « La mathématique est une science dangereuse : elle dévoile les supercheries et les erreurs de calcul. »
> Galileo Galilei

La mathématique a-t-elle aussi ses monstres ? L'imagination joue un rôle essentiel en cette discipline, et nombreuses sont les chimères qui y sont advenues et en sont issues après avoir acquis leurs lettres de noblesse, non parfois sans mal.

Le fait est que l'usage ambigu du mot *monstration* en lieu et place de celui de *démonstration*, dans les ouvrages mathématiques de langue française, est avéré dès le Moyen Âge, et il a cours encore au milieu du XVIIe siècle. La *monstration* est souvent une illustration par des cas particuliers dont on induit une proposition, et elle est parfois une preuve au sens logique du terme, c'est-à-dire une démonstration en bonne et due forme, selon la voie tracée par la *doxa* euclidienne. Celle-ci, initiée par l'académie de Platon, héritière de Thalès de Milet et Pythagore de Samos, renforcée par Aristote et sa logique, puis développée par Euclide au sein de l'école grecque d'Alexandrie, distingue deux types d'énoncés sur les objets de la *mathesis* : 1) le théorème, c'est-à-dire l'énoncé d'une propriété des nombres, en arithmétique, ou des figures, en géométrie ; 2) le problème, c'est-à-dire la mise en évidence d'un objet numérique ou géométrique – le *requis*, par exemple la médiatrice d'un segment –, que l'on définit à partir d'autres objets – les *donné*(*e*)*s*[9] –

avant d'en montrer l'existence en donnant les étapes de sa construction et en (dé)mon(s)trant que l'objet ainsi construit répond bien aux conditions posées dans sa réquisition.

Le théorème relève du *théorétique*, et donc d'une reconstruction synthétique des savoirs accumulés pendant des siècles. Mais il est issu d'une *praxis* primitive, essentiellement faite de problèmes, qui relèvent plutôt d'une réflexion analytique sur le monde. La traduction de cette analyse consiste souvent en l'exposé d'exemples dont on tire une règle générale.

Ces problèmes sont liés à ce que l'on pourrait appeler « l'arpentage du monde connaissable », au sens large d'une connaissance des formes, des mesures et des quantités, qui nécessitent calculs numériques et constructions géométriques, c'est-à-dire élaborations de pratiques et de techniques : ce sont celles des arpenteurs ou des agrimenseurs (avec l'exemple souvent cité du bornage annuel des berges du Nil pour la redistribution des terres fertilisées par les débordements du fleuve). Ce sont aussi celles des gnomoniciens et des astronomes, qui tentent de maîtriser la mesure du temps et de comprendre la mécanique de l'univers visible dans le ciel environnant, qui inventent des moyens de mesurer la « hauteur » des étoiles dans le ciel, relativement à l'horizon, la circulation de certains astres autour d'une Terre dont on essaie d'évaluer forme et dimensions, et cherchent à expliquer le retour des saisons à l'aide de calendriers qui supposent la mesure du temps diurne et nocturne (par exemple, par l'usage des cadrans solaires de la science gnomonique ou de clepsydres). Ce sont également celles des architectes, chargés de fixer par le dess(e)in les formes, mesures et proportions des édifices et des villes, de leurs plans et de leurs élévations. Ce sont enfin celles des logisticiens et autres comptables[10], chargés de tenir les comptes des denrées et des monnaies, pour la comptabilité, la répartition, la valeur d'échange ou la redistribution des richesses accumulées sous formes de biens ou de contre-valeurs.

Les savoirs ainsi accumulés ont longtemps été exposés sous forme de problèmes à résoudre et de recettes pour en obtenir la solution. Lesdites recettes sont le plus souvent exposées sous forme d'une série d'exemples, de difficulté graduée, processus pédagogique qui tient lieu de théorie jusqu'au XVIIe siècle (et au-delà, s'agissant de transmission des connaissances). Et c'est à ce manque de rigueur que la révolution euclidienne tente de mettre fin : il s'agit alors de mettre de l'ordre dans ces connaissances. Euclide propose un exposé hypothético-déductif censé rassembler ce qui était épars jusque-là, choisir des modèles et des figures clés dont dépendraient tous les autres, et des validations de nature démonstrative qui assurent l'exactitude des énoncés, théorèmes à valeur universelle comme autant de règles assurées, et problèmes généraux. D'ailleurs, l'application de ces derniers aux problèmes particuliers permettra d'énoncer de nouvelles règles et de les valider, dans une sorte d'édifice logique où les vérités premières (postulées ou démontrées) entraînent la vérité des énoncés conséquents, qui s'établissent à partir des prémisses ; celles-ci sont alors simplement citées, convoquées comme assises indubitables sans qu'il soit besoin de les établir à nouveau.

On voit par là que : 1) la mathématique n'est pas née d'idéalités pures, mais de l'activité humaine, et s'est condensée dans de la théorie de plus en plus affermie par l'expérience et le raisonnement ; 2) l'activité mathématique s'est souvent contentée d'inductions, tant elle a eu et tant qu'elle a eu pour fonction première de résoudre des questions posées par sa compréhension du monde dans lequel l'humanité avait à (sur)vivre.

Les monstres, *côté cour*(s) : de la démonstration d'un monstre fabriqué, ou de l'intuition à l'induction

Qu'est-ce que l'induction, par « opposition » à la déduction, qui préside au raisonnement euclidien ? Un exemple bien connu des mathématiciens permet de comprendre la chose : ils l'ont « inventé » comme une sorte de contre-exemple à une idée reçue, qui est que lorsque l'on connaît une suite (finie) de données numériques, ou plutôt quand on en connaît un nombre « assez grand » pour en tirer une loi générale qui semble vouloir se poursuivre « indéfiniment », on peut conclure à la « vérité » de cette loi pour le « phénomène observé ».

On trouve cela parfois dans des magazines qui nous proposent, souvent l'été sur la plage, de tester nos capacités logiques : « Si je vous dis 1, 2, 4, 8, 16, saurez-vous me dire le terme de cette suite de nombres, qui s'ensuit logiquement ? »

La – j'insiste sur La – réponse qui vient à l'esprit – d'aucuns diront « tout naturellement » – est : 32 (auquel succéderait 64, etc.). Or il s'avère, dans cet exemple, que nous sommes « victimes » d'un fait acquis, ou plutôt d'un automatisme de pensée lié ataviquement au fait que la duplication – le fait de multiplier par 2 – est l'un des premiers opérateurs « naturels » pour rendre compte de la croissance, en l'occurrence multiplicative. À tel point que l'histoire du sage jouant aux échecs avec son souverain et demandant pour récompense d'une victoire éventuelle tout le riz que l'on pourrait mettre sur l'échiquier en commençant par un grain sur la première des 8 x 8 = 64 cases, deux sur la deuxième, quatre sur la troisième, et ainsi de suite, *en multipliant par deux le nombre de grains d'une case à la suivante*, est connue de toute Antiquité dans un grand nombre de civilisations. Deux ou trois millénaires avant notre ère, les Babyloniens (voire peut-être les Sumériens) savaient « sommer » le nombre de grains de riz ainsi obtenus, puisqu'ils connaissaient la formule, que nous écrivons de nos jours : $1 + 2 + 4 + 8 + 16 + \dots$ (avec 64 termes) $= 2^0 + 2^1 + 2^2 + 2^3 + \dots + 2^{63} = 2^{64} - 1$, ce qui, par parenthèse, représente 288... milliards de tonnes de riz.

Il faut cependant insister, dans cette histoire de jeu d'échecs, sur le fait que le mode de reproduction des termes de la suite est imposé : c'est la duplication. Si cette règle, dite « de récurrence » ou « d'hérédité », n'est pas explicitée, le test de votre magazine devient en fait sans objet : n'importe quel nombre peut faire suite à 1, 2, 4, 8, 16, et il y a, en toute rigueur, une infinité de réponses possibles, même si l'on se cantonne à une suite de nombres entiers. Et le contre-exemple le plus frappant consiste à décider que le « bon » nombre serait... « au hasard », 31 ; ce qui, bien sûr, ne préjuge en rien de celui qui s'ensuivrait (62 ?, 63 ? ou bien 61 ?). Le lecteur, s'il est un peu curieux d'une mathématique à l'œuvre, trouvera un développement lui permettant d'approfondir cette question cruciale sur le site de l'UP. Il y verra qu'en tout état de cause, induire n'est pas démontrer, mais que le géomètre qui cherche procède souvent par inductions successives, et ne sacrifie à la rigueur qu'au moment de faire la preuve de sa construction, obtenue par « analyse ». Autrement dit, il doit faire la preuve de son adéquation avec le problème posé : c'est en somme la mise en évidence, s'il en était besoin, que dans la pratique – et n'en déplaise à Euclide, dont par ailleurs je loue volontiers les vertus –, les problèmes ont précédé les théorèmes.

Notons, pour en finir avec l'idée que l'atavisme de la duplication serait naturel, que l'exemple déviant 1, 2, 4, 8, 16, 31, ?, proposé ci-dessus fait usage de figures où des lignes joignent des points d'une circonférence et que ces figures de réseaux ressemblent « assez » au type de « cartes » tressées de roseaux ou de joncs par certaines tribus de navigateurs sur radeaux de l'océan Pacifique. « Assez » en toute hypothèse pour imaginer une fiction qui ferait de ce problème un très vieux problème d'une autre civilisation dont les premières traces mathématiques seraient la suite 1, 2, 4, 8, 16, 31, 57, etc., que nous venons d'évoquer.

Pour abréger ce développement qui montre qu'il y a loin de l'intuition à la preuve, retenons simplement ici que la démarche du mathématicien est semi-erratique : il se laisse volontiers aller à l'induction, mais sous contrôle : il sait qu'elle est trompeuse et connaît ses fallacies ; et lorsque l'analyse d'un problème le conduit à une voie plausible, il ne parle pas de théorème, mais de « conjecture », qu'il va falloir confirmer (ou parfois infirmer). Parfois c'est la communauté, attentive à la rigueur d'une preuve, et donc au faux pas (le paralogisme, par exemple), qui relève une erreur de raisonnement et renvoie le découvreur à ses chères études. Et on a pu voir les plus grands noms de la mathématique, *cent fois sur le métier, remettre leur ouvrage*... avant de trouver la voie, de corriger l'erreur, mais aussi parfois de se trouver dans l'impasse.

Les monstres, *côté cour*(s) : des monstres inattendus, et de leur dé-*monstration*

Cela n'aurait guère de conséquence, pourrait-on penser, s'il ne se trouvait pas de temps à autre quelque objet échappant à la raison raisonnante.

C'est le cas de l'irruption d'objets jusque-là impensés (et impensables) qui répondent à des questions que la pratique finit par imposer. Ce sont, par exemple, les « nombres négatifs » ; les rapports incommensurables qu'entretiennent les grandeurs de la géométrie euclidienne, que l'on pense « mesurables », et qui conduiront à créer des nombres étranges qui pourtant seront nommés « réels » au bout de l'aventure, alors que parmi les quantités repérées comme « irrationnelles » on qualifiait, en vieux français, de *sourdes* ou *absurdes* (*absurd* : qui ne peut être compris car on n'y entend *goutte*), les racines carrées, cubiques, etc., des nombres entiers qui n'étaient ni carrés « parfaits », ni cubes parfaits, etc. ; et la liste ici esquissée est loin d'être exhaustive.

C'est le cas aussi de la vérité « d'évidence » dont la *monstration* est impossible – on dit aussi : on ne pouvait en « exhiber » l'objet –, et qui cache en fait un cadavre dans le placard. Prenons, par exemple, les *nombres imaginaires* – oui, vous avez bien lu : qu'on les appelle plutôt *complexes* aujourd'hui n'empêche pas qu'on leur attribue toujours une *partie réelle* et une *partie « imaginaire »* –, ou encore les *géométries non euclidiennes*, nées de l'impuissance – pendant plus de vingt siècles – à démontrer le cinquième postulat d'Euclide. Ce postulat, que l'on se refusait à voir comme une vérité indémontrable mais que l'on pensait infalsifiable[11], revient à affirmer, sans démonstration, que « des droites parallèles et non confondues n'ont aucun point commun », ou « ne se rencontrent *jamais* ». On notera que ce *jamais* revient à dépasser le domaine du sensible, puisqu'il est assez difficile d'aller constater à l'infini (dans l'espace et donc dans le temps, puisque nos déplacements ne sont pas instantanés) que la chose est avérée, pour des êtres mortels, sauf à prétendre que leur esprit peut embrasser l'infini – l'in-terminé, l'inachevé ou l'imparfait, en somme : comme c'est étrange. On ne s'étonnera donc pas que la notion d'*infini* soit un enjeu majeur de tout ce que la mathématique explore dans la douleur et dans le plaisir, et ce « terme » ou cette notion d'infini est souvent reconnu comme désignant le point de départ d'où l'aventure mathématique a « véritablement » commencé.

Au Rond-Point, nous avions *monstré* sur quelques exemples, seulement évoqués ici, en quoi nécessité fait loi : ces *monstres* de la mathématique, qui effraient leurs inventeurs eux-mêmes, ont fini par obtenir droit de cité, parce que l'utilité de fictions fabriquées à partir d'eux pour résoudre des problèmes jusque-là réputés insolubles s'est avérée un moyen puissant de leur intégration. Alors que l'on pourrait les croire sortis d'un filon du monde des idéalités, telle *Athéna, tout armée de la tête de Zeus*, ils ont été conçus comme des outils forgés par analogie et/ou par extension de ceux qui avaient fait leurs preuves dans des situations antérieures analogues. Bien qu'insensés, on les manipule pour leur efficacité, mais ils n'obtiendront un « statut légal » qu'après que le géomètre leur aura donné une représentation – encore des figures ou des formules, car la re-présentation n'est évidemment pas faite que de dessins ou de schémas. Comme si leur utilité ne faisait pas preuve (d'ailleurs le fait-elle ?, n'en déplaise à John Stuart Mill), il faut tout d'abord démontrer que ces objets peuvent obéir à des règles similaires que l'on applique aux objets connus qui les ont précédés dans l'invention, parfois attendre que d'autres développements fassent apparaître de nouveaux cadres théoriques dans lesquels ces objets trouvent une place plus assurée, et enfin – et si le doute subsiste – *monstrer* que ces objets peuvent avoir une réalité « géométrique », par exemple lorsque le XIXe siècle s'appliquera à montrer qu'il existe des modèles « euclidiens » des *géométries non euclidiennes*, réinventant parfois le fil à couper le beurre, qu'ils avaient sous leurs yeux et manipulaient depuis des lustres, sans « voir » en l'occurrence que des triangles ayant plus de 180 degrés pour somme d'angles sont monnaie courante sur la sphère. *Monstrer* finalement peut servir à *démonstrer*, non la véridiction d'une proposition, mais la justesse d'une intuition devenue conception.

Que le lecteur ne voie dans ces propos aucune trace de mésestime pour nos aînés : il est clair qu'une bonne partie des inventions de la mathématique est née de l'infraction aux règles, souvent par le croisement des regards ou par le *regard oblique* si cher à Thoreau, ce regard anamorphosant évoqué plus haut, qui permet de déjouer les apparences trompeuses, de comprendre ce qui, jusque-là, était resté inaperçu parce qu'en quelque sorte caché ou inabouti. Reste ensuite à remettre de l'ordre dans l'édifice en absorbant ce que les nouveaux venus y apportent et y induisent. Ainsi donc, la mathématique aussi a ses fallacies ; à ceci près qu'elle ne peut s'y résoudre et qu'elle doit trouver le point de vue sous lequel apprécier le trompe-l'œil. Ainsi encore, la mathématique aussi vit du perpétuel balancier entre ordre et désordre, entre heuristique et synthèse. *Monter sur les épaules des géants* suppose beaucoup d'humilité, tant des géants à venir que des *petits maîtres* qui leur préparent le terrain en semant les idées et en forgeant les outils qu'ils croiseront ou regarderont d'un œil neuf, voire de biais pour trouver la voie de la preuve.

Au bout de cette errance digressive et si l'on prend la peine de flâner, on verra qu'il n'est rien que l'on ne puisse finir par reconnaître comme une vérité alternative, dès lors qu'on en prend connaissance par tous les sens, mais aussi par tous les biais et toutes les ruses de la raison, et qu'on développe un système d'axiomes contextuel adéquat, loin des idées reçues.

On aura constaté également que le temps fait beaucoup à l'affaire, ainsi que le parti pris de n'en jamais croire ses yeux, ses oreilles et ses présupposés.

Et finalement que, certes, il y a de l'*indémonstrable*, mais on ne peut conclure à cela qu'à propos d'un fait et que lorsque l'on a *démonstré* l'indémontrabilité de ce fait.

Puisse cette leçon, au demeurant analogique plus que démonstrative, s'appliquer à la connaissance d'autrui, notre *alter ego*, mais avant tout à elle-même, car les questions soulevées ou évoquées ici sont loin d'être closes...

Jean-Pierre Le Goff

Qui est le monstre ?

Plusieurs penseurs, parmi lesquels le psychanalyste Bruno Bettelheim, suggèrent l'idée que, dans les contes de fées, les monstres (animaux maléfiques, humains difformes, ogres, marâtres...) sont les représentations des versants sombres des adultes qui entourent les enfants. Ils affirment qu'une des fonctions des contes merveilleux, et la raison de leur succès, c'est précisément que les monstres qui les peuplent représentent les « mauvais » parents. Ces récits deviennent alors des moyens pour les enfants de se protéger de ces êtres malfaisants, en pouvant être persuadés que le parent persécuteur est en fait une autre personne que le parent aimant, doux et compatissant. En mettant en scène le côté obscur des adultes et en faisant en sorte que les jeunes remportent une victoire sur eux, puisque les contes se terminent toujours bien, les contes de fées permettent aux enfants, qui sont des adultes en puissance, de supporter leurs angoisses face à des comportements excessifs dans l'autorité, voire face à l'oppression. Comme la philosophie, ils aident à vivre mieux...

Ces contes ont comme autre caractéristique commune d'être issus de la tradition, que je ne dirais pas orale par crainte du pléonasme. En ce sens, ils ont été choisis, modelés, amendés par les générations de conteurs qui les ont transmis de bouche à oreille à travers les âges. Certains furent plus en vogue que d'autres, selon les circonstances, d'autres furent abandonnés, d'autres encore exhumés. Les travaux de collectage entamés à partir du XVIIe siècle ont eu l'avantage de les préserver, mais ils les ont aussi figés, en les gravant dans le marbre de l'écriture et de la publication. Ils les ont de fait sortis de la tradition, pour les faire entrer dans la littérature écrite. Lorsqu'il reste objet de transmission orale, le conte peut s'adapter, refléter les préoccupations d'une époque, d'un lieu donnés et, de la même façon qu'une œuvre littéraire ou artistique est toujours le produit d'une biographie singulière, on peut avancer que le conte traditionnel est assez proche de l'expression d'un inconscient collectif.

Les contes qui nous sont parvenus, et cette réflexion qu'ils engendrent quant à leur fonction, pourraient nous inciter à infléchir nos comportements éducatifs, dans un sens libertaire, pour que les monstres perdent de leur intérêt. Peut-être ne doit-on pas souhaiter la disparition totale des monstres, qui rendent palpitants bien des récits merveilleux. Tout au moins peut-on former le vœu qu'ils ne seront nécessaires que pour nous amuser, nous divertir, et qu'ils n'auront plus à servir de thérapie pour guérir les blessures de notre enfance.

Quelques exemples destinés à nous rafraîchir la mémoire et à nous plonger à nouveau dans l'imaginaire de nos jeunes années ne sont peut-être pas superflus, pour nous persuader que les monstres, les personnages les plus négatifs et menaçants des contes, ceux qui sont animés des plus mauvaises intentions vis-à-vis des héros, ne sont autres que leurs parents, père ou mère, de substitution dans la plupart des cas (les vrais parents étant soit absents soit réduits à un rôle de figuration), et qu'ils ont bien souvent leur pendant positif dans le récit. Dans *La Belle au bois dormant* apparaît le personnage de la « vieille fée » (Perrault) ou de la « treizième fée » (Grimm), qui ne prendra le nom de « Carabosse » que dans le ballet de Tchaïkovski. C'est la méchante fée, celle qui ne promet que des misères à la jeune princesse, par opposition aux douze autres fées qui la comblent de bienfaits. Dans la seconde partie du conte, moins connue, celle qui suit le mariage de la Belle avec le prince charmant qui l'a réveillée, c'est la mère de ce dernier qui assume le rôle de la méchante marâtre, puisqu'elle veut dévorer ses petits-enfants, Aurore et Jour.

Nous avons tous également en mémoire la belle-mère de Cendrillon, qui fera tout pour l'empêcher de devenir reine, alors que la jeune fille est aidée par une gentille fée, désignée comme sa marraine chez Perrault, mais qui dans certaines versions n'est autre que sa mère défunte, représentée par un animal ou un arbre. Dans *Le Petit Poucet*, l'ogre si terrifiant est lui-même le père de sept petites filles qui constituent un groupe absolument symétrique de celui composé par le jeune héros et ses frères : même nombre, même âge, même agencement nocturne, d'où la possibilité pour Poucet d'user d'un stratagème qui lui permet de sauver sa vie et celles de ses frères, en n'hésitant pas à sacrifier celles d'enfants d'ailleurs tout aussi innocentes. Dans *Le Petit Chaperon rouge*, c'est le couple loup/grand-mère qui symbolise à son tour les aspects négatifs et positifs des parents. Et souvenons-nous de la belle-mère de Blanche-Neige, et de sa jalousie qui la pousse au meurtre. Les exemples fourmillent...

Un outil

Le monstre, c'est donc le parent (mère ou père) dans ses aspects négatifs, que nous allons tenter de cerner.

Le vocabulaire de l'analyse transactionnelle pourra nous être d'un précieux secours dans cette étude. Bien connue dans le monde de l'entreprise, cette théorie de la communication est, assez inexplicablement, presque totalement ignorée dans l'Éducation nationale, qui réunit pourtant des centaines de milliers d'acteurs appelés à travailler en équipes, dont la quasi-totalité sont des formateurs, voire des formateurs de formateurs. Elle est, par ailleurs, quasiment totalement inconnue du grand public. Si elle a conduit à des excès, si certains groupes qui s'en réclament prennent parfois les caractéristiques d'organisations sectaires, il n'en demeure pas moins que cet outil, qu'il s'agit bien de considérer comme tel, peut rendre de grands services dès lors qu'on envisage d'analyser ce qui est en jeu dans les interactions humaines.

En effet, cette théorie se veut une modélisation quasi scientifique des rapports que nous entretenons avec nos semblables, avec l'objectif de rendre ces rapports plus harmonieux. Par là, elle entend faire en sorte que les équipes de travail qui l'utilisent soient plus efficaces dans les tâches qui leur sont confiées.

Un autre apport particulièrement significatif de l'analyse transactionnelle est la description de la personnalité en termes d'états du Moi. Elle en définit trois : le Parent, l'Adulte et l'Enfant, qui, précisons-le d'emblée, n'ont rien à voir *a priori* avec l'âge réel des personnes considérées, ni avec leurs liens de parenté. Pour plus de clarté, et conformément à l'usage, j'écrirai ces termes avec une majuscule. Ces trois états sont par ailleurs assez proches de la description psychanalytique du fonctionnement psychique, qui distingue également trois composantes : le Ça, le Moi et le Surmoi. Si les caractéristiques de ces trois états varient quelque peu d'un courant de l'analyse transactionnelle à l'autre, les définitions qui suivent sont les plus pertinentes par rapport à mon propos. Voyons donc.

Le Parent correspond aux pensées, aux états affectifs et aux comportements caractérisés par une position de surplomb. Celui qui juge, rappelle le droit, produit des injonctions, fixe la norme ou le dogme se situe dans le Parent. On parle alors plus précisément de Parent normatif. Le Parent nourricier, lui, protège, couve, prodigue des conseils non sollicités.

L'Adulte correspond aux pensées et aux comportements caractérisés par une relation d'équilibre, d'égal à égal. Celui qui, se fiant à la raison, informe, discute, argumente, demande des informations ou pose des questions se situe dans l'Adulte. Précisons qu'on ne peut dire que l'Adulte « pose des questions » que quand il s'agit de vraies questions, celles dont l'émetteur ne connaît pas la réponse. Chacun voit que les questions que le maître pose à son disciple ou celles que le professeur pose à ses élèves n'en sont pas, puisque celui qui les formule en connaît la réponse. Le maître et le professeur adoptent alors une position de surplomb destinée à exercer un contrôle sur leurs élèves, et agissent, comme c'est le cas dans l'immense majorité des situations d'enseignement, dans le Parent.

L'Enfant correspond aux pensées et aux comportements liés aux sentiments, aux états d'âme et à la créativité. Il se subdivise à son tour en deux catégories. L'une d'elles, dite Enfant adapté, est la réponse aux attitudes du Parent. L'Enfant adapté peut lui aussi offrir deux aspects, selon la nature de la réponse qu'il émet aux stimuli du Parent. L'Enfant adapté rebelle rétorquera par la non-soumission, voire par l'agressivité, aux jugements, aux injonctions, aux rappels à l'ordre, aux conseils non sollicités. L'Enfant adapté soumis montrera son acquiescement (muet ou explicite) aux critiques ou aux ordres qui lui sont adressés. La dernière catégorie de l'Enfant est l'Enfant créatif. C'est l'artiste, le rieur, marqué par l'esprit d'indépendance et la spontanéité.

Insistons dès maintenant sur le fait que ces différentes catégories, ces états du Moi, peuvent décrire les relations entre individus, mais aussi entre groupes, voire entre nations, ou, à l'inverse, les relations intrapersonnelles. Ainsi d'un dialogue comme celui que je reproduis ici, qui pourrait se tenir entre deux personnes tout autant qu'en « interne ». Considérons une injonction formulée par le Parent normatif :

– Tu ne penses pas qu'il serait temps que tu cesses de jouer sur ton ordinateur, tu dois terminer impérativement ce devoir pour demain !

Plusieurs réponses sont alors possibles, suivant qu'on se trouve dans une des catégories de l'Enfant. L'Enfant adapté prendra en compte l'injonction, soit pour s'y conformer (Enfant adapté soumis) :

– Bien sûr, tu as raison, je manque vraiment de courage, je m'y mets immédiatement !

Soit pour la rejeter avec violence (Enfant adapté rebelle) :

– Je terminerai ça quand je le voudrai, c'est moi que ça concerne !

Notons au passage que ce type de réponse fait souvent référence à l'infantilisation implicite que l'injonction de départ contient (« Je ne suis plus un enfant » ; « J'ai quand même le sens des responsabilités »...). La transaction peut d'ailleurs se complexifier, dans la mesure où le sujet qui subit l'injonction tente souvent de se placer dans le Parent normatif :

– Et toi, tu rends toujours tes travaux à temps ? Tu oublies celui que tu devais rédiger le mois dernier ?

La dernière posture possible de l'Enfant est de ne pas répondre à l'injonction directement. C'est alors l'Enfant créatif qui est au contrôle. Il peut, par exemple, éclater de rire, faire une grimace, siffloter, répondre par l'absurde…

Répétons que ces différents états du Moi n'ont *a priori* rien à voir avec l'âge réel des protagonistes. Mais, à l'évidence, dans les relations entre adultes et enfants, les plus âgés sont presque toujours dans le Parent, les plus jeunes, dans l'Enfant.

Il ne s'agit pas de hiérarchiser les états du Moi. Ils ont tous trois leur utilité. Mais avoir un tel outil d'analyse permet de mieux se connaître, pour mieux vivre. Surtout quand on sait, et c'est là un point fondamental, que les sollicitations du Parent génèrent presque immanquablement des réponses dans l'Enfant. Et inversement. D'où des risques d'emballement, de spirale, où tous finissent par être perdants. C'est le mécanisme de bien des conflits. Au niveau international, l'utilisation des armes est une réponse dans l'Enfant. Dans un état d'esprit tout à fait convergent, et pour remédier à la complexification et à la multiplication des guerres (363 conflits recensés en 2010 contre 78 en 1945), Ludovic Jeanne, professeur de management interculturel, plaide pour « un abaissement des sentiments de supériorité et d'universalité de nos points de vue ». Il propose donc de recourir de façon moins systématique à notre posture de Parent. L'Adulte, dans le contexte des relations internationales, serait représenté par la diplomatie ou les organisations internationales comme l'ONU.

De même, dans la vie politique plus ordinaire, les décrets et textes de loi promulgués sans une concertation suffisante et contre l'avis des intéressés (Parent normatif) entraînent de façon quasi automatique une réaction de rejet, sous forme de grèves ou de manifestations (Enfant adapté rebelle). L'absolutisme de notre Ancien Régime et ses lettres de cachet ont généré la révolution que l'on sait. À Parent extrême, Enfant extrême, pourrait-on dire. Les excès de la première République française ont beau être condamnables, ils n'en ont pas moins des causes clairement identifiables. Les absolutismes, les totalitarismes génèrent presque immanquablement des chocs violents en retour quand ils basculent. Raison de plus pour les éviter.

Pas de hiérarchisation, donc, même s'il apparaît que, d'une façon générale, la vie individuelle et collective est facilitée quand l'Adulte est la plupart du temps au contrôle. Méfions-nous des entités où domine le Parent (comme les sectes, les gouvernements totalitaires, les religions dogmatiques – et une foule d'éducateurs et de parents) et tentons, pour éviter une escalade pathologique, de ne pas répondre à leurs injonctions et à leurs oukases en nous plaçant systématiquement dans l'Enfant, mais plutôt en mettant l'Adulte au contrôle. Cela requiert une grande habileté et une certaine maîtrise de soi, marquée par une attention constante au type de discours qu'on emploie, aux postures qu'on adopte et aux effets induits. Le moins que l'on puisse attendre d'éducateurs, de parents avisés, d'organisations syndicales et politiques, de gouvernements ou de parlements, c'est d'être conscients de tout cela.

À eux, ensuite, de faire leurs choix en connaissance de cause.

Le goût du pouvoir

J'émets l'hypothèse que la généralisation et l'application des principes de l'éducation libertaire, celle où l'Adulte est au contrôle le plus souvent possible, pourraient nous débarrasser, au moins partiellement, du goût pathologique pour le pouvoir. Celui-ci est largement partagé, et gangrène la lettre et l'esprit de nos institutions démocratiques, en incitant nos élus, à quelque niveau que ce soit, à se soucier davantage de leur réélection que du bien public. Bien souvent, une fois arrivés aux affaires, ils oublient leurs belles promesses, et leurs électeurs d'hier, tellement recherchés, flattés, choyés, deviennent quantité négligeable. Ceux-ci tombent dans l'oubli le plus total, quand ils ne sont pas ouvertement méprisés. Pire, ils le sont bien souvent en catimini, dans le secret des bâtiments publics : mairies, préfectures, conseils généraux ou régionaux et autres palais nationaux qui, au demeurant, appartiennent au Peuple. Ainsi de cette édile communale socialiste qui, face au président d'association que je suis, n'hésita pas à affirmer à plusieurs reprises : « Nous avons été élus, c'est nous qui décidons », alors qu'en cette même période se tenait une campagne électorale pour l'élection présidentielle, au cours de laquelle la candidate socialiste (il s'agit officiellement du même parti politique...) criait à qui voulait l'entendre qu'il n'était point de salut en dehors de la démocratie participative.

D'où vient donc cet appétit pour le pouvoir ? Comment comprendre une telle addiction, qui pousse tant de femmes et d'hommes à briguer une investiture, aussi infime soit-elle ? J'y vois les scories de l'éducation habituelle, éducation de soumission où les parents, le père surtout, se présentent comme adultes omniscients et omnipotents. Tout le monde le sait, consciemment ou non, les enfants, jeunes et moins jeunes, tentent d'imiter leurs parents, de prendre leur place en les copiant dans ce qu'ils ont de plus fondamental, de plus caractéristique, de plus spécifique : leur comportement sexuel et leur comportement d'autorité. Ne nous étonnons pas, alors, de voir tant d'anciens enfants souhaiter devenir les parents autoritaires non seulement de leurs propres enfants, mais aussi du plus grand nombre possible de leurs concitoyens. Il ne s'agit d'ailleurs pas d'un choix, mais d'un puissant déterminisme psychologique. Pas de conscience des causes lointaines de ces penchants, pas de possibilité d'y renoncer à force de volonté : les hommes et femmes politiques ivres de pouvoir sont malades.

En ce sens, le pouvoir ne corrompt pas, ni ne guérit. Il *attire* des personnes qui ont *déjà* ce goût de la domination, des honneurs, du luxe et de la reconnaissance publique. Et c'est probablement une des causes majeures du dévoiement des institutions, des dérives de toutes sortes de la vie démocratique : autoritarisme, trafics d'influence, corruption, enrichissement personnel, emplois fictifs, délits d'initiés, volonté de laisser sa marque par des dépenses somptuaires au mépris de la santé des finances publiques... Les gens vertueux ont une vision claire de ce monde-là et, mis à part quelques rassurantes exceptions, refusent, à tort peut-être, de s'y mêler.

Ce cercle vicieux – les comportements des aînés entraînant nécessairement ceux des plus jeunes, la représentation démocratique attirant comme mouches sur du miel des potentats en herbe – ne peut être brisé que par la généralisation de l'éducation libertaire, celle où les parents refusent le pouvoir, ou ne l'assument que dans les cas devenus rarissimes d'extrême nécessité.

La nourriture

Peut-être, à titre d'exemple, pouvons-nous ici nous arrêter sur deux domaines particulièrement significatifs des comportements à privilégier en tant que parent libertaire, au sens où je l'entends.

Considérons, en premier lieu, la nourriture, l'alimentation. Dans ce domaine comme dans tant d'autres, l'attitude à privilégier consiste à éviter le recours à la contrainte, sauf en cas d'absolue nécessité. Car il y a indubitablement quelque chose qui s'apparente au viol dans la volonté de faire pénétrer de force dans un organisme un objet ou une matière qui lui est au départ étranger. Ceci est particulièrement vrai dans le cas de l'ingestion de nourriture par les jeunes. Car ce sont les parents, ou bien ceux qui sont en charge de l'éducation des jeunes et font donc figure de parents de substitution, qui, dans l'immense majorité des situations, disent où, quand et comment les enfants vont prendre leurs repas. Et, surtout peut-être, qui disent ce qu'ils vont manger.

Il paraît évident que, dans nos sociétés occidentales, la maladie ou la mort par inanition ou par carence nutritionnelle sont exceptionnelles, voire inexistantes. Bien au contraire, un nombre considérable de nos contemporains souffrent ou meurent de trop manger. Sans doute le rapport passionnel entretenu avec la nourriture, celle-ci étant un élément vital qui a souvent fait défaut dans le passé, ainsi que l'angoisse des parents de ne pas donner assez, de ne pas donner correctement, sont-ils pour beaucoup dans cette addiction que devient trop souvent l'acte de manger. Mise en œuvre dès la naissance des enfants, l'exigence impérieuse et les diktats successifs concernant la nourriture expliquent sans doute bien des cas de boulimie, d'anorexie et de dépendance étroite à l'acte de se nourrir. Convaincus d'agir de la meilleure façon qui soit, des éducateurs sans nombre préparent le terrain de futures déviances alimentaires.

Le choix s'impose, dès lors, de ne pas se montrer insistants et de laisser les enfants, même les nourrissons, manger à leur faim et, dans une certaine mesure, quand ils en ont envie. Donnons-leur, dès le plus jeune âge, le goût de la mesure en la matière. Et évitons autant que possible de présenter des enjeux affectifs pour les contraindre à s'alimenter (« Mange ça pour faire plaisir à Maman »), ou pour combler un vide éducatif (« Si tu es sage, tu auras un bonbon »). Se nourrir est un besoin naturel et nécessaire, pour le dire comme Épicure. Il peut s'accompagner de plaisirs : gourmandise, gastronomie, convivialité...

Ce n'est jamais – ça ne doit jamais être perçu comme – la cause, ou une des causes, de l'amour que les parents portent à leurs enfants. Cette sage attitude nous prémunira, à n'en pas douter, contre tout ou partie des comportements alimentaires déviants d'un nombre croissant d'adolescents et de jeunes adultes. La boulimie et l'anorexie, qui les concernent plus particulièrement, auxquelles s'ajoute l'ensemble des maladies de la malnutrition et des excès alimentaires (obésité, diabète, affections cardiovasculaires, hypertension, hypercholestérolémie), qui n'épargnent aucune catégorie de population dans les pays développés, sont en passe de devenir un problème de santé majeur au niveau planétaire – faut-il le rappeler ? Le risque est donc grand, pour nos enfants et pour nos systèmes de protection sociale, de persister dans ces postures autoritaires ou dans ces attitudes qui lient l'absorption de nourriture à l'affection.

Bien qu'ils semblent compréhensibles et largement partagés, il ne peut nous échapper que l'inquiétude des parents confrontés à un enfant qui mange peu et leur souci de normaliser les heures des repas ne sont souvent que des problèmes d'adultes. Car un enfant, jeune ou moins jeune, ne se laissera jamais mourir de faim. Bien au contraire, on peut faire confiance à son instinct de jeune animal pour équilibrer ses repas et se nourrir suffisamment quand il en ressentira le besoin. Certes, répétons-le, l'adéquation des rythmes des enfants à ceux des adultes qui en ont la charge est un souci bien compréhensible. Mais qu'on se rassure ! On parviendra tôt ou tard à cette harmonisation. On peut évidemment avoir le légitime désir d'aider le nourrisson à progresser plus vite dans cette voie. Mais n'oublions jamais qu'on n'agit ainsi que pour le confort de ses parents.

Le rôle des éducateurs sera aussi d'initier les enfants à l'infinie variété des saveurs et des mets, sans aucune exclusive. L'exemple d'adultes qui mangent de tout, goûtent volontiers les nouveaux plats, tiennent un discours sur les différents aliments qui rejette les excès de langage souvent entendus (« rien que l'odeur des épinards me donne envie de vomir »...) sera une façon douce de mener les jeunes vers des feux d'artifice gustatifs. Et, surtout, surtout, on ne présentera les aliments nouveaux qu'avec précaution. On insistera fortement pour qu'une petite quantité en soit goûtée, sans aller, bien sûr, jusqu'à la crise de nerfs devant des convives qui seraient aussi gênés que consternés. Mais, sitôt cette première bouchée ingérée, l'enfant devra reprendre la maîtrise totale de ce qu'il souhaite avaler. S'il persiste à ne pas souhaiter goûter une plus grande quantité de cette nouveauté, pourquoi l'y contraindre ? Que dirait n'importe quel adulte si on l'obligeait à avaler contre son gré un de ces aliments qui lui répugnent (et nous en avons tous au moins un) ? Pourquoi donc infliger à un enfant, par essence plus fragile, plus sensible, un traitement qu'aucun d'entre nous ne souhaiterait subir ? La réponse vient seule, dès qu'on pose la question : la vraie motivation d'un tel comportement est le goût, l'appétit, la soif inextinguible de pouvoir qui caractérise tant d'adultes, tant de parents. Car les récits abondent d'enfants traumatisés à vie par l'insistance parfois violente d'un de leurs parents, ou des deux, pour les contraindre à absorber qui du fromage, qui du lait, qui du poisson. Et les moyens de torture sont variés et font dresser rétrospectivement les cheveux sur la tête. Ils finiraient presque par faire passer Carabosse pour une aimable nounou. Car tout en (se) répétant qu'ils agissaient pour le bien de leurs rejetons, des parents sans nombre ont usé de stratagèmes plus proches des méthodes de l'Inquisition que de la bienveillance et de la sollicitude qu'on était en droit d'attendre d'eux : frotter les dents avec du camembert à celui-ci qui ne pouvait en avaler ou laisser celle-là devant son morceau de poisson pendant des heures, sans rien lui autoriser d'autre, et le lui resservir – froid – le lendemain au petit-déjeuner si elle a persisté dans son refus de l'ingérer…

Impossible, bien sûr, de dresser la liste complète des injonctions liées à la nourriture. Citons les plus célèbres : « Prends du pain », « Mange ta soupe », « Ne bois pas avant le repas », qui partagent la propriété de ne reposer sur aucun fondement raisonnable. Et n'oublions pas l'inévitable « Finis ton assiette ». On peut comprendre, là encore, le souci de rassasier les enfants avec des aliments d'une bonne valeur nutritionnelle et relativement peu onéreux, comme le pain. Dans certaines familles économiquement défavorisées, acheter des portions suffisantes de viande ou de poisson pour tous les convives pose parfois problème. Le désir de nourrir à satiété ses enfants peut alors conduire à leur proposer régulièrement de manger du pain, proportionnellement moins coûteux. Mais pourquoi maintenir cette injonction au cours d'un repas composé d'une quiche lorraine, de poulet et de frites, selon un exemple qu'on m'a rapporté, et qui n'est ni un cas isolé ni un modèle d'équilibre alimentaire ? On ne peut qu'applaudir, de même, au souci d'éviter tout gaspillage de denrées qui pourrait motiver le « Finis ton assiette » tant de fois seriné. L'idée que des pays entiers, d'Afrique ou d'ailleurs, réduiraient le nombre de leurs habitants en situation de sous-nutrition en récupérant simplement le contenu des poubelles des pays industrialisés nous semble à juste titre révoltante. En ce sens, insister pour que les enfants ne jettent rien, ou le moins possible, des aliments qui leur sont servis ne paraît pas choquant. Mais pourquoi ne pas leur présenter ces arguments parmi d'autres ? À quelles motivations obéit-on en mettant en œuvre de telles injonctions sans jamais les accompagner d'une explication digne de ce nom ? Il me paraît bien préférable, là encore, de parler régulièrement de tels sujets en famille. De nombreuses sources d'information sont disponibles, journaux télévisés ou radiophoniques, presse généraliste ou destinée au jeune public, qui serviront le cas échéant de point de départ. En variant ces sources, en commentant ensemble leur contenu, en soulignant leurs éventuelles et significatives divergences, le souci de l'autre émergera et l'injonction deviendra inutile. Point n'est d'ailleurs besoin de grands-messes ou de longs discours culpabilisants saturés de moraline. On s'en gardera, bien au contraire. Quelques minutes d'échanges suffisent, si la posture est prise et que ces discussions deviennent une habitude. Dès lors, responsabilisés, écoutés, éduqués enfin, les jeunes limiteront d'eux-mêmes au strict nécessaire les rations qu'on leur servira.

Des moyens similaires (information soumise à l'analyse critique, discussion non jugeante) permettront de parvenir à des fins identiques (responsabilisation, autonomie des jeunes) dans d'autres domaines de l'équilibre nutritionnel. Les enfants comprendront ainsi l'intérêt que présentent la limitation des grignotages et de la consommation de sucreries, la diversification de son alimentation, l'augmentation de la part des fruits et légumes, la diminution des apports en graisses cuites ou en sel, etc. Ils parviendront sans doute à la conclusion que pour des raisons de santé, d'économie, de préservation et de partage des ressources disponibles, il s'avère peut-être nécessaire de réduire nos rations alimentaires.

Les conseils nutritionnels habituels incitant à consommer davantage de fruits et légumes, et à réduire les apports en sel, en sucre et en graisses devraient inclure l'idée qu'il s'avère utile de manger *moins*. Pour nous, pour notre propre santé, pour tenter d'endiguer les épidémies d'obésité et de diabète qui menacent de ravager la planète (avec les conséquences financières désastreuses que l'on imagine pour nos systèmes de protection sociale), mais aussi par altruisme, pour éviter que des populations entières, à l'autre bout du monde, ne soient touchées par la famine. Quel double gâchis que de continuer à dévorer comme nous le faisons, puis, à cause du surpoids généré, de dépenser encore de l'énergie et des matières premières (en transports, en équipements, en accessoires) pour tenter de mincir en pratiquant d'illusoires activités sportives !

Toutes ces considérations doivent nous empêcher de forcer ou d'exhorter qui que ce soit à se nourrir. Méfions-nous même des questions d'apparence anodine ou aimable : « As-tu assez mangé ? » Traduisant une louable sollicitude et une attention à l'autre dans des cas précis et peu nombreux, elles s'apparentent à une injonction déguisée quand elles sont répétées aux enfants à chaque repas. Admettons plutôt une fois pour toutes que, dès lors que la nourriture proposée à table est assez abondante et variée, et que des discussions régulières ont lieu sur les goûts ou les habitudes alimentaires, les enfants disposent des mécanismes physiologiques qui leur permettent de percevoir la faim ou la satiété. Le fait que les repas demeurent des moments jubilatoires d'échanges et de convivialité crée à lui seul les conditions d'une hygiène alimentaire épanouie, soucieuse de soi et des autres. À l'inverse, les voir demeurer des temps contraints émaillés d'injonctions – y compris celles de « bien se tenir » ou de demeurer à table jusqu'à ce que les grands décident qu'on peut la quitter – ne peut que contribuer à développer un comportement pathogène face à la nourriture.

Il importe également de rompre, me semble-t-il, avec des habitudes « éducatives » largement répandues qui consistent à présenter les friandises comme récompenses d'attitudes attendues : « Sois sage, tu auras un bonbon. » Ce type de chantage n'a que des inconvénients. En effet, présenter toute bonne action comme monnayable ne peut que développer la cupidité. Qui le souhaiterait ? Inutile, en outre, de rappeler les problèmes de diététique que pose la consommation de sucreries ; car on ne récompense jamais un enfant avec un fruit ou un filet de poisson. En ne leur proposant que des friandises sucrées, on survalorise celles-ci, puisqu'elles seules sont présentées comme susceptibles d'être échangées contre des actes, et on remplace à bon compte ces signes de reconnaissance positifs autrement importants et engageants que sont les marques d'affection, de tendresse, ou encore l'écoute, la disponibilité, la discussion. Enfin, paraît-il souhaitable de présenter toute action valorisée comme potentiellement susceptible de gratification matérielle ? Ne faudrait-il pas plutôt chercher à ce qu'agir ainsi demeure le plus souvent possible un acte gratuit, source de joie, manifestation du pur plaisir d'exister ? La gentillesse, la courtoisie, l'empathie, la bienveillance, la compassion sont vidées de leur substance si on les considère comme systématiquement interchangeables contre des biens matériels. L'ataraxie, le bonheur, individuel donc collectif, ne peuvent résider que dans les premières, alors que les seconds ne font que nous asservir.

Le sommeil

Ce qui s'applique à la nourriture peut inspirer des réflexions similaires en ce qui concerne le sommeil, en particulier celui des nourrissons. Ces deux domaines (alimentation et sommeil) apparaissent comme de vraies difficultés aux parents, surtout quand il s'agit de leur premier enfant. Des phénomènes complexes de culpabilisation, de responsabilisation, de manque de confiance en soi et en l'enfant qui vient de naître expliquent ce trouble. L'opinion commune prévalente d'une dépendance totale des jeunes à leurs parents, cette idée d'une soumission aux géniteurs et aux éducateurs, conditionnent ces rapports hétéronomiques. Le bébé étant considéré *a priori* comme incapable de savoir ce qui lui est nécessaire, ses parents se retrouvent écrasés par une responsabilité parfois intolérable en se croyant sommés de faire des choix pour cet être nouveau, en ses lieu et place. Cette posture éducative entraîne non seulement des répercussions négatives sur la personnalité des jeunes, en faisant le lit de névroses à venir, mais elle conditionne des générations entières à accepter la tutelle de ceux qu'on leur présente comme omniscients : leurs parents, leurs maîtres, leurs prêtres, leurs dirigeants politiques...

Ce mode d'éducation était cohérent avec une monarchie absolue de droit divin, avec les totalitarismes qui ont prévalu ici ou là. Mais il ne peut faire advenir des citoyens responsables, soucieux des autres comme d'eux-mêmes. Il ne peut générer une société laïque, qui confine strictement la totalité des dogmes religieux et de leur expression dans la sphère privée. C'est une éducation non pas de l'émancipation, mais de la soumission ou, pour le dire comme La Boétie, de la servitude volontaire.

« Faisons donc confiance à nos enfants ! » pourrions-nous dire en paraphrasant la dernière réplique du *Manhattan* de Woody Allen. Pendant la vie intra-utérine, et plus spécifiquement dans les dernières semaines de celle-ci, chaque bébé prouve qu'il parvient à gérer parfaitement l'alternance des phases de veille et de sommeil, seul, et indépendamment de celles de sa mère. Certes, la naissance est une révolution, à tous les niveaux. Mais pouvons-nous penser un seul instant que le nouveau-né en a pour autant et instantanément tout oublié de sa vie antérieure, y compris dans ses aspects les plus basiques, ceux qui relèvent à l'évidence de l'instinct, de l'inné ? Il « sait » qu'il doit s'alimenter, qu'il doit dormir, expulser ses excréments, etc. Donc, pas d'inquiétude : placé dans un milieu équilibré, un bébé ne se laissera pas dépérir ni mourir par inanition ou par manque de sommeil.

Ceci posé, reste bien sûr la délicate question de l'harmonisation de ses rythmes avec ceux de ses parents et de sa fratrie. Si le nouveau-né s'éveille en pleine nuit et s'il manifeste en pleurant un besoin ou un désir non satisfait, l'impact est à l'évidence loin d'être négligeable sur le confort de sa famille. Surtout si de tels épisodes se reproduisent régulièrement, voire plusieurs fois au cours de la même nuit. C'est gênant, à n'en pas douter, c'est fatigant, assurément… pour les parents ! Le nourrisson, lui, ne se sent pas plus mal quand il réclame à manger à 15 heures ou à 3 heures du matin.

Tout parent, si peu informé soit-il, sait que son nouveau-né ne « fera pas ses nuits » avant d'avoir atteint l'âge de quelques semaines, voire de quelques mois. Si cet adulte, malgré son choix de procréer, n'est pas prêt à sacrifier ces quelques dizaines d'heures de veille, où la responsabilité peut (doit ?) d'ailleurs être partagée entre les deux géniteurs, peut-on raisonnablement penser qu'il est prêt à devenir parent ? Personne, malgré la pression familiale, religieuse, sociétale, n'est contraint à engendrer. Et j'ai la faiblesse de penser que ce monde se porterait mieux si ne venaient au jour que des enfants réellement désirés. Le stade de nourrisson n'est que transitoire. Les choses finiront nécessairement par s'arranger. Il suffit donc de bien réfléchir avant de décider de mettre un enfant au monde, d'inscrire cette naissance dans un vrai projet, puis, une fois la chose accomplie, d'être patient.

Pour les enfants plus âgés, la souplesse me semble être de rigueur en ce qui concerne la gestion de leurs heures de sommeil. Le cocktail habituel composé d'information, de discussion, d'invitations et, en dernier recours seulement, d'injonctions me paraît bien plus souhaitable, et bien plus efficace en dernière analyse, que la posture autoritaire permanente. Les enfants ressentent le besoin de sommeil. Les adultes qui les entourent peuvent chiffrer ce besoin en termes de nombre d'heures nécessaires chaque nuit, selon l'âge considéré. Cette information et l'habitude prise de la rappeler, d'en discuter pour en tirer ensemble les conséquences, rendront nécessairement moins fréquentes les occasions de recourir à la contrainte.

Il importe également, cela va sans dire, de fuir comme la peste toute forme de sanction ou de punition liée à l'isolement dans la chambre à coucher de l'enfant : « Tu iras au lit sans manger »... Le moment du coucher est une séparation, parfois même une douleur pour les jeunes. Beaucoup éprouvent une appréhension à certains moments de leur enfance, quand s'approche l'instant de se retrouver seuls, plongés dans une pièce obscure, alors que la vie continue pour les autres membres de la famille. C'est enfoncer des portes ouvertes que de suggérer de faire de cet instant quelque chose de doux, de tendre, en n'hésitant pas à évoquer ses propres peurs enfantines, plutôt que de recourir à la nouvelle injonction qui intimerait à l'enfant de rejeter cette appréhension : « N'aie pas peur, voyons, tu es grand maintenant... » Or, cette peur-là est normale, séculaire, quasi génétique. Nombre d'adultes l'éprouvent encore, dans certaines circonstances. Disons-le à nos enfants ! En jouer, s'en servir comme d'un levier pour asseoir notre autorité, la transformer en sujet de moquerie ou de dévalorisation, la montrer comme obstacle à l'accomplissement en tant qu'adulte, tout cela est indigne et ne peut que conduire les jeunes à refuser ou retarder l'heure du coucher et l'accueil du sommeil.

Le roi des monstres

Contre l'injonction et le conseil non sollicité, qui en est la forme adoucie, politiquement correcte, mettons en avant la vertu de l'exemple. Inutile d'interdire à un jeune de boire de l'alcool si on en consomme soi-même régulièrement des quantités excessives. Non seulement l'interdiction restera lettre morte, générera des tensions, conduira l'enfant ou l'adolescent à un auto-dénigrement (puisque l'adulte chargé de son éducation l'estime incapable de faire seul ce type de choix), mais, par des processus psychologiques multiples, passant par le désir d'imitation de l'adulte, elle renforcera une envie qui n'était pas nécessairement présente au départ ; elle conduira, en outre, le futur adulte à reproduire ce type de comportement avec les enfants dont il aura la charge, puisqu'on sait que toute éducation est, au moins partiellement, la reproduction de celle qu'on a subie. Un vrai cercle vicieux, donc.

Certes, l'utilisation de l'exemple ne suffit pas. Je parle bien de réduire, en premier lieu, le nombre d'injonctions. Par ailleurs, je propose un ensemble de mesures qui contribuent, à mon sens, à bâtir une éducation d'inspiration libertaire. Je ne prétends pas non plus apporter une panacée. Nous cherchons tous. Le type de comportement que j'appelle de mes vœux rompt radicalement avec deux mille cinq cents ans d'idéalisme, platonicien, puis néoplatonicien, puis chrétien, puis allemand… On n'inversera pas cela d'un simple mouvement de manche, ni avec un livre, ni même avec les dizaines de livres et d'articles qui ont déjà été consacrés à la question. On ne modifiera pas tous les comportements éducatifs et les réactions qu'ils génèrent d'un coup de baguette magique. De nombreux parents, à n'en pas douter, connaissent des difficultés, réfléchissent, doutent, s'inquiètent, tentent de faire au mieux : louanges leur soient rendues ! Ils se sentent parfois démunis au moment de faire les choix éducatifs qu'ils estiment majeurs. Il est indispensable de les déculpabiliser. Et là aussi, la tâche est immense. Des millénaires de culpabilisation, dus majoritairement aux religions monothéistes, ne s'effacent pas d'un trait de plume. Les parents et éducateurs que nous sommes presque tous ne sont pas libres. Ils en ont l'illusion, car, pour paraphraser Spinoza, ils sont mus par des causes qu'ils ignorent. La prégnance de l'idéalisme, le mythe du libre arbitre, la posture de surplomb des adultes, induits et voulus par l'ensemble de la culture judéo-chrétienne et platonicienne qui nous formate depuis tant de siècles, sont accompagnés comme leur ombre par ce sentiment constant de culpabilité qui est un des fondements de tout système d'asservissement : les gourous des sectes, les dictateurs, les dirigeants d'entreprise et responsables hiérarchiques, les potentats, les maris violents, les chefs des religions dites révélées, tous l'utilisent. Cessons donc de nous culpabiliser. Ne pas lutter contre ce sentiment, c'est consentir à la servitude. Une servitude volontaire, pareille à celle que dénonçait déjà La Boétie au XVIe siècle…

Le cas particulier du judéo-christianisme est d'ailleurs à considérer de plus près dans le contexte de la culture occidentale. Le couple infernal Parent normatif/Enfant adapté rebelle y figure comme un modèle ancestral qui nous conditionne tous. La première transgression mythique, définitive, c'est le péché originel. On a affaire là à un Parent normatif absolu dont les méthodes ravalent au rang d'édulcorations les modes d'éducation les plus autoritaires. Car Adam et Ève, transgresseurs primitifs, ont été frappés d'une culpabilité qui ne les touche pas seulement eux, mais aussi tous leurs descendants, jusqu'à nous, et pour les siècles des siècles. Comparées à cela, les punitions collectives, certes condamnables, que donnent parfois les enseignants, ont l'allure d'aimables taquineries. Au passage, ceci constitue une preuve de plus de la non-existence du Dieu des monothéismes. Car s'il avait été omniscient, il aurait dû savoir qu'il éveillait par son interdit le désir de transgression ; s'il avait été omnipotent, il aurait dû l'empêcher ; et s'il avait été infiniment miséricordieux, il n'aurait certes pas pu considérer cette faute comme un péché aussi considérable, ni prononcer cette condamnation, qui pèserait à jamais sur la totalité des représentants de l'espèce humaine, fleuron de sa Création. Sans compter que, pour des raisons assez semblables (hommes malfaisants, humanité corrompue, monde dévoyé, violence généralisée, dit la Genèse...), et dans une posture de Parent normatif qui ferait passer le nazisme et le stalinisme pour des humanismes, il a presque totalement anéanti l'humanité – en exterminant tous les hommes, les femmes, les enfants, les vieillards, à l'exception d'une poignée de proches de Noé – ainsi que la quasi-totalité de la faune et de la flore, au moment du Déluge. Dieu est amour...

Depuis des millénaires, on nous a rabâché jusqu'à la nausée ces discours qui contiennent leur propre et absolue contradiction, on a répandu de façon universelle ce modèle de Parent comme exemple à suivre, on a insisté sur l'infaillibilité et la perfection de ce parangon paternel, perfection qui a permis à Descartes et à d'autres de bâtir un raisonnement – à la logique pour le moins contestable – qui affirmait « prouver » l'existence de Dieu : la preuve ontologique.

Ne nous étonnons pas dès lors que le droit de vie et de mort exercé par les parents sur leur progéniture ait été prorogé jusqu'à une période récente ; ne soyons pas surpris que des préceptes comme « Qui aime bien châtie bien » aient encore cours ; ne nous indignons pas que les châtiments corporels soient encore tellement pratiqués au sein des familles. Si nous condamnons ces comportements, il nous faut aussi rejeter ce dieu-là, modèle indépassable des monstres qui peuplent les contes.

Comme les enfants que nous avons été, nous sommes donc entièrement conditionnés non pas par nos gènes, mais par la culture dont nous sommes issus ; nous n'avons qu'une marge de manœuvre limitée, pour ne pas dire dérisoire. La difficulté est grande de sortir de ces carcans de la pensée. Et la réflexion qui y contribue est de nature proprement philosophique : au prix d'un effort intellectuel constant, elle permet de mettre en accord ses pensées et ses actes, pour mieux vivre. Agissons donc en artistes de notre vie. Devenons sculpteurs de notre propre statue. Nul doute que ces exemples-là, qu'il nous est d'ailleurs loisible d'expliciter à nos enfants, ne passeront pas inaperçus et qu'ils généreront en eux des effets aisément perceptibles.

En agissant de la sorte, en réduisant le nombre des injonctions adressées à nos enfants ; en discutant avec eux ; en renonçant à nos postures de Parents normatifs, au dénigrement, à la dévalorisation, à l'anéantissement de l'estime de soi, aux sanctions et châtiments, à l'agressivité qui les accompagnent et en sont l'essence ; en utilisant les immenses vertus de l'exemple, alors nous aurons enfin et définitivement tué les monstres des contes de fées, car ils seront devenus inutiles...

Gilles Geneviève

Deuxième partie

Monstrueux humains ?

Femmes criminelles : les mères infanticides

« C'est un monstre », titre la presse française en octobre 2006, au démarrage d'une « affaire » qui tient l'opinion en haleine durant plusieurs mois : celle dite « des bébés congelés ».

Un monstre est l'être qu'on « montre » comme anormal, difforme, suscitant des sentiments de terreur et d'horreur – mais aussi d'attraction fascinée. L'antique Médée resurgirait-elle, sous les traits fatigués de cette mère de famille qui vient d'avouer non seulement avoir étranglé deux de ses bébés, les avoir conservés plusieurs années dans le congélateur familial, mais en avoir, en outre, tué un troisième (le premier, dans l'ordre chronologique) avant de faire disparaître son cadavre dans l'insert de sa cheminée ?

La figure mythique et tragique de Médée, dans l'anomalie de sa transgression, projette-t-elle quelque lumière sur ce crime par excellence qu'est le meurtre par une mère de son enfant ? Car un tel meurtre contredit l'idée d'un rapport d'amour « naturel » ou, en tout cas, « normal ». Toutes les mères n'aimeraient-elles pas naturellement leurs enfants ? Peut-on comprendre le renversement de l'amour en geste meurtrier ? Par dépit d'amour contre le héros Jason, qui vient de la répudier pour épouser la fille du roi Créon, Médée tue de ses propres mains ses deux fils, au fil du poignard, sous les yeux de leur père impuissant et épouvanté.

Dans la réalité comme dans la fiction, l'infanticide maternel trouble nos représentations coutumières de la maternité et de la gestation. Le terme nouveau de « déni de grossesse », qui se profile au cours du procès de 2009, renforce ce sentiment de trouble.

Pour mieux cerner l'infanticide maternel, replaçons-le dans le cadre plus large de la criminalité féminine qui, du fait même de sa rareté, paraît déjà « monstrueuse ».

Les différents types de criminalité féminine

Selon des statistiques récentes[1], en France, la population carcérale féminine est très minoritaire, voire marginale : au 1er novembre 2009, 2 135 femmes étaient détenues dans l'ensemble des établissements pénitentiaires, sur une population totale de 62 073 détenus – soit 3,5 % de la population sous écrou. Ces proportions sont d'ailleurs similaires dans l'ensemble du monde actuel.

Ce qui apparente la criminalité féminine à la « monstruosité » n'est pas seulement sa relative rareté, mais en outre ses modalités : formes lourdes de délinquance et proportion considérable des crimes de sang (16 % des femmes sont incarcérées pour ce motif, contre 7 % des hommes).

Ces crimes de sang s'effectuent le plus souvent au domicile, sur les personnes les plus proches : époux, concubin, « rivale », parents ou enfants.

J'évoque quelques « affaires » célèbres ayant défrayé la chronique et suscité un débat fasciné – voire généré, pour certaines des meurtrières, un élan de sympathie, exprimé dans des œuvres littéraires, théâtrales ou cinématographiques[2] :

– Violette Nozière, parricide à 18 ans. En 1933, elle empoisonne ses deux parents avec un somnifère. Sa mère est réanimée, mais son père – qu'elle accuse de viol incestueux – succombe. Condamnée à la peine capitale, commuée en réclusion à perpétuité en 1935, Violette Nozière sera réhabilitée en 1963 ;

– les sœurs Papin dont le crime – coïncidence – a lieu cette même année 1933. Christine et Léa Papin, employées de maison, assassinent leurs deux patronnes : la mère et sa fille. Crime atroce, massacre sans motif ni préméditation : deux cadavres de femmes énucléées, frappées à coups de marteau et de ciseaux, et « ciselées comme des lapins prêts à cuire ». L'histoire des deux jeunes criminelles présente aussi un antécédent d'inceste commis par le père – alcoolique violent. La peine de mort est requise pour l'aînée, Christine, puis commuée en travaux forcés à perpétuité. Elle meurt à la prison de Rennes en 1937, à l'âge de 32 ans, de « cachexie vésanique », par refus d'alimentation. Sa cadette Léa, après dix ans de travaux forcés, mourra à Nantes en 2001, âgée de 89 ans ;

– Jeanne Weber (dite « l'ogresse de la Goutte d'or »), quelque trente ans auparavant, a cumulé tous les aspects de la « monstruosité » en tuant par strangulation dix enfants, dont deux des siens. Elle est à la fois une infanticide, une mère infanticide et, cas plus rare, une tueuse en série. Déclarée folle en 1908, envoyée à l'asile, elle se pend dans sa cellule en 1910.

Ces cas réels convoquent des figures mythiques ou littéraires de criminelles « monstrueuses » :

– Clytemnestre, la « non-éponyme » : aucune pièce du répertoire gréco-romain n'est titrée de son nom, bien qu'elle soit un personnage central dans la tragédie atride. Elle assassine son mari, le roi Agamemnon, revenu en vainqueur de la guerre de Troie, dans son bain, à coups d'épée ou de hache ;

– Lady Macbeth, de Shakespeare. Elle ne tue pas directement, mais commande des assassinats et plonge avec une jubilation féroce ses mains dans le sang des victimes ;

– Thérèse Raquin, d'Émile Zola. Elle aide son amant à tuer son mari, devant la mère de celui-ci, aphone et paralysée.

L'ouvrage collectif *Figures de femmes criminelles. De l'Antiquité à nos jours* pose cette question : « Alors que la part des femmes dans la délinquance est restée moindre que celle des hommes et que le droit traite, en principe, les deux sexes à égalité, pourquoi le récit de leurs crimes les transforme-t-il si facilement en monstres ? »

C'est que la criminalité féminine contrevient à des stéréotypes sociaux presque immémoriaux : il y aurait comme un antagonisme entre le féminin et le crime, la violence, le meurtre sanglant. Cet antagonisme présumé tient au lien implicitement établi entre féminité et maternité. Comment la « mère potentielle » qu'est toute femme – quand bien même elle n'est pas mère – peut-elle basculer dans le meurtre ? Quand son crime est le meurtre de son propre enfant (pas celui d'une autre – ce qui, à la rigueur, se comprend : pensons au jugement de Salomon dans l'Ancien Testament, qui révèle que parmi les deux femmes qui se disputaient un enfant, la « vraie mère » était celle qui préférait le donner entier et vivant à une autre plutôt que de le voir couper en deux), sa monstruosité atteint son acmé.

Toutefois, l'infanticide n'est pas une spécificité féminine, bien au contraire. L'infanticide masculin, et surtout paternel, a ses lettres d'histoire, comme de légende. Pensons à Hérode qui, selon les Évangiles, ordonne le massacre des Innocents, condamnant tous les enfants juifs mâles de moins de 2 ans dans la région de Bethléem, peu après la naissance du Christ. L'actualité nous livre aussi des massacres d'enfants commis par des hommes, jusqu'en des faits divers très récents, tel le délire d'un homme qui, le 12 mai 2010, en Chine, tue sept petits enfants à leur sortie de l'école, armé d'un hachoir. Cette forme de meurtre, ostentatoire et « sériale », s'oppose par ces caractères à la plupart des infanticides maternels.

Citons comme figures mythiques ou légendaires de l'infanticide masculin : l'ogre des contes et le boucher dans la légende de saint Nicolas, qui découpa et mit au saloir « trois petits enfants, qui s'en allaient glaner aux champs »...

Mais il existe une forme d'infanticide masculin aussi ancienne que l'instauration du droit patriarcal : l'infanticide paternel.

L'infanticide paternel

Chez les anciens Hébreux (avec le « sacrifice interrompu » d'Isaac par son père, Abraham), comme en Grèce ancienne, à Rome et dans l'anté-Islam, le père dispose d'un droit de vie ou de mort sur ses enfants, qu'il peut à loisir sacrifier (tel le sacrifice aux dieux par Agamemnon de sa fille Iphigénie, pour que la flotte grecque puisse partir en guerre contre Troie) ou dont il peut se débarrasser, sur le mode de « l'exposition ». L'enfant (tel l'Œdipe du mythe) est abandonné dans la montagne, la forêt ou, à Sparte, à la Colonne lactaire où les pères se débarrassent des garçons chétifs ou mal formés. À Rome, les pères ne « conservent » en général que leur fille aînée. La mention de deux filles dans une famille romaine est exceptionnelle. Cette pratique, qui induit un déficit de filles à la génération suivante, explique probablement la légende fondatrice à Rome de « l'enlèvement des Sabines ».

Aujourd'hui, l'infanticide programmé des fillettes, en Chine et en Inde, induit un résultat comparable : des villages entiers se trouvant dépeuplés de toute fille, les hommes vont chercher, razzier ou acheter des femmes dans les contrées voisines.

Notons que l'infanticide paternel ne passe pas pour « monstrueux ». Il s'inscrit dans l'ordre des choses. Le meurtre des filles par leurs pères en cas de « crime d'honneur » reste d'ailleurs toléré en droit coutumier dans de nombreuses contrées d'Afrique, d'Asie ou du Proche-Orient.

Les particularités de l'infanticide maternel

L'infanticide accompli par des femmes au domicile est le plus souvent secret. Sa forme la plus courante est le « néonaticide » : l'homicide d'un enfant né depuis moins de 24 heures. À l'encontre de l'infanticide paternel, jugé peu ou prou « normal », il apparaît comme un abus criminel des mères – pour autant que l'enfant, qui « appartient » au père, appartienne aussi à l'État, éventuellement étayé par une religion d'État.

Pour prévenir et punir cet infanticide maternel – jusqu'à la plus récente modernité dans la chrétienté catholique – ainsi que sa dissimulation liée aux conditions traditionnelles de l'obstétrique, l'édit du roi Henri II contre l'infanticide (1556), réaffirmé sous Louis XIV, « prononce la peine de mort contre les filles qui, ayant caché leur grossesse et leur accouchement, laissent périr leurs enfants sans qu'ils aient reçu le baptême ». Il ne concerne pas seulement les « filles », mais aussi les femmes mariées qui, ayant caché leur grossesse, s'en délivrent, tuent leurs enfants et s'en débarrassent, « les privant par tels moyens de la sépulture coutumière des chrétiens ». Cet édit, comme les nombreux procès qui s'ensuivent, révèle la fréquence de ces infanticides maternels, mais ne l'explique pas. Qu'est-ce qui peut pousser une mère à tuer son enfant ?

Médée a-t-elle la réponse ?

Je l'approche à travers deux pièces éponymes célèbres du répertoire antique : celle d'Euripide, puis celle de Sénèque. Laissons place au récit du mythe, développé chez Hésiode, Ovide et Plutarque, pour mieux apprécier l'interprétation différente qu'en donnent les dramaturges.

Petite-fille du Soleil, comme Circé – sa tante ou sa sœur –, Médée est une magicienne dotée de pouvoirs surhumains. Le héros Jason, à la tête des Argonautes, débarque en Colchide à la recherche de la Toison d'or. Médée tombe amoureuse de Jason. Par ses tours de magie, elle lui permet de conquérir ladite Toison. Elle favorise la fuite des Argonautes en tuant le frère du roi, le découpant en morceaux, qu'elle disperse – Jason aurait déjà dû se méfier d'elle... Mais il l'épouse, et tous deux se réfugient à Corinthe, accueillis par le roi Créon. Jason s'amourache alors de la fille de ce roi, Glaucé. Il répudie Médée et prépare ses nouvelles noces. Médée se venge en tuant sa rivale et son beau-père à l'aide de vêtements magiques qui les brûlent. Elle met le feu au palais et tue les deux fils qu'elle a eus de Jason, Merméros et Phérès, devant le père fou de douleur, puis elle s'enfuit sur le char du Soleil – son grand-père.

La Médée d'Euripide (431 avant notre ère) s'impose par des traits d'humanité qui, en somme, l'exemptent de la monstruosité. Ce qui fut reproché au poète par nombre de ses contemporains, notamment par le dramaturge comique Aristophane.

Comme dans plusieurs de ses autres pièces au thème « féministe » (son *Électre*, qui « justifie » le crime de Clytemnestre ; sa *Phèdre*, qui « justifie » un adultère incestueux ; et surtout sa *Mélanippe la philosophe*, qui sauve la fille-mère engrossée par un dieu à l'insu de son père), Euripide semble « justifier » le crime de Médée. Il inscrit Jason, perfide et parjure, dans la nécessité de sa fin funeste. C'est une règle de la tragédie antique : montrer le sort catastrophique qui attend quiconque transgresse les lois morales, ancestrales ou récemment instituées. Mais c'est dans le personnage de Médée qu'éclate, aux yeux des spectateurs, le véritable conflit tragique dont Euripide a le talent particulier ; ce pour quoi Aristote le nomme, à juste titre, dans sa *Poétique*, « le plus tragique des tragiques ».

Car sa Médée aime ses enfants. Euripide expose son déchirement entre, d'un côté, l'amour pour ses garçons chéris et, de l'autre, sa haine, sur fond d'un amour conservé pour ce Jason qui l'a trahie et humiliée. Elle tient un long discours, lucidement critique, sur la condition féminine :

> « De tout ce qui a la vie et la pensée, nous sommes, nous autres femmes, la créature la plus misérable. D'abord il nous faut, en jetant plus d'argent qu'il n'en mérite, acheter un mari et donner un maître à notre corps, ce dernier mal pire encore que l'autre. Puis se pose la grande question : le choix a-t-il été bon ou mauvais ? Car il y a toujours scandale à divorcer, pour les femmes, et elles ne peuvent répudier un mari [...]. Quand la vie domestique pèse à un mari, il va au-dehors guérir son cœur de son dégoût et se tourne vers un ami ou un camarade de son âge. Mais nous, il faut que nous n'ayons d'yeux que pour un seul être. Ils disent de nous que nous vivons une vie sans danger à la maison tandis qu'ils combattent avec la lance.

Piètre raisonnement ! Je préférerais lutter trois fois sous un bouclier que d'accoucher une seule. »

La tragédie antique met en cause la Cité. La *Médée* d'Euripide conteste l'iniquité des lois patriarcales du mariage. En sacrifiant ses enfants, elle semble reprendre un ancien droit confisqué : « Ah !, s'écrie Jason, il faudrait que les mortels pussent avoir des enfants par quelque autre moyen, sans qu'existât la gent féminine ; alors il n'y aurait plus de maux chez les hommes. » Ce souhait a été souvent formulé dans les textes grecs, tels ceux d'Hésiode et des tragiques.

Oui, mais voilà… Comme pour mieux défendre son héroïne, Euripide laisse entendre qu'elle tue ses petits garçons « par amour », pour leur éviter la déchéance d'un exil humiliant. *Deus ex machina*, le char du Soleil sauve la meurtrière, qui emporte les cadavres de ses fils pour leur donner une noble sépulture.

Dans la *Médée* de Sénèque (milieu du Ier siècle de notre ère), les enfants ne sont pas condamnés à l'exil, et leur meurtre n'en paraît que plus monstrueux. Quoique inspirée de celle d'Euripide, cette pièce s'en écarte notablement en renversant le rapport à la monstruosité, ici acceptée, et presque revendiquée.

Comme le note Florence Dupont, spécialiste de Sénèque[3], « les crimes de Médée, bien loin d'être la conséquence de son caractère d'épouse et de mère, sont au contraire une façon de rompre avec sa condition. En basculant du côté des monstres, elle annule le temps, redevient une petite fille, une princesse innocente et vierge dans le palais de son père. [...] La tragédie romaine n'offre pas à l'humanité le miroir de ses passions, elle ne renvoie pas les spectateurs à eux-mêmes, mais les entraîne loin d'eux-mêmes ; à la suite des personnages dont ils partagent les émotions surhumaines, ils sortent des limites imposées à l'humanité par le temps et sa finitude. »

Ces deux tragiques anciens montrent l'infanticide maternel comme la « reprise » d'un droit préhellénique des mères sur leurs enfants, usurpé par le droit humain patriarcal. Leur leçon est peut-être : « Attention : voyez ce qu'encourt la violation du droit antique ! » Car un tel droit semble bien avoir prévalu dans le passé – et prévaut encore dans quelques sociétés anhistoriques.

L'infanticide maternel à travers les âges

Envisageons d'abord l'infanticide dans des sociétés sans écriture, non patriarcales. Dans sa *Chronique des Indiens guayaki* (1972), l'ethnologue Pierre Clastres découvre – avec stupeur, et à pas feutrés – la règle de l'infanticide maternel au sein de sociétés cannibales amérindiennes. Les mères – « bonnes mères », au demeurant – n'en déferent pas moins à la coutume (qui, certes, nous horrifie) de... manger un de leurs enfants sur deux. C'est alors une technique de régulation des naissances, telle qu'en ont connu toutes les sociétés primitives, ce qui explique leur remarquable stabilité démographique.

Dans les civilisations patriarcales (judaïque, gréco-romaine et islamique, mais aussi dans de larges contrées de l'Asie), le droit de vie et de mort sur l'enfant bascule, revenant au seul père. L'infanticide maternel tombe dans le secret et l'interdit, dans cet entre-soi caché et honteux des femmes (*haram* : terme arabe qui signifie « honte », et qui a partie liée avec le lieu clos du *harem,* comme avec le *gynécée* des Grecs), où agissent des matrones, parfois taxées de sorcellerie.

Au Ve siècle de notre ère, le christianisme abolit le droit du *pater familias* à l'infanticide, et rejette lui aussi dans l'ombre ce qui relève du corps et de l'intimité féminine. Dans cette « licence obscure », les femmes décident, souvent seules, de garder ou non leurs enfants. Les pratiques abortives sont légion. L'infanticide maternel affleure dans des « discours », sermons, tels ceux de Bernard de Morlas, moine de Cluny (XIIe siècle), qui considère toutes les femmes comme des infanticides en puissance[4] : « La femme ignoble, la femme perfide, la femme lâche, souille ce qui est pur, rumine des choses impies, gâte les actions [...]. Elle est meurtrière de l'enfant, et, bien plus, du sien d'abord. Femme perfide, femme fétide, femme infecte. Elle est le trône de Satan, la pudeur lui est à charge ; fuis-la, lecteur. »

L'édit du roi Henri II, qui émane de la Contre-Réforme catholique, entend rompre avec un tel état sauvage – rupture entérinée jusqu'au XXe siècle dans tous les États catholiques. En effet, plus de trois cent cinquante ans plus tard, la célèbre loi de 1920, en France, en pleine poussée nataliste après l'hécatombe humaine de la guerre de 1914-1918, punit de mort l'avortement et la diffusion des pratiques contraceptives, qu'elle y assimile. L'édit de 1556 liait à juste titre avortement et infanticide : dans la plupart des cas, faute d'une contraception adéquate, l'infanticide n'est qu'un avortement manqué, souvent précédé de plusieurs avortements réussis.

On trouve plusieurs cas célèbres parmi les courtisanes du Grand Siècle, telles la duchesse de Montbazon ou Marion de Lorme – laquelle meurt des suites de son dernier avortement. Obligation est désormais faite aux femmes, sous peine de mort, d'une « déclaration de grossesse ». C'est une singularité du catholicisme d'État. En revanche, les pays de tradition protestante (Angleterre, pays scandinaves) se sont ouverts précocement à la contraception et à l'avortement. Avant la loi de 1975 en France, qui dépénalise l'avortement, les femmes qui en avaient les moyens matériels allaient avorter en Angleterre, en Suisse ou en Suède.

De fait, beaucoup de femmes mariées (adultères ou non) usent de l'infanticide lorsqu'elles ne veulent pas d'un enfant. Elles peuvent cacher leur grossesse au sein du domicile ou alléguer la mortalité infantile, alors ravageuse. Plusieurs recourent à l'abandon – institutionnalisé –, comme le font aussi des pères, tel Jean-Jacques Rousseau qui abandonne successivement ses cinq enfants.

Il en va autrement des filles non mariées – dont la grossesse est plus difficile (quoique pas impossible) à dissimuler. Les archives judiciaires font état d'un grand nombre d'infanticides commis par des femmes non mariées, souvent des filles de ferme, des servantes, violées ou simplement engrossées par leurs maîtres.

Les raisons économiques ou psychologiques de ces actes sont claires : misère, déshonneur et abandon menacent la fille-mère.

Après la Révolution française, et pendant une longue partie du XIXe siècle, avortement et infanticide sont traités avec une relative clémence. Témoin cette courte nouvelle de Guy de Maupassant, tirée d'un fait divers : *Rosalie Prudent* (1886).

Dans la ville de Mantes, « devenue grosse à l'insu de ses maîtres, [elle] avait accouché, pendant la nuit, dans sa mansarde, puis tué et enterré son enfant dans le jardin ». Le géniteur de l'enfant est le neveu des maîtres, qui la quitte après lui avoir promis le mariage. Rosalie découvre sa grossesse après son départ. Remarque : les employeurs ne s'en aperçoivent pas. Pour garder ses gages, la jeune femme reste chez eux jusqu'à l'accouchement – qui la prend par surprise, « dans la cuisine, comme j'finissais ma vaisselle ». Auparavant, elle a prévenu la sage-femme. Nuit après nuit, elle prépare le trousseau : elle veut garder l'enfant. Oui, mais voilà qu'elle accouche de… deux bébés ! Alors, elle ne peut plus. Elle les étouffe. Et avoue au procès le meurtre d'un second enfant, enterré dans le jardin, comme le premier : « L'un sous les artichauts, l'autre sous les fraisiers. » « La moitié des jurés se mouchaient coup sur coup pour ne point pleurer. Des femmes sanglotaient dans l'assistance. […] La fille Rosalie Prudent fut acquittée. »

Le déni de grossesse

La dépénalisation de l'avortement et de la contraception (de 1975 à 1982 en France) fera-t-elle disparaître l'infanticide maternel ? Il semble que non. Une centaine d'infanticides maternels sont toujours perpétrés chaque année en France, non seulement par des femmes qui ont pourtant accès à ces deux nouveaux recours légaux, mais en outre, dans le cadre du mariage légitime, sans adultère, par des femmes que ne menacent ni la misère ni l'abandon.

C'est justement ce qui ravive la figure du « monstre » dans le cas célèbre de Véronique Courjault et de « l'affaire des bébés congelés » – je cite une fois son nom, mais dorénavant, par égard pour une personne qui n'est ni une figure historique ni une figure politique publique, je le tairai. Son procès fera émerger la notion, encore problématique, de « déni de grossesse ».

Tous les cas précédents supposent, ou impliquent peu ou prou, la conscience de l'acte. Ces mères tuent leur(s) enfant(s) en se sachant criminelles. Elles sont parfois acquittées ou reçoivent des peines relativement clémentes lorsqu'elles ont des circonstances atténuantes telles que la misère ou l'abandon.

Le « déni de grossesse » inscrit dans notre modernité un nouveau cas de figure. Ce sont des grossesses « invisibles », qui deviennent visibles lorsque la femme apprend et accepte son état : l'utérus se porte alors en avant, les seins grossissent subitement, parfois dans l'espace d'une journée. Ce terme, « déni de grossesse », qui n'est apparu que depuis une quinzaine d'années, n'est encore reconnu ni par le droit ni par la médecine. Quoique certains médecins militent pour sa reconnaissance, tel le docteur Félix Navarro, à Toulouse, on peut se demander s'il recouvre une authentique réalité ou s'il n'est qu'une formule « performative » (je nomme, donc cela existe). N'en faisons donc pas un dogme. Un juge pose cette question : et si ce prétendu déni de grossesse n'était que l'alibi d'un crime ?

Obstétriciens et psychiatres connaissaient déjà, vaguement, un état pathologique de la nouvelle accouchée qui, entre autres symptômes, « dénie » son enfant : la « psychose puerpérale ». Celle-ci frappait un bon nombre de femmes aux débuts de l'obstétrique hospitalière, où la quantité des infections nosocomiales produisait une véritable hécatombe. Ce trouble psychosomatique grave, encore relativement fréquent aujourd'hui (un cas pour mille naissances), nommé aussi « blues du *post-partum* » ou « symptôme du troisième jour » (même s'il peut durer jusqu'à la fin de la première année), est encore mal inventorié. Il peut associer fièvre et bouffées délirantes, délire centré sur la naissance, état confuso-onirique, troubles de l'humeur, pleurs, fatigue, angoisse, délire avec négation de la maternité, propos sinistres ou lugubres, désirs de meurtre, de suicide ou d'infanticide. Certains psychanalystes avancent que cette pathologie serait liée au désir – refoulé – de la mère d'avoir fait cet enfant avec son propre père. Une hypothèse, faute de certitude.

Quant à « l'affaire » de l'été 2006, tout semble y signaler un « monstre » – voire deux : le meurtre « en série » (trois bébés), l'aveu après la négation, l'aspect macabre de la découverte des corps au congélateur, l'ignorance prétendue du père... Comment a-t-il pu *ne pas voir* les trois grossesses de sa femme ? J'avoue moi-même en avoir été troublée.

Au fil des audiences, et après une détention de trois ans pour la mère, l'écoute des juges et du public change. L'accusée est, par ailleurs, pour ses deux aînés, une « bonne mère » – et même excellente, selon les normes. La bonne foi du père est patente. Il n'a pas vu les grossesses de sa femme, ni ses accouchements, ni les bébés. C'est lui qui les découvre, fortuitement, révélant l'affaire. Les propos qu'il tient dans son livre, *Je ne pouvais pas l'abandonner* (Michel Lafon, 2010), sont touchants d'intelligence, de douceur et de fidélité. Je recommande l'excellent document-fiction *Parcours meurtrier d'une mère ordinaire, l'affaire Courjault* (Arte Éditions, 2010). L'accusée y exprime ses doutes, ses hésitations, son mal-être de fille élevée dans le silence et le non-dit. Dans un grand moment d'émotion, elle déclare : « Ce que j'ai tué, ce n'étaient pas des bébés. » Des questions nous restent, concernant, par exemple, la signification ambiguë du congélateur : tuer, mais conserver près de soi. Pourquoi ?

Le docteur Navarro affirme qu'une femme sur 500, en France, fait un « déni partiel », c'est-à-dire qu'elle ne se rend compte de sa grossesse qu'au bout de trois mois. Une sur 2 500 fait un « déni total ».

Un cas m'a été rapporté, il y a une quinzaine d'années. Une fille de 14 ans est envoyée par le médecin de famille en consultation de chirurgie pour des maux de ventre : une probable appendicite. À l'examen clinique (palpation, auscultation, questions sur ses règles et son ressenti), le chirurgien découvre une grossesse de huit mois, sitôt confirmée par l'échographie. Grossesse presque invisible dans ce corps de jeune sportive, à la ceinture abdominale très musclée. Crainte du chirurgien : comment parler aux parents ? De fait, ils réagiront « bien » – en tout cas, officiellement – et décideront d'accueillir et d'élever l'enfant.

Ces phénomènes soulèvent des questions juridiques et judiciaires. En France, la notion d'infanticide a disparu du Code pénal depuis 1994, remplacée par celle d'« homicide volontaire sur mineur de 15 ans » ; ce qui à la fois allège et aggrave les peines : la peine de mort n'existe plus, mais il y a moins d'acquittements. Ils soulèvent aussi des questions médicales, psychiatriques et « philosophiques » : la reconnaissance d'une grossesse n'est pas automatique. Tout comme le choix de conserver, puis d'élever un enfant.

Conceptions diverses de la grossesse et de la maternité

Selon une conception traditionnelle et/ou religieuse, « la Mère », souvent idéalisée, figure de dévouement et d'intarissable générosité, ne peut qu'éprouver de l'amour pour son enfant. Cette image (d'Épinal, car toutes les mères ne sont pas « bonnes », ni aimantes) sera célébrée par « la fête des Mères » un peu partout dans le monde, surtout dans les périodes de poussée nataliste d'État.

Certaines approches philosophiques rendent-elles la maternité moins mythique et plus intelligible, et permettent-elles de mieux appréhender l'infanticide maternel ?

Une énigme se noue chez Simone de Beauvoir, dans *Le Deuxième Sexe* (1949), au chapitre intitulé « La mère[5] ». Celui-ci commence, bizarrement, par une analyse de l'avortement, à l'époque clandestin et criminel, et se poursuit par une incitation à ce *birth-control*[6] (*sic*) qui a fait vouer son auteure aux gémonies.

Sans souci de contradiction, Beauvoir poursuit en développant une curieuse conception de la maternité[7]. Enfanter, allaiter, élever un enfant, écrit-elle, ne sont pas des activités volontaires, mais les expressions d'une simple bestialité naturelle, un enfoncement dans l'inertie et « l'Immanence », qui exclut la femme-mère du *Mitsein* humain (concept émis par Heidegger, et repris par Jean-Paul Sartre). Engendrer, allaiter, écrit Beauvoir, ne sont pas des « activités », ce sont des fonctions naturelles ; aucun projet n'y est engagé. C'est pourquoi la femme n'y trouve pas le motif « d'une affirmation hautaine de son existence » ; elle subit passivement son destin biologique. « Son malheur est d'avoir été biologiquement vouée à répéter la Vie. »

Cela ne concerne apparemment pas l'homme.

De fait, la possibilité, toujours présente, de l'avortement et de l'infanticide ne témoigne-t-elle pas justement, *a contrario*, d'une « activité » créative de la femme gestante et maternante ? D'un « amour en plus » – par-delà l'instinct animal –, comme le dit Élisabeth Badinter dans un livre publié trente et un ans plus tard, en 1980 ? En un sens, son ouvrage, *L'Amour en plus. Histoire de l'amour maternel,* XVIIe*-*XXe *siècle,* réfute la conception beauvoirienne d'une maternité passive et animale. Sous la couverture de l'édition originale qui illustre l'ambivalence de la maternité (mère aimante et mère fouettarde), Badinter s'efforce de prouver que ledit « amour » n'est en aucun cas la norme des relations entre mères et enfants. Certaines mères sont aimantes, d'autres non. Par-delà cette évidence dûment constatée, on peut trouver curieux qu'une philosophe s'acharne à démontrer le caractère « non instinctuel » de la maternité humaine – quand la notion d'« instinct » appliquée à l'espèce humaine se voit rejetée par presque tous les philosophes. Mais les femmes font-elles partie intégrante de l'Humanité ?

Élisabeth Badinter se focalise sur la question de l'allaitement au sein – qui reste aujourd'hui une de ses grandes obsessions. Si bon nombre de femmes, au XVIIIe siècle, n'allaitent pas leurs enfants, mais les font placer en nourrice à la campagne, c'est que l'instinct maternel n'existe pas. Certes. Mais a-t-on besoin de cela pour une telle démonstration ? Badinter allègue très peu l'avortement et l'infanticide – comme si ces derniers n'avaient pas d'emblée fait pièce à l'hypothèse de « l'instinct ». La pratique des nourrices est d'ailleurs infiniment plus ancienne que la période dont elle traite. Les nourrices (*tithenaï*) font partie du paysage culturel de la Grèce antique, où de nombreuses mères soit manquent de lait pour nourrir leurs enfants, soit n'en ont ni le temps ni l'envie. Il n'est pas sûr que Médée ait allaité ses enfants : elle n'en dit rien, et ils ont une nourrice

– protagoniste de la pièce, comme dans de nombreux autres drames antiques.

La contraception féminine, qui remonte à la plus haute Antiquité, comme l'attestent de nombreuses études ethnologiques et historiques, l'avortement volontaire et l'infanticide maternel doivent nous paraître, au contraire, les clauses mêmes d'une reconsidération de l'activité maternante.

Autres hypothèses ?

Non seulement la maternité choisie, l'enfantement et l'alimentation des enfants, au sein ou non, semblent signer une authentique créativité féminine, mais la possibilité d'un « déni de grossesse » atteste, dialectiquement, de cette maternité comme d'un phénomène de « conscience ». Une philosophie subtile doit s'en dégager.

Grossesse et maternité ne s'insèrent pas dans les schémas du rapport au corps prescrits par une philosophie cartésienne ou platonicienne (mais autant sartrienne, beauvoirienne, heideggerienne, badintérienne) : d'un côté, le corps – matériel et animal –, mécanique, et pour autant méprisé ; de l'autre, « l'âme » ou « l'esprit ». D'un côté, la « passivité bovine », l'Immanence, l'Inconscience ; de l'autre, le « Pour-soi » conquérant, le « Projet », l'activité de l'artisan qui crée, sur le noble modèle du Phallus. De fait, les frontières entre « âme » et « corps » sont floues.

La grossesse d'une femme s'expérimente dans un rapport au corps ambigu, troublé, mais dont le trouble peut être nié, rejeté, parce qu'il dérange cette femme soucieuse, pour diverses raisons, de revenir à une conscience de soi habituelle. Elle le peut toutefois. La majorité des femmes enceintes (ce qui ne veut pas dire la normalité) décident alors de se mettre à l'écoute de ce corps étrange, de rapporter leurs sensations nouvelles à des savoirs extérieurs. Durant un long moment, elles doutent. Passent par une alternance d'affirmations et de négations. Il leur arrive cette chose ahurissante : elles vont peut-être abriter ce « miracle », la production au monde, dans leur corps, d'un être nouveau, qui est une personne humaine. Qui dit mieux ?

L'incertitude des techniques modernes (prévention, tests, détection) comme l'ambiguïté des signes (menstruations qui parfois continuent, etc.) maintiennent leurs hésitations. Pour les femmes qui adhèrent à ce projet initial de maternité désirée : surécoute, généralement accompagnée par une mère, un compagnon (ou une compagne), ordre médical, renseignements et lectures... Pour celles qui s'y refusent : rejet hors de la conscience de cette stupeur qui leur arrive. Dans les cas intermédiaires (sans doute le plus grand nombre) : attente, angoisse, inquiétude, soucis (l'enfant sera-t-il « normal » ? Sera-t-il celui de « son père », le compagnon avoué ? Ou celui de quelque géniteur imaginaire : un dieu, un diable, un esprit, un frère, un père ?). Gageons qu'aucune future mère n'échappe à ces terreurs, que seul l'accouchement dénoue ; souvent dans la douleur déchirante qu'allègue la *Médée* d'Euripide, et donc dans une conscience altérée.

Ensuite ? Plusieurs femmes qui ont mené, semble-t-il, leur grossesse et leur accouchement à bon terme n'en ont pas fini. Qu'est-ce que cette chair détachée d'elles, qui leur ressemble, sans leur ressembler ? La dépression du *post-partum* les guette toutes. Beaucoup regrettent un état antérieur souvent vécu sur le mode d'une euphorie légère, quand tout était encore possible, virtuel – alors qu'il s'agit maintenant d'affronter la pesante réalité d'une responsabilité.

Comme, du reste, la paternité, toute maternité menée à terme est une « adoption plénière ». Le fait d'élever un enfant comporte, à tout moment, la réitération (ou le refus, toujours possible) d'une telle adoption. Appelons-la « amour » – dans le meilleur des cas.

Séverine Auffret

Sur un prétendu divin marquis...

Je voudrais proposer quelques hypothèses[1] pour envisager la résolution de cette étrange énigme qui veut que Sade, un monstre dans les faits et sur le papier, ait pu être présenté par une partie de l'intelligentsia du XXe siècle comme un agneau, un bouc émissaire, une pauvre victime de tous les régimes politiques, un parangon de liberté libre, pour utiliser l'expression rimbaldienne. Comment un homme qui fut le prototype de l'érotisme féodal nocturne a-t-il pu passer (et passe encore...) pour un philosophe emblématique de l'érotisme solaire post-chrétien ?

Depuis plus d'un siècle, en effet, Sade fonctionne comme le cri de ralliement d'une certaine intelligentsia parisienne qui fait de la littérature une religion et sacrifie au culte du marquis comme d'autres à la fiction du Christ. Cette religion sadienne a une date de naissance, une circonstance, une occasion et un prophète. La date de naissance : 1909. La circonstance : la parution d'une anthologie fabriquée avec les passages les plus présentables du marquis pour un éditeur qui mettait sur le marché une collection intitulée « Les maîtres de l'amour » (*sic* !). Le prophète : Guillaume Apollinaire, maître d'œuvre de cette anthologie. Depuis cette date et ce livre, Sade est moins lu, glosé et commenté que ne le sont les gloses elles-mêmes, toutes dépendantes de l'argumentaire du poète.

Apollinaire fut sans conteste un grand poète, un critique d'art avisé, un génial commentateur de l'art africain, un artiste visionnaire, l'inventeur du mot *surréaliste*, le mentor des grands noms de cette sensibilité esthétique, l'ami des grands artistes de cette époque – mais il fut en même temps un pitoyable homme d'idées, aveugle à la dimension philosophique de son héros. Il ne vit pas en Sade le défenseur d'une ontologie, le théoricien d'une métaphysique, le lecteur des philosophes matérialistes français, pas plus qu'il ne prit en compte la biographie, l'histoire réelle et concrète de son personnage. En taillant arbitrairement dans l'œuvre complète, puis en négligeant ce que l'histoire nous apprend de la vie du personnage, Apollinaire crée la légende de Sade ; la plupart des poètes et des philosophes du XXe siècle souscrivent aveuglément à cette fiction littéraire...

Quelle est-elle ? Sade serait le grand homme de la liberté sexuelle, l'immense féministe amoureux du deuxième sexe, le philosophe de l'abolition de la peine de mort, le républicain émancipateur de l'humanité, le philosophe des Lumières, le libertin solaire post-chrétien, le précurseur de la psychanalyse, le parangon de la subversion emprisonné sous trois régimes, l'anarchiste emblématique... De Breton à Sollers en passant par Bataille, Barthes, Lacan, Deleuze et autres penseurs de moindre envergure, la légende forgée par Apollinaire est abondamment ressassée. Le jeu des gloses renseigne sur la paresse intellectuelle de l'intelligentsia qui pratique l'adoubement mutuel et la reconnaissance réciproque plus qu'une lecture digne de ce nom...

Car la lecture de l'œuvre complète, celle de la correspondance, puis le croisement de ces textes avec les biographies constitue une méthode toute simple qui permet de parvenir à d'autres conclusions. Si l'on refuse d'en rester à l'anthologie (un choix arbitraire qui permet d'obtenir ce que l'on veut d'un penseur en sortant du contexte telle ou telle idée ou en détachant une pensée de la géographie générale de l'œuvre...), on découvre un personnage aux antipodes de cette figure créée par Apollinaire.

Le marquis est en effet « un grand seigneur méchant homme », pour le dire dans les mots de Molière, un libertin féodal qui ne reconnaît de liberté sexuelle qu'aux prédateurs de sa caste et qui transforme les femmes en bêtes de proie réservées à sa tribu de chasseurs au sang bleu pour laquelle il revendique une pleine et entière liberté – la licence libertine. Dans son œuvre en général, mais dans *Les 120 journées de Sodome* et dans l'*Histoire de Juliette* en particulier, il invite à massacrer le peuple, à décapiter à tour de bras, à martyriser à grande échelle, à tuer selon l'ordre glacial de sa raison philosophique déterministe, à faire souffrir le plus grand nombre, à ouvrir des châteaux pensés comme des camps de concentration et d'extermination où l'on rase les femmes, tatoue les corps, torture les victimes après les avoir raflées, déportées et conduites dans une forteresse militaire.

De même, le texte dans lequel il manifeste son opposition à la peine de mort, « Français, encore un effort si vous voulez être républicains... », est écrit dans une geôle révolutionnaire où il croupit et dont la fenêtre donne sur une cour où une charrette apporte les suppliciés puis emmène sans discontinuer les cadavres ensanglantés. Il sait que, peut-être, il fera partie de la charretée suivante – de quoi rendre abolitionniste le partisan le plus décidé de la peine de mort !

Sade est un lecteur des philosophes matérialistes français et puise abondamment dans ce corpus pour justifier son système philosophique : *l'isolisme*. Ce néologisme apparaît à trois reprises dans son œuvre : *Les Infortunes de la vertu*, *La Nouvelle Justine* et *Aline et Valcour*. Sa doctrine affirme que nous sommes entièrement déterminés par la nature, programmés par la nécessité, ontologiquement enfermés dans notre enveloppe de peau, dépourvus de liberté, privés de libre arbitre et que, par-delà le bien et le mal, nous sommes indistinctement condamnés à être ce que nous sommes sans possibilité d'échapper à ce destin. Ce qui ne l'empêche pas pour autant, sans craindre la contradiction, d'affirmer dans *Les 120 journées de Sodome* que la culture n'est pas dans la nature et que la première peut entraver, contrarier, empêcher la seconde. Ainsi, pour Sade, la nécessité est partout dans la nature, mais la culture permet d'échapper à cette nécessité.

Malgré tout, il se fait philosophiquement fort de ne pas vouloir autre chose que ce que veut la nature et jouit de ce que la nature coupe l'humanité en deux : les bourreaux & les victimes, les forts & les faibles, les aristocrates & la plèbe, les libertins & leurs objets, les bêtes de proie & leurs cibles, en se réjouissant d'être du bon côté : bourreau, fort, aristocrate, libertin, bête de proie. Sade sait qu'on peut vouloir autre chose, mais, à dessein, il veut ce qui est.

S'il manifeste un athéisme tonitruant, c'est uniquement pour les prédateurs de sa classe. En bon voltairien, l'auteur du *Dialogue entre un prêtre et un moribond* trouve que, pour le peuple, la religion est une bonne chose, de même avec la monarchie, parce que ces deux forces antinaturelles constituent de formidables armes pour asseoir et maintenir le pouvoir des nobles sur le peuple. Certes, Sade affirme que « Dieu est mort », mais pour sa caste ; pas question d'ébruiter cette bonne nouvelle fêtée par les dégénérés au sang bleu bien déterminés à conserver leurs privilèges.

Donatien Alphonse François, comte de Sade, connu comme marquis, entre à la section des Piques le 17 octobre 1792 et se fait appeler Louis Sade, non par conviction politique mais par opportunisme : comme assurance-vie... Son château de La Coste a été dévasté trois semaines plus tôt... Il y avait dans cette bâtisse, selon son aveu, de quoi en meubler six... Cet homme qui a derrière lui un casier judiciaire fort peu révolutionnaire donne des gages à la Révolution en armes pour éviter d'attirer l'attention sur lui.

Voilà en effet un homme qui a vécu comme un délinquant sexuel pendant toute son existence et qui a pratiqué ce qu'il théorisait – au contraire de ce qu'affirme la vulgate, qui enseigne béatement qu'il transfigure dans son œuvre abondante ce qu'il n'a pu vivre concrètement pour cause d'emprisonnement. La théorie freudienne de la sublimation génère ce lieu commun intellectuel. Mais la lecture d'une biographie suffit pour constater que Sade n'a pas fictionné son monde et qu'il ne s'est pas contenté de le théoriser, car il l'a pratiqué pendant de nombreuses années avant son incarcération.

Aucune biographie n'a été écrite à charge contre le marquis – du moins, sans complaisance. Toutes sont des hagiographies, de Lely à Pauvert via Maurice Heine et quelques copieurs sans vergogne, de Jean-Jacques Brochier à Raymond Jean en passant par Donald Thomas. Les faits existent : pour ce que nous en savons, le bilan apparaît déjà comme terrible… Les affaires qui conduisent le marquis au tribunal sont celles qui n'ont pas été dissimulées par l'aristocratie, sa famille, ses réseaux, ses relations. L'addition perverse des hommes d'Église, des gens de loi et des nobles dans les orgies sadiennes n'est pas qu'une allégorie littéraire ! Ce que nous savons est ce qui n'a pas été suffisamment étouffé. Les ossements humains retrouvés dans le jardin de Sade témoignent de ce qui a pu échapper à la justice. Le marquis parlera de plaisanterie d'une amie qui aurait rapporté de Marseille à La Coste un squelette pour rire – on peut ne pas souscrire à cette pitoyable explication… On retrouve dans l'*Histoire de Juliette* des fémurs introduits par deux héroïnes dans leurs sexes…

Le 3 avril 1768, il y eut donc l'affaire Rose Keller. Une fileuse au chômage, mendiante, suit

Sade qui lui propose de l'argent pour effectuer des ménages dans l'une de ses propriétés. La jeune femme se trouve enlevée, séquestrée, menacée de mort, entravée, fouettée, tailladée au couteau, martyrisée, torturée, brûlée – elle parvient à s'enfuir par la fenêtre.

Apollinaire ayant affirmé de façon péremptoire que Sade n'était pas sadique, il faut bien que les faits n'aient pas eu lieu : les sadistes se découvrent alors sophistes en diable, menteurs invétérés, dialecticiens de mauvaise foi ; ils travestissent les faits et inversent les perspectives : ce bon marquis a eu affaire à une mauvaise ouvrière ! La gauche parisienne souscrit à la fameuse équivalence bourgeoise : classe laborieuse, classe dangereuse. Elle minimise les dommages. Elle inverse les rôles : quand le marquis ment, il dit la vérité ; quand la pauvresse dit la vérité, elle ment.

Ainsi, lorsque le bourreau fait couler de la cire fondue dans les plaies pratiquées avec la lame de son couteau, ça n'est pas de la cire – mais un onguent pour calmer la souffrance et cicatriser ! Dès lors, quand le marquis inflige factuellement de la douleur, on se trompe – il se comporte en assistante sociale, en amoureux du genre humain... On fait de cette femme le bourreau : elle est une prostituée qui cache sa syphilis pour contaminer le pauvre marquis. Vengeance de la populace sur l'aristocratie ! D'aucuns trouvent même que Sade aurait essayé sur elle un nouveau médicament pour la guérir de son mal ! Voilà donc le charcutier transformé en pharmacien... Enfin, puisqu'elle est pauvre, il faut bien qu'elle soit intéressée par l'argent : elle a donc tout inventé pour ponctionner l'infortuné descendant de la famille de Condé et le ruiner ! L'argumentaire est celui de tous les violeurs sur la planète.

De même, le jeudi 25 juin 1772, il y eut l'affaire de Marseille. Le domestique de Sade aborde quatre filles dans la rue. Une fois enfermées, le marquis les flagelle, les empoisonne avec des dragées à la cantharide sous prétexte qu'elles doivent faire la provision de gaz intestinaux dont il raffole ; il les sodomise malgré leur refus, demande à être frappé avec un martinet garni d'épingles, l'utilise contre les filles, sodomise et se fait sodomiser par son valet.

Ajoutons à cela, fin 1774-début 1775, les coups et blessures associés à des violences sexuelles infligées par le marquis à « des petites filles » (pour utiliser l'expression de Lely) qui travaillaient dans son château. L'une des cinq « enfants » a été tellement abîmée par les jeux sexuels que Sade pratiquait avec sa femme qu'elle est cachée chez l'abbé de Sade, un parent du marquis. Madame de Sade exige de l'abbé que l'enfant ne soit pas examinée par un médecin. Une autre est enfermée dans un couvent – dont elle s'échappe. L'épouse du marquis tente d'acheter les victimes, comme toujours, elle intervient auprès des autorités pour étouffer l'affaire. Mais celle-ci a été portée à la connaissance du public.

En 1776, Sade embauche quatre jeunes femmes dans son château, dont Catherine Trillet. Bien sûr, elles deviennent les victimes de ses jeux sexuels… Au château, les Sade appellent Catherine… Justine ! Le père de celle-ci se rend au domicile du marquis et tire un coup de pistolet qui manque sa cible ; il part, erre dans le village et revient ; il tire à nouveau. Le père de famille porte plainte. Dans sa *Vie du marquis de Sade,* Gilbert Lely commente et conclut sur cette affaire en rapportant les propos de Sade : « Tous les Costains sont des gueux à rouer » : « on les rôtirait tous l'un après l'autre » que le marquis « en fournirait les fagots sans sourciller » – où l'on constate que le prétendu divin marquis était abolitionniste et républicain... Cessons là et concluons.

Puisque dans *Sade, Fourier, Loyola,* Roland Barthes parle du « principe de délicatesse » permanent chez Sade ; puisque Georges Bataille écrit dans *L'Érotisme* que « le langage de Sade est paradoxal parce qu'il est essentiellement celui d'une victime. Il n'y a que les victimes qui peuvent décrire les tortures, les bourreaux emploient nécessairement le langage hypocrite de l'ordre et du pouvoir établi » ; puisque Gilles Deleuze démarque sans vergogne cette thèse dans sa *Présentation de Sacher Masoch* ; puisque Foucault écrit dans son *Histoire de la folie* que Sade incarne le grand héros romantique positif, le rebelle qui, parce qu'évoluant de l'autre côté du miroir, apparaît comme le mieux placé pour nous dire ce qu'est la Raison occidentale ; puisque Lacan prétend dans ses *Écrits* que Sade manifeste le triomphe de la vertu – alors il faut bien qu'il n'ait pas été ce que les faits disent, mais ce que la légende raconte : doux, bon, généreux, victime des systèmes monarchique, républicain et impérial, libertin et libertaire, ami du genre humain...

En matière de Sade, de sadisme et de sadologie, Apollinaire avait offert les éléments de langage ;

comme un seul homme, le Paris littéraire les a utilisés *ad nauseam* pendant un siècle. Il faut donc bien pour cette coterie intellectuellement irresponsable que la légende soit plus vraie que la vérité et la vérité présentée comme une légende. La monstruosité se construit par la dénégation, le déni, le refus du réel, elle suppose que ce qui a eu lieu n'a pas eu lieu, car, disent les intellectuels, les poètes et les philosophes parisiens, la littérature, le texte et les mots sont plus vrais que les faits... Un monstre est un être pour lequel son fantasme est plus vrai que la réalité et qui tâche de faire plier le réel dans la perspective du triomphe de sa berlue.

Michel Onfray

L'homme, ce monstre qui croit aimer

« Je me méfie de notre “culture” en France, qui nous éloigne du peuple et de ses goûts ; je préfère maintenant le jugement du cœur à celui de l'intelligence. »

François Truffaut

Leurs gueules, qu'est-ce qu'elles ont leurs gueules ?

Pourquoi parler de la monstruosité avec les seconds rôles des années 1930 ? Pourquoi les Gaston Modot, Julien Carette, Saturnin Fabre, Fernandel, Maupi, Michel Simon, Pauline Carton, Pierre Larquey, Marcel Dalio, Pierre Brasseur, Jules Berry, Robert Le Vigan, Piéral et bien d'autres, ceux du cinéma d'hier, du cinéma argentique ?

Parce que ces monstres sacrés du septième art découverts dans mon enfance sur l'écran noir et blanc d'une télévision diffusant l'émission d'Armand Panigel « Au cinéma ce soir » étaient des monstres bienveillants et drôles. Des gueules, quoi ! Ces monstres-là, c'étaient déjà des voix, des intonations. Je me souviens de Jean Tissier et de Marcel Herrand, le Lacenaire des *Enfants du paradis*, des tessitures, de véritables Stradivarius pour dialoguistes de génie, et il y en avait tant...

Mais aussi des accents. Souvenons-nous de Lucas Gridoux, l'inspecteur Slimane de la casbah d'Alger dans *Pépé le Moko* de Julien Duvivier. Ou encore de la magnifique gouaille de Julien Carette préparant son omelette du midi, battant ses œufs la clope aux lèvres, pendant l'heure de la pose à Saint-Lazare dans *La Bête humaine* de Jean Renoir. Inoubliable, splendide gouaille populaire d'hier... – une autre l'a remplacée depuis, tout aussi drôle : « J'te calcule pas... », disent désormais les apaches de notre temps derrière les fortifs de 2013. Mais règne sur ce petit monde, et sur un pont du canal Saint-Martin, une reine à la « monstrueuse » beauté devant laquelle Louis Jouvet devient enfin muet, face à sa repartie et aux dialogues d'Henri Jeanson : l'immortelle, la splendide, l'inoubliable Arletty dans *Hôtel du Nord*.

Tous et toutes ont, avaient, des gueules d'atmosphère. Louis Jouvet et Michel Simon et leur « Bizarre, bizarre... », Charpin face à Raimu et son « Tu me fends le cœur... tu me fends le cœur ! » ainsi que son coléreux et splendide : « Écoutez, monsieur Brun, si on ne peut plus tricher entre amis, c'est pas la peine de jouer aux cartes ! » dans le *Marius* écrit par Marcel Pagnol et réalisé par Alexandre Korda. Oui, tous ces monstres-là qui précèdent l'arrivée du vrai, du véritable monstre, la bête immonde de Bertolt Brecht, ont en leur temps ému et fait rire le public, les visiteurs du soir des salles obscures d'il y a bientôt un siècle.

Tous et toutes sont à jamais dans nos mémoires, si fort qu'on pourrait presque leur déclarer amoureusement : « Nous vous avons tant aimé… » Ces gueules de cinémathèque si particulières n'appartiendront jamais vraiment à l'ère du numérique, du digital. Et c'est sans doute pour cela que les enfants du paradis de demain reviendront vers elles, comme on cherche un trésor perdu.

Arrabal : filmer le pire ou le monstre gentil qui est déjà au paradis

Un autre monstre, mais plus impressionnant, plus choquant celui-ci, qui filme la fange et le franquisme, les fascismes d'hier, les mamans et les putains. Le très religieux Fernando Arrabal et ses monstres cinématographiques. Arrabal, le saint Augustin du septième art, qui évoque cette phrase d'un film français des années 1970, prononcée par un ecclésiastique de haut rang : « Les meilleurs hommes d'Église sont en dehors de l'Église. » Il n'est pas le seul… amusante particularité de notre beau paysage intellectuel français.

Qu'y a-t-il dans la noix cinématographique de Fernando Arrabal, si éloignée de celle du fou chantant, Charles Trenet ? La panique et le pire, ce pire qui nous vient du féminin et qui nous fait du bien. Mais aussi un père qui disparaît sous le franquisme, dénoncé par la mère d'un petit garçon, son fils ; un boucher qui éjacule sur le visage d'Emmanuelle Riva sous les yeux d'un autre fils qui observe en cachette la scène ; un ange du désert qui y vit en ermite et se transforme en anthropophage chrétien, dévorant l'homme qu'il aime à la fin de *J'irai comme un cheval fou*. Ou encore un cimetière rempli de voitures empilées, mais pas compressées par Arman ; des Khmers rouges qui pendent des enfants par les pieds au-dessus d'une embarcation de *boat people* et d'une mère aussi qui regarde et crie... Le cinéma de Fernando Arrabal est rempli de monstres enfantés par ce « monstre gentil », un des plus prolifiques du théâtre et de la littérature du XXe siècle. C'est violent et même scatologique, ça saigne et ça jouit, ça défèque et ça hurle, ça pleure et ça tue sur des comptines enfantines venues de ce pays du Nord qui connut une boucherie durant l'été 2011. Un cinéma unique, un cinéma « Panique » et brutal, qui est avant tout un cri libre comme le *Guernica* et Picasso l'étaient, qui abolit les frontières, les dépasse, car il est né d'un monstre effrayant, qui ressemble tant aux hommes, à la sale bête que nous sommes.

Nous sommes tous des monstres. Hannah Arendt en fit jadis la démonstration lors du procès Eichmann. Nous sommes bien ces hommes qui savent que ce ne sont pas les amours qui finissent mal mais la vie. Mais que nous disent tout ce stupre, ces crises d'épilepsie, ces excréments filmés par Fernando Arrabal ? Absolument rien du « divin marquis », homme détraqué et malade, mais tout de l'origine du monde de Gustave Courbet. L'origine du monstre : ce sexe de femme magnifiquement béant et si voluptueusement offert qu'un célèbre psychanalyste cachait à ses patients derrière un grand panneau de bois. Victor Hugo aussi à sa manière s'approcha de cette belle monstruosité féminine : s'adressant à une femme qu'il aimait, il lui dit : « Vous n'êtes pas jolie, vous êtes pire. » C'est ce pire-là que le cinéma d'Arrabal cherche et trouve, tout comme jadis le faisait dans son atelier de la rue des Grands-Augustins son compatriote Pablo Picasso. Ce pire qui part de la femme, car nous sommes tous nés d'une femme, et qui atteint l'homme.

Marcel Pagnol, loin des monstres d'Arrabal, dans *Le Château de ma mère* écrivait, lui : « Telle est la vie des hommes, quelques joies très vite effacées par d'inoubliables chagrins. Il n'est pas nécessaire de le dire aux enfants. » Le cinéma de Fernando Arrabal est un monstre qui hurle aux enfants les jouissances et les larmes qui provoquent d'inoubliables chagrins. Car en réalité, en 2013, il est nécessaire de les avertir.

Voilà, deux ou trois choses que je sais de ces monstres. Des monstres parfois terribles et redoutables comme dans l'œuvre de l'auteur de *Viva la muerte*, ou fraternels et retors comme dans le cinéma de Carné, Duvivier et Jean Renoir.

N'ayons pas peur d'eux. Ne sommes-nous pas nous aussi des monstres en sommeil ou en fureur, comme nous le suggèrent les massacres et la barbarie des guerres ou les cols blancs des places boursières qui cachetonnent en s'occupant et en serrant de près le capital pendant que le son qui fait danser l'Occident recouvre les cris d'enfants de l'Afrique, du Moyen et du Proche-Orient ? Oui, nous sommes bien plus terribles et monstrueux que les monstres sacrés du réalisme poétique des années 1930 et du génial dramaturge espagnol, amant de la langue française et frère d'âme de

Roland Topor. L'amour, oui l'amour, ce monstre d'égoïsme que les humains ont inventé pour avoir moins peur, se cacher leur fatale destinée – car « un nouveau-né, c'est toujours un futur mort », disait Talleyrand. Je suis un monstre, nous sommes tous des monstres dévorés par l'amour, nous nous mangeons nous-mêmes, nous nous dévorons tous et toutes comme dans les films de Fernando Arrabal.

Mais laissons le dernier mot à Léo Ferré et son magnifique *Avec le temps* : « On couche toujours avec des morts. »

Arno Gaillard

*

Clitoris (en toute innocence)

Fenêtre de la mer pour la tempête et ses vagues.
Soleil de l'amande pour le dard et ses trompettes.
Lune du crépuscule pour l'obscénité et ses envies.
Chair de l'impudeur pour le désir et ses tumultes.
Concubine du pubis pour le mâle et ses maux.
Poivrière de la fusion pour l'alcôve et ses tigresses.
Harmonie de la verticalité pour le carnivore et ses succions.
Estampille de foutre pour le créateur et ses hallucinations.
Joyau de l'orgasme pour la flûte et ses doigts.
Plein de l'existence pour l'intimité et ses rites.
Atelier de l'amour pour le martyre et ses braises.
Cœur du spasme pour l'éjaculation et ses babines.
Fleur de la fureur pour le sadique et ses morsures.
Moulin de délices pour le pistolet et ses tirs.
Marguerite d'Éros pour le lascif et ses ferveurs.

Niche d'énigme pour le coup et ses foudres.
Cyprine d'adoration pour la tige et ses kermesses.
Bouton d'attachement pour le priape et ses engouements.
Rose de baisers pour l'adorateur et ses cigares.
Calibistri de folie pour le frétillant et ses dilections.
Coquillage de séduction pour le précieux et ses hymens.
Écu de délire pour le rossignol et ses caprices.
Houppe d'ardeur pour la fantaisie et ses nœuds.
Mandoline de chaleur pour la flèche et ses intrigues.
Fraise du déluge pour le delirium et ses tremens.
Nid de culte pour le marquis et ses liaisons.
Tiroir de l'érection pour l'épinette et ses passions.
Touffe d'envoûtement pour la dague et ses touches.
Trésor de fièvre pour le phallus et ses brûlures.
Sceptre de la flamme pour la cérémonie et ses frénésies.

Arrabal

Monte Carmelo, 2007

Poème lu par le comédien ami du dramaturge écrivain Albert Delpy, sur la scène du théâtre du Rond-Point. Reproduit avec l'aimable autorisation de l'auteur.

Le nouveau monstre moral : l'abolition du libre arbitre

« Monstre moral, mon semblable, mon frère. » Peut-on formuler cette adresse à l'égard d'un criminel ? Et si oui, quel sens donner à cette appellation de « frère » ? Qui, dans ce cas, du criminel ou du moi serait le référent de l'autre ? le modèle identificatoire ? Le *serial killer*, criminel anonyme ou acteur de l'Histoire, cette figure dont se repaissent la littérature et le cinéma contemporains, est-il encore construit comme un frère en humanité ? Et l'individu contemporain, se définit-il encore comme une figure d'« humanité » ?

Certaines fictions contemporaines proposent de telles représentations du mal ou de la barbarie qu'elles suggèrent un tournant de civilisation radical. Or le manichéisme qui confronte l'innocence absolue, la pureté de la victime – agneau immaculé –, à l'outrenoir du bourreau, monstre inaccessible au remords comme à la rédemption, doit nous inquiéter : à la traque de l'agneau immaculé par le loup impitoyable répond nécessairement la traque, impitoyable elle aussi, du criminel par des sociétés qui ainsi invitent au lynchage. Voici un des effets de l'abandon de ce que nous conviendrons d'appeler « traditions humanistes ».

Mais quel sens leur donner ? Et quel sens donner à leur convocation à la barre du tribunal de nos errements ? Il ne s'agit certes pas d'exprimer la nostalgie des représentations passées du « monstrueux ». Mais de rappeler qu'à l'opération de destruction de l'héritage, il convient toujours de préférer celle de la discrimination. Observons et trions.

Pour l'humanisme, le mal n'était ni absolu ni sublime

Dans la tradition grecque déjà, en ces temps qui virent naître à la fois les mathématiques, la philosophie, le théâtre et la démocratie, l'acte monstrueux – c'est-à-dire, pour le monde grec, l'inceste et/ou le parricide et/ou l'outrage aux morts – n'est pas choisi par le protagoniste. Le héros maudit est marqué par une souillure familiale qui ne le définit pas, mais le traverse, qui ne le grandit pas, mais qu'il subit. La tragédie grecque ne définit pas le criminel par son acte, elle ne l'y réduit pas non plus. Le criminel ne saurait donc se vanter de son crime, encore moins en célébrer la grandeur. Tout au plus peut-il assumer dignement sa responsabilité.

La tragédie classique, elle, tout imprégnée qu'elle est de pensée chrétienne, met en scène l'exercice du « libre arbitre ». L'homme classique se trouve devant une alternative : il lui faut – la situation l'impose – choisir entre sa raison et ses passions, et il lui faut – c'est son devoir – résister aux diktats des passions. Parfois la tragédie, telle le *Britannicus* de Racine, donne à voir « la naissance du monstre », c'est-à-dire le/les moments où le personnage, confronté aux termes de l'alternative, se laisse entraîner sur le chemin de l'aliénation à ses passions. Mais que le libre arbitre joue dans l'un ou l'autre sens, il présuppose toujours, avec une liberté relative (ce n'est pas une pleine autonomie), la dignité morale du criminel. Et même le possible retour, par le remords, sinon à la communauté des hommes, du moins au possible pardon de Dieu.

Il fut un temps où cet héritage, laïcisé, régnait sur les imaginaires occidentaux.

S'il me semble qu'on peut parler d'un antihumanisme aujourd'hui, c'est que ce que j'appelle le « nouveau monstre moral », dont je pense qu'il émerge dans nos imaginaires, n'est pas traversé par une souillure, ni tenté par le mal : il exprime simplement une essentialité ; son identité criminelle est un fait de nature. Les « pulsions » n'ont pas seulement pris, dans notre vocabulaire, la place des « passions » qu'analysaient les Classiques, nous les dotons surtout d'une puissance inédite : celle de l'inné. Si nous ne parlons plus volontiers aujourd'hui du « chromosome du crime », est-ce que nous n'imaginons pas, d'une certaine manière, des « hormones du crime » ? un génotype criminel ? On voit, à cette dernière remarque, la gravité de la question que soulève la nouvelle figure du monstre. Sans la reconnaissance d'une forme de « libre arbitre », sans cette foi dans le principe de dignité accordé à l'ensemble de l'humanité, il n'est, pour le criminel, ni réparation ni réinsertion possibles.

En quoi nos modèles fictionnels participent-ils de cette pensée nouvelle, de cette régression morale ? Là où la fiction humaniste racontait la construction progressive d'une identité criminelle, les nouvelles représentations figurent des êtres porteurs d'un même, constant, essentiel, toujours inchangé et toujours irrépressible besoin de tuer. Pensons au héros de la série éponyme Dexter, *serial killer* et policier, au psychiatre cannibale du *Silence des agneaux*, Hannibal Lecter, à Max Aue, le narrateur des *Bienveillantes*. Ces personnages ne se construisent jamais dans l'Histoire, ne sont jamais transformés par leur expérience : ils se contentent d'exprimer leur nature profonde ou de répéter, inchangé, inaliénable, un traumatisme originel que nulle résilience ne pourrait corriger.

La pensée héritière de l'humanisme faisait le plus souvent du « monstre[1] » un être pitoyable ou minable, tel Alex, l'esthète pervers et infantile d'*Orange mécanique*. Cette tradition pouvait en faire aussi un être à terme abîmé par sa malfaisance. Pensons au portrait amer que Balzac dresse de Rastignac, dans *Illusions perdues* (1836-1843), après que son ambition l'a converti au cynisme. Pensons au tableau dans lequel, selon les conventions fantastiques mises en place dans le roman d'Oscar Wilde (1890), Dorian Gray apparaît dans sa laideur, tel que le mal qu'il a commis l'a contaminé, transformé.

Le néonaturalisme antihumaniste, au contraire, célèbre le monstre, l'esthétise et le grandit. Dexter est d'une habileté sans égale ; Lecter, un artiste du crime, un expert en énigmes auprès de qui les plus brillants inspecteurs viennent prendre des leçons. Mais les gloires de la littérature policière ou cinématographique pourraient être comptées comme moins signifiantes que celles du roman d'histoire, réputé porter, lui, une vraie pensée, notamment parce qu'il est recherché par une frange de la population supposée peu nombreuse, mais intellectuelle, et censée agir sur les mentalités. C'est pourquoi il convient de s'intéresser de plus près au Max Aue des *Bienveillantes* (2006). Appuyé sur une prétendue légitimité documentaire, ce pseudo-roman historique[2] fait admettre, sans le souligner, à la fois la naturalisation du mal et sa banalisation. Ce roman pourrait bien confirmer l'hypothèse d'un tournant de civilisation, tel que le pensait déjà Denis Duclos, en 1994, dans *Le Complexe du loup-garou. La fascination de la violence dans la culture américaine* (La Découverte).

Perversion du discours d'Arendt et séduction du criminel

Pour que la séduction du criminel opère, il faut d'abord le banaliser. Charlotte Lacoste, dans *Séductions du bourreau* (PUF, 2010), dit justement que notre époque a perverti la leçon d'Hannah Arendt. On sait que la philosophe, après avoir assisté au procès d'Eichmann[3], avait formulé l'idée d'une « banalité du mal ». Hannah Arendt s'étonne que ce haut responsable nazi ne revendique aucun fanatisme, mais se présente en bureaucrate modeste. De surcroît, loin de se révéler incapable d'humanité, comme tout homme « ordinaire », il se montre aimable avec son chien comme avec son geôlier. Lui qui, pour ceux qu'il ne voyait pas, a programmé le pire, manifeste dans l'univers familier, dans le privé, la sympathie qui, depuis Rousseau, est identifiée comme la marque de notre humanité. Eichmann établit un « clivage », une frontière quasiment étanche entre deux mondes, le proximal et le distal, comme entre deux manières d'être au monde, humain ou inhumain.

Or ce clivage est toujours, pour chacun de nous, un recours possible : il peut nous permettre d'échapper à nos responsabilités, il peut servir de barrière protectrice à notre lâcheté. C'est en ce sens que l'histoire d'Eichmann, explique Hannah Arendt dans *La Vie de l'esprit* (1978, posthume), nous concerne : de même que le bureaucrate nazi affirme ne pas être responsable des « stocks » qu'il s'est contenté de faire transporter dans les trains du IIIe Reich, de même nous pouvons renoncer à notre devoir d'imaginer les conséquences de nos actes au-delà de la sphère de notre perception immédiate[4], renoncer à notre devoir d'humanité.

Charlotte Lacoste dénonce le détournement de la pensée d'Hannah Arendt dans ce syllogisme pervers qui fonde l'argumentaire des *Bienveillantes* : « Tous les bourreaux sont des hommes ordinaires. Or nous sommes des hommes ordinaires. Nous sommes donc des bourreaux. » À la question légitime que nous avons à nous poser : « Qu'aurais-je fait dans la situation qui est celle du criminel de guerre, du criminel contre l'humanité dont je lis l'histoire ? », cette pensée perverse adjoint ainsi automatiquement la réponse : « La même chose ». Alors qu'Hannah Arendt invitait à réfléchir sur la possible abdication de notre devoir de pitié pour autrui, qu'elle en appelait à notre devoir d'imaginer, à notre devoir de penser, donc de nous engager, nos antihumanistes invitent simplement à constater que ces « monstres » sont des miroirs de notre âme.

Or leur pseudo-démonstration relève d'une logique pour le moins fantaisiste. Qu'est-ce en effet qu'un « homme ordinaire » ? Celui qui boit, mange et respire est un homme ordinaire. La belle catégorie que voilà ! Et qu'est-ce qu'un « bourreau » ? Peut-on sérieusement ranger dans la même catégorie le *serial killer*, le pervers cannibale, le soldat, le kapo, le gardien de camp de concentration, le tortionnaire d'Algérie et les membres de la conférence de Wannsee qui décidèrent en janvier 1942 de la systématisation de l'extermination des juifs d'Europe ? Ce syllogisme tellement troublant est en fait aussi absurde que celui qui veut que « tout ce qui est rare [soit] cher, qu'un cheval bon marché [soit] rare donc qu'un cheval bon marché [soit] cher ». C'est celui sur lequel joue *Les Bienveillantes*.

La neutralisation de l'esprit critique

Il faut comprendre pourquoi le lecteur supporte sans jeter le livre des propos aberrants, tel l'amalgame entre le soldat d'Algérie et celui qui a participé à la Shoah par balles et organisé les camps de concentration, ou l'affirmation selon laquelle « entre l'enfant juif gazé ou fusillé et l'enfant allemand mort sous les bombes incendiaires, il n'y a qu'une différence de moyens ». Si sa vigilance a été d'abord endormie, c'est que d'emblée, dès la première phrase, *Les Bienveillantes* inscrit la voix de Max Aue dans la lignée des grandes voix, celles de Villon et de Céline, qui ont su protester contre les violences sociales ou guerrières : « Frères humains, laissez-moi vous raconter comment ça s'est passé. » Le lecteur est invité à fraterniser avec celui qui dit « je », invité à sympathiser avec l'intimité du bourreau. La formule de Térence – « Je suis homme et rien de ce qui est humain ne m'est étranger » – est convoquée au service d'une bien vilaine rhétorique : les références chères aux humanistes sont utilisées à contresens de leur visée. Car le lecteur attend en vain que, conformément aux pactes littéraires classiques, il s'élève une autre voix, une autre pensée, que la polyphonie ironique lui permette de distinguer la voix auctoriale[5] de la voix narrative, qu'ainsi il puisse mettre à distance la rhétorique nazie, contrer ses pseudo-arguments.

Livré à la voix nazie, confronté à un caractère qui n'évolue pas, qui n'est jamais contré, le lecteur finit par éprouver la sensation d'être enfermé dans la conscience perverse de Max, voire d'être dépossédé de lui-même, tel un enfant offert à la dévoration de l'ogre. Et s'il ne jette toujours pas le livre, c'est que, paradoxalement, il en jouit. Un personnage que ses aventures, son histoire ne modifient jamais, en effet, ne relève pas du roman mais du conte. Les enfants tirent de l'identification à ce modèle, porteur d'une identité fixe – *ipse* (continuité dans l'être) et *idem* (caractère inchangé) confondus –, une consolidation, voire une garantie narcissique. Le lecteur adulte retrouve volontiers, devant un caractère monolithique, les modalités de cette identification rassurante, douce, de cette régression jubilatoire. Par ailleurs, la littérature, qui a affaire au symbolique, au plus près de la Loi, s'offre difficilement à la censure, et celui qui sent monter en lui le trouble peut toujours en appeler à la validation par le groupe : nous sommes nombreux à acheter, lire, valider ce roman, non[6] ?

La prétendue valeur informative du livre est aussi de nature à neutraliser la vigilance du lecteur (Documentaire ! Que de crimes on commet en ton nom !). Ainsi, le texte fait d'emblée la part belle aux chiffres, réputés parler d'eux-mêmes : la Shoah, cette « fin de l'humanité », combien de morts a-t-elle faits ? La comptabilité rigoureuse de Max se veut sans appel : un juif toutes les 24 secondes, un bolchevique toutes les 6,112 secondes. La guerre a fait 1,47 tué allemand par minute, 2,5 tués juifs par minute, 9,8 Soviétiques tués par minute. Alors, commente Max Aue, dans ces conditions, notre « petite affaire algérienne » est de peu de poids. Les chiffres, on le voit, peuvent servir d'alibi au refus de penser. Le discours qui s'appuie sur des « faits » peut aisément faire obstacle à la recherche de la vérité.

Puisque aucune voix ne contredit ce discours relativiste, cette première ouverture vers le négationnisme (un enfant tué dans un accident de la route vaut bien un enfant gazé à Auschwitz), le texte, privé d'ironie, fait se confondre *in fine* la voix auctoriale et la voix narrative, donne à la voix narrative, celle d'un nazi, l'autorité de l'auteur. La voix nazie se déguise même de discours philosophiques, qui renforcent son autorité.

Ainsi, après avoir visité Auschwitz, Max endormi plonge dans un rêve qui lui offre une variation sur le camp de la mort et sa structure parfaitement organisée. En fait ce rêve – ou ce camp – mime notre vie sociale, notre modèle d'organisation rationnelle et bureaucratique. On reconnaît dans cette évocation la version vulgaire (commune) des discours de Heidegger ou de l'École de Francfort selon lesquels Auschwitz met au jour le vrai visage de la civilisation construite par les Modernes, de l'idéal de raison que le XVIIe siècle a adjoint à la pensée humaniste. Il faudrait avoir le temps de travailler à réfuter cette pensée. On se contentera de dire ici qu'elle repose sur des contrevérités depuis longtemps partout reproduites. Ce cliché antimoderne non seulement confond rationalité et raison, mais encore affirme contre toutes les évidences la « rationalité » de la « solution finale ». Or il n'est rien de moins efficace en fait de rentabilité que le travail des déportés. Quant à l'assimilation entre la perversion bureaucratique de l'Occident et l'organisation « glacée » des camps de la mort, elle nie la vérité des camps qui n'ont rien de l'asepsie bureaucratique. Mais le mensonge est devenu un commun préjugé, en sorte qu'il confère au nazi non repenti quelque chose comme une hauteur de vue. Le désir d'histoire tricoté avec l'évocation de tous les clichés sur la période permet de faire retentir aux oreilles du lecteur un discours antimoderne, antihumaniste, antidémocratique.

Le documenteur : contre le mythe informatif

Le roman prétend résoudre des questions sans ouvrir le débat, et ce tout simplement parce qu'il est animé, sans que jamais rien ne le contredise, par la croyance dans la dure « vérité des faits ». Or cette croyance, largement partagée aujourd'hui, représente un véritable danger. Le fantasme documentaire est en train de gagner nos sociétés rongées par le recours constant à Wikipédia : elles sont en passe de confondre l'information avec la culture.

Pourquoi lit-on *Les Bienveillantes* ? Parce que, nous est-il partout seriné, *Les Bienveillantes* est un livre d'histoire. Et certes, le livre est truffé de références qui prétendent au statut d'informations. Mais la référence au « devoir de vérité », l'appel au « devoir de savoir » autorisent la confusion entre exposé de réalités fragmentaires ou dévoyées et vérité de l'événement, masquent l'inflexion que l'on fait subir aux prétendus « faits[7] ». Ne peut-on légitimement s'étonner « d'apprendre » qu'Isle Koch faisait écorcher vifs des détenus pour s'emparer de leurs tatouages et confectionner ses abat-jour[8] ? S'étonner de l'importance de l'esclavage sexuel dans les camps[9] ? Simone Veil, parmi d'autres, a depuis longtemps protesté contre cette complaisance perverse à l'horreur, contre cette désinformation. La vérité des camps ne se dit pas dans la complaisance pour une sexualité abjecte. Noyer la *libido sciendi* sous le fantasme, c'est habile : ça fascine, ça pétrifie l'esprit critique.

Les arbres – ces fragments de désinformation – cachent la forêt : l'interprétation proposée du nazisme, plus perverse encore d'être implicite. Le nazisme est lié aux fantasmes sexuels parce qu'il serait le lieu d'expression de l'inavouable, du monstrueux que nos inconscients connaissent, sans que nous voulions nous l'avouer.

Nous voilà de nouveau en plein fantasme à la Liliana Cavani. Dans *Portier de nuit*, en 1973, la cinéaste construisait un couple découvrant la prétendue vérité sadomasochiste de l'amour : Bogarde et Rampling, merveilleux Roméo et Juliette, dans un camp. Le nazi et la juive étaient censés révéler l'innommable qui nous habite, le « monstre », être le modèle de l'humain. Qu'est-ce alors que la doctrine totalitaire, sinon une immuable vérité humaine enfin mise au jour grâce à Hitler ? L'Histoire, dans ces conditions, n'est plus ce que construisent les hommes, mais le lieu d'expression, dont la variabilité reste marginale, d'une barbarie naturelle, essentielle et qui ne peut pas ne pas s'exprimer, voire que certains héros, seuls, ont le courage d'exprimer. Il ne nous reste donc plus qu'à pleurer sur nos malheurs ou à reconnaître la grandeur des barbares qui s'assument. C'est ainsi que le sentiment du tragique et les chants qui l'accompagnent se substituent à toute volonté d'analyser l'Histoire, d'en assumer la responsabilité, d'en entreprendre le mieux possible la conduite : de faire de la politique.

Ce que dit le discours antihumaniste, c'est que c'est toujours la même histoire, la même humanité, des origines à la semaine prochaine. Faut-il admettre que « l'homme » ne change pas[10], que la culture ne le transforme pas ? C'est hélas ce qu'affirme le roman *Les Bienveillantes*. Et pour mieux y insister, il fait de Max un avatar de l'Oreste antique : comme celui-ci, celui-là tue sa mère. Peut-être même Max éclaire-t-il les relations entre Oreste et Électre : étaient-elles bien celles d'un frère et d'une sœur ? Qu'importe ! Si Max le parricide n'était doublé de Max l'incestueux, l'effet « tragédie grecque » serait moins assuré pour le roman. Or l'analogie que le roman construit entre Max Aue et Oreste rassure : qui irait contester la haute valeur morale d'Eschyle ? La différence, c'est que les tragédies grecques révélaient le monstre en nous – ou la présence de l'inhumain au cœur de l'humain – pour mieux nous inviter à faire de notre humanité une conquête, comme de la culture ce qui nous arracherait à la nature informe. *Les Bienveillantes* nous permet, au contraire, de nous réconcilier avec cette prétendue monstruosité qui, tous, nous habiterait.

Le détournement des valeurs tragiques, la métamorphose du savoir

Mais, affirme aujourd'hui l'opinion commune, c'est une bonne chose. La « sale âme héroïque et fainéante des hommes » trouvant à se repaître du pire dans l'espace romanesque, se purgeant ainsi de l'innommable qui l'habite, n'aura plus besoin de passer à l'acte, pourra préserver le fragile vernis d'humanité auquel la société nous oblige. C'est ainsi qu'on fait de la *catharsis* aristotélicienne l'alibi permettant de jouir de tout ce que l'ordre social refoule en nous, pourvu que cela se passe sur la scène de la fiction. En vérité, la *catharsis* tragique, telle que la conçoit Aristote, permet la mise au jour des pulsions, les révèle au grand jour, au plus loin de l'esthétisation, de la sacralisation derrière lesquelles il est aisé de jouir de la fascination qu'elles induisent. Pour la théorie aristotélicienne, il n'est pas question de déguiser la laideur des chairs déchirées comme le font les si élégants Dexter ou Hannibal Lecter. Le cadavre de Polynice[11] empuantit l'atmosphère : après qu'on a senti cette odeur de mort, comment rêverait-on de massacrer son frère ? Le lyrisme de la colère ne peut plus masquer l'horreur des chairs putréfiées. La tragédie procède comme Kubrick dans *Orange mécanique* : elle fait jouer sur nous la séduction de la violence, puis elle montre nue, dans la laideur de sa vérité, l'abjection de cette violence. Elle suscite la honte : le spectateur sait comment il a été séduit, quels désirs, quels réflexes archaïques se sont élevés en lui. Mais il a vu aussi le vrai visage de ces désirs et ce visage est tout sauf séduisant. Ainsi procède l'authentique tragédie : elle suscite la terreur, la pitié et la honte.

Au contraire, *Les Bienveillantes* libère l'informe en lui offrant le déguisement, sublime, de la tradition humaniste. Admirable Max Aue ! Comment n'être pas séduit par l'immense culture de ce noble docteur en droit, amateur de littérature et de philosophie qui, dans les seules trente premières pages, convoque Sophocle, Marx, Schopenhauer, le Coran, Eckart, Hilberg ou Hans Frank. L'homme sait aussi faire preuve de cet humour que notre époque a paré de toutes les vertus, depuis qu'il est systématiquement assimilé aux combats que, jadis, mena Voltaire. Il serait facile, à ce moment de notre réflexion, de souligner le peu de cohérence du personnage. Mais ce serait réduire le propos à une appréciation esthétique. La vérité est que cette incohérence dit une vérité de ce moment culturel que nous habitons.

Le cynisme, le relativisme, le négationnisme rampant de Max Aue, combinés à sa capacité à convoquer les grandes philosophies, y compris les références humanistes, correspondent à ce fatras qu'autorise, qu'encourage la conception postmoderne, antihumaniste du savoir. L'accumulation de références, même contradictoires, l'élévation du constat approximatif au statut d'information, le remplacement de la culture par le *name dropping,* de la connaissance par l'accumulation référentielle, autrement dit la déconnexion du savoir de l'esprit, de la visée, du projet censé l'animer, de la sagesse, signent la rupture avec la tradition du *sophos* grec, tel que le réinterprétait l'humanisme. Qu'on se garde de réduire, comme on le fait volontiers, ce propos à une tonalité nostalgique, voire réactionnaire : lorsque le savoir ne se donne pas comme animé par un projet plus large que lui-même, par une vision du monde, il ne se coupe pas seulement du dialogue, de la possibilité de sa contestation, il devient l'instrument d'une domination, d'un pouvoir exclusif. Tel est le paradoxe du relativisme : la molle tolérance du « tout se vaut » masque mal la violence de sa prétention à être la pensée unique. Derrière ce « tout se vaut », il y a le caractère « indiscutable » des « faits » (statistiques, mesures...). Or prétendre détenir des vérités univoques, nier qu'une vérité, comme un fait, relève d'une construction, d'un système de pensée, c'est avouer sa visée totalitaire.

Le relativisme ambiant, appuyé sur l'accumulation wikipédiatique d'informations, ne sert pas, comme ses thuriféraires le prétendent, la tolérance : il est totalitaire.

Il me semble donc qu'il convient de remettre à leur juste place dans la saisie de notre culture ces représentations du mal, du monstre, du libre arbitre et de la tragédie.

Retour sur un héritage

Nos traditions voulaient que le remords saisît le criminel dans sa « cellule », là où, tel un moine, il allait se retrouver confronté à la lumière de sa conscience et amené à faire repentance, préalable indispensable à sa réinsertion ou à sa réintégration dans le commerce des hommes. Certes, cette moralisation puritaine ne saurait être de mise aujourd'hui. Mais il faut prendre la mesure de ce que la transformation du criminel en victime de ses pulsions ou de sa nature récuse toute possibilité d'exercice de sa liberté, de sa responsabilité[12]. Comment en est-on arrivé là ? Je voudrais ici seulement souligner comment les représentations qui ont dominé le fait littéraire depuis la Seconde Guerre mondiale ont participé à ce mouvement. Revenons d'abord sur la mésinterprétation systématique de la tragédie classique : du lieu où, par excellence, s'exprimait la pensée du libre arbitre. Pour transformer les principes d'une culture, il faut en effet d'abord cesser de les transmettre. Cela a été fait. On a effacé la pensée du libre arbitre pour privilégier celle de la fatalité. On a voulu réduire la tragédie à une

« machine infernale » ; on a lu la tragédie classique avec les représentations qui présidaient à la pensée grecque : celles du destin, écrit d'avance, auquel on ne saurait échapper.

Or la tragédie invite, au contraire, son spectateur à ne pas prendre pour argent comptant l'alibi du *fatum* derrière lequel se réfugie le personnage en quête de jubilation par et pour le mal. Si Phèdre accuse « Vénus et ses feux redoutables », lançant sur son « sang qu'elle poursuit » des « malheurs inévitables » (acte I, scène 3), le *fatum* qui lui sert d'alibi est constamment contredit par la structure même de la pièce. Malentendus et péripéties offrent au personnage la possibilité de renoncer au processus tragique. Mais Phèdre se repaît du monstre qu'elle est à ses propres yeux, de la noirceur extrême du crime qui lui a été, dit-elle, destiné.

Le discours du libre arbitre, né de la pensée chrétienne (Dieu a choisi de laisser l'homme libre de se rebeller contre Lui, de se soumettre aux puissances du Mal, de refuser sa Grâce), est constant chez Racine. La formule prononcée par Oreste au début (acte I, scène 1) d'*Andromaque* (1667) est à cet égard significative : à son ami Pylade qui s'étonne qu'il revienne chercher auprès de l'amante qui l'a délaissé de dangereux tourments, Oreste répond : « Je me livre en aveugle au destin qui m'entraîne. » La liberté du sujet (que suppose l'emploi du pronom sujet « je ») est exercée dans le sens du renoncement à l'exercice de cette liberté, de sa transformation en objet. La référence au « destin » sert d'alibi à une passivité initiée par le sujet lui-même. C'est que le libre arbitre peut opter pour l'aliénation. Voilà une réflexion curieusement absente dans nos manuels scolaires. Cette falsification de la pensée qui anime l'écriture des classiques n'est pas seulement intellectuellement comme historiquement fautive, elle nourrit le renoncement aux valeurs de responsabilité comme de liberté[13]. Mais elle a aussi dominé parce qu'elle s'accordait avec ce qu'on a pu appeler le paradigme structural, ou le bruit structural, ce moment où la pensée occidentale se représente un homme assujetti, dominé par des « structures ».

La génération qui pensait au temps de la mouvance structuraliste, les Lévi-Strauss, les Lacan, les Bourdieu analysaient les représentations classiques du sujet, contestaient l'affirmation de sa liberté ou de son libre arbitre pour mieux rappeler chacun de nous aux exigences des valeurs d'émancipation et d'humanité[14]. Mais l'ère du soupçon a vite été remplacée par celle du relativisme, du refus de revendiquer quelque valeur que ce soit, de peur de découvrir, après coup, que ce que l'on croyait juste avait pu servir à opprimer. Les horreurs de l'histoire qui, dès 1914, ont – quoi qu'en dise Charlotte Lacoste – été vécues comme un inédit tel que les catégories de la pensée historique ne pouvaient en répondre, nous ont fait entrer dans ce qu'Annette Wieviorka a appelé « l'ère du témoin » (Hachette, 2002). Or, avec la crise des idéologies, ou « la fin des grands récits[15] », est venue l'ère d'un témoin quasiment muet, peu susceptible de nourrir une idéologie dangereuse, de préférence une victime[16], enfantine. Quand l'enfant martyr remplace les héros d'autrefois, les représentations qu'on propose aux lycéens de se faire de l'histoire ne sont plus que chaos de faits bruts ou désolation marquée de culpabilité ou de repentance. Elles nourrissent le relativisme, c'est-à-dire le renoncement à la philosophie ou à l'esprit.

Les soupçons de la génération structuraliste ont donc *in fine* abouti à cette bouillie idéologique pour laquelle, puisque nulle transcendance n'est à l'œuvre dans l'Histoire, que les hommes ne peuvent ni ne veulent construire un grand dessein, ce qui se passe, ce qui advient n'est plus que le fruit de la nature des choses. Ainsi sont naturalisés et le mal et l'Histoire. Et on ne peut ni lutter efficacement contre l'un ni vraiment orienter l'autre.

L'histoire est-elle tragique ? Si l'on veut par là entendre cette nécessité, ce *fatum* qui fascine les amateurs de sordide, la tradition humaniste répondait que non. En revanche, elle connaissait une autre conception du tragique, celle qui se souvient des grands récits d'entrée dans l'Histoire comme entrée dans le bruit et la fureur, celle qui rappelle, au plus loin des conceptions manichéennes, qu'il n'y a pas d'innocents et qu'en agissant, on se salit les mains. Horace, le personnage éponyme de la tragédie de Corneille (1640), est un représentant exemplaire de cette relecture humaniste de la « souillure ». Choisi comme champion par Rome contre Albe, il doit combattre jusqu'à la mort Curiace, amant de sa sœur, frère de sa femme. Il ne pourra pas, quelle que soit sa « vertu », et quand bien même on accorde une valeur transcendante à la « patrie » à laquelle il dévoue sa vie, se croire innocent du sang qu'il a versé, du sang de son frère Curiace.

La tragédie est le récit de sa conversion : il apprend que la condition humaine fait de nous des coupables[17] et qu'il lui faut vivre avec cette conscience déchirée (telle est la réinterprétation par Corneille du dogme du péché originel). On pourrait montrer que le *Roi sans divertissement* de Jean Giono, au lendemain de la Seconde Guerre mondiale, met en scène un héros qui relève de cette même lignée de la lucidité tragique. On pourrait aussi montrer que, pas plus qu'Horace, il ne s'en repaît ni ne trouve là un alibi pour abdiquer devant ce à quoi nous oblige notre humanité.

Pour conclure au nom du devoir d'humanité

Accéder à la conscience de cette culpabilité essentielle ne permet pas de se réconcilier avec sa propre abjection, ni de se contenter de s'en désoler, sur le mode hypnotique. C'est une invitation à la vigilance. On peut, à cet égard, faire l'éloge de romans récents qui ont traité le drame de l'Algérie. Le roman n'est pas le témoignage : il n'est pas toujours le fait de vils « fictionneurs », comme le prétend Charlotte Lacoste. Il propose une lecture, une vision, une interprétation salutaire du chaos de l'Histoire. La génération des enfants des combattants d'Algérie a dû affronter cette question des « mains sales », sans complaisance à l'abjection, sans simplisme moralisateur. Je pense particulièrement à l'admirable *Ruine*, qu'Alain Spiess a publié en 2004 et qui a manifestement nourri l'imaginaire de Laurent Mauvignier, dont le roman *Des hommes* (Minuit, 2009) a été largement salué par la critique. Je pense aussi à *Où j'ai laissé mon âme* (Actes Sud, 2010), dans lequel Laurent Ferrari relit avec une vraie profondeur éthique les témoignages des combattants, particulièrement celui du colonel Jacques Allaire.

Voilà des œuvres qui proposent une lecture tragique de l'Histoire sans abdiquer devant la responsabilité qui fait notre dignité, des œuvres qui réinventent, renouvellent ce que j'ai appelé « la tradition humaniste », parce qu'elles portent en elles un devoir-être humain qui est le véritable sens, à toujours renouveler, des droits de l'homme. À l'opposé de celle-ci, il se découvre une lecture de l'Histoire ouverte aux fantasmes du Mal absolu et de son gouffre fascinant. Elle met en scène des Mr Hyde, elle construit pour chacun de nous un jumeau maudit, irréductible agent de la violence et de la barbarie que nous n'osons pas assumer. Quand ce « monstre » se manifeste sur une autre scène que celle de la fiction, nous sommes aujourd'hui invités non seulement à l'éradiquer par la violence mais aussi, mais surtout à le lyncher. Le nouveau monstre moral que désigne le bruit social nous invite, après la complicité intime avec lui, au consensus contre lui : à l'exaltation sacrificielle qu'autorise la crise victimaire[18] décrite par René Girard. Il a perdu son statut de frère humain : nous nous devons de le rappeler.

Bénédicte Lanot

L'homme du XXIe siècle serait-il devenu un monstre ?

L'homme de l'hypermodernité est-il encore humain ou serait-il devenu un monstre ? Cette question quelque peu provocatrice a pour intérêt de nous interroger non pas sur des particularités ou modifications partielles et spécifiques de l'homme du XXIe siècle, mais sur une éventuelle mutation radicale, un bouleversement de l'homme dans ce qui le définit en tant que tel.

L'hypermodernité aurait-elle engendré un humain déshumanisé ? Vidé de lui-même ? De sa substance même ? Si oui, qu'est-ce qui constitue un homme pour la psychanalyse ? Ou, plus exactement, qu'est-ce qui définissait le fonctionnement psychique humain avant la révolution postmoderne ? En quoi celle-ci a-t-elle à ce point bouleversé l'homme, au point qu'il n'en serait plus un ?

Nous serons amenés à regarder ce qui fait norme pour la psychanalyse, ce qui nous ramènera aux travaux freudiens et nous permettra de situer l'économie psychique ordinaire, disons traditionnelle, afin de percevoir par contraste la mutation radicale que nous questionnons ici ; ce qui nous permettra aussi de formuler l'hypothèse de la formation d'un humain monstrueux au regard de sa propre histoire, hors des normes et des lois qui ont été les siennes.

Le monstre n'est monstre que par rapport à une norme de laquelle il s'éloigne et se distingue. La « norme » à laquelle je fais référence est celle qui définissait la psyché de l'homme occidental, dans le cadre, le plus souvent, de communautés.

Psychanalyse : apothéose du grand rêve moderne

On s'accorde à situer la modernité de la fin du XVIIIe siècle aux années 1950 ; des années 1950 à nos jours, on parlera de post- ou d'hypermodernité. Le terme de postmodernité situe l'époque actuelle comme étant une évolution de la période moderne, ce qui y fait suite, alors que l'hypermodernité souligne l'aspect hyperbolique d'une société « hyper accélérée », qui n'est pas le signe de la fin de la modernité mais un modèle d'un nouveau genre. Voilà pourquoi nous utiliserons l'un ou l'autre de ces deux termes.

La psychanalyse est née aux premières heures de ce qu'on appelle la modernité et ce n'est pas par hasard. En effet, la psychanalyse marque l'apothéose du grand rêve moderne et moderniste de la compréhension de l'homme par lui-même, de la victoire de la raison sur l'inconscient et l'irrationnel, de la primauté du langage sur des modes d'expression pré ou non linguistiques, et peut-être plus que tout : la croyance dans le progrès, le changement, l'autodéveloppement. La psychanalyse a permis l'émergence de l'homme moderne en participant activement à construire la perception par lui-même de son intimité psychique ; ce qu'elle nomme la subjectivité.

Si, aujourd'hui, l'hypermodernité tente d'éliminer, voire d'exterminer cette discipline, ça n'est pas par hasard. Notre époque caractérisée par l'immédiateté, par la consommation du « tout, tout de suite », a vu fleurir des méthodes de soins psychiques qui répondent à cette immédiateté. L'essor majeur des psychotropes entre autres : un petit cachet et l'insomnie disparaît, l'angoisse est mise sous cloche, la tristesse dépressive se transforme en anesthésie affective. Et si l'on choisit tout de même de consulter un psy, on risque fort de se voir acculé à travailler sur son comportement qu'il faudra rééduquer ; une fois encore, la place donnée à son symptôme sera celle d'un mal à abattre. Mais en détruisant le symptôme, c'est son porteur que l'on condamne à ne jamais pouvoir mettre en mots ce qui le constitue comme homme ou femme, ce qui fait son éventuelle subjectivité. Le temps n'est donc pas à l'introspection, qui nécessite une plongée lente dans les profondeurs. Mais une profondeur est-elle encore à l'œuvre chez l'homme du XXIe siècle ?

Ces méthodes de soins du résultat immédiat ne viennent-elles pas répondre très exactement à l'économie psychique de ce nouvel homme ? Si nous concédons que l'homme a subi une mutation majeure à en devenir monstre, la psychanalyse, discipline hautement humaine, peut-elle encore prétendre s'adresser à ces sujets d'un nouveau genre ? Doit-elle devenir tératologue (la tératologie étant la discipline chargée de l'étude scientifique des monstres) ?

L'homme hypermoderne, ne croyant plus en rien, ne croit qu'en lui

Nous assistons à une mutation de l'appareil psychique, nous devons donc questionner les acteurs majeurs de ce bouleversement.

Le bouleversement premier de l'hypermodernité est la perte de la foi ; dans tous les sens du terme. Comme le montrent les philosophes Jean-François Lyotard et Gilles Lipovetsky, ce qui caractérise cette postmodernité, c'est le moment de la faillite des idéologies, de ce que Lyotard appelle « la chute des grands récits », l'ébranlement des fondements absolus de la rationalité, la désaffection du militantisme politique, en bref la perte de la foi dans le futur portée précédemment par la modernité. Et, bien sûr, la perte de la foi religieuse.

C'est l'ère de la crédulité. La perte des idéaux collectifs de la modernité a engendré un doute généralisé. En se dégageant de sa foi religieuse, l'homme du XXIe siècle a perdu sa conviction première d'un sens donné à la vie et, bien entendu, à sa mort. Et à ce jour, aucun nouveau sens n'a été trouvé pour remplacer celui de la foi. Puisqu'il n'est plus question de vie future, de vie après la mort, seul ce qui se vit dans la vie en chair et en os importe. L'existence de l'homme hypermoderne est vidée de sens et nous verrons que ce vidage dans une spirale du social à l'individuel a vidé l'homme de sa substance psychique.

Seul le présent importe puisque lui seul peut être investi par le sujet crédule. Il y a donc un mouvement de centrage sur le présent par la perte de foi envers le futur. Perte de foi religieuse et perte de la foi, communément partagées par la modernité du XIXe siècle, dans le progrès de la science et plus particulièrement des sciences de l'homme. Seul le présent a du sens. Ce que le sociologue Michel Maffesoli nomme le « présentéisme » : « L'existence n'étant, en quelque sorte, qu'une suite d'instants éternels qu'il convient de vivre, au mieux, ici et maintenant. » C'est le *no future* des années 1970 et des Sex Pistols, célèbre groupe punk, qui a connu d'ailleurs un succès retentissant dans nos pays occidentaux et a même donné naissance à la *no future attitude*.

L'homme hypermoderne ne croyant plus en rien, ne croit qu'en lui. Non pas en l'homme, mais en sa seule personne.

Cette croyance exclusive en lui a rendu impossible la référence aux aînés, à un savoir extérieur à soi. Il n'est plus question de reconnaître une autorité, et encore moins de s'y référer. C'est le constat que font avec cruauté les enseignants, les éducateurs ou toute personne sommée d'instruire, de guider, d'être à une place que la psychanalyse nomme transférentielle. Brièvement, le transfert désigne un mouvement, un transport, qui chez Freud représente le lien qui s'instaure entre le patient et son analyste par le transport, la transposition par déplacement des affects, les sentiments du sujet avec les premières figures de sa vie, le plus fréquemment ses parents. À la suite de Freud, Lacan a élargi et spécifié cette fonction au « sujet supposé savoir », le psychanalyste dans la cure, mais aussi bien sûr à tous ceux « supposés savoir » et plus largement encore au savoir lui-même. Cette difficulté à transférer, à supposer un savoir à un autre que soi, traduit une crise inédite de notre civilisation postmoderne. Cette absence de référence aux aînés révèle une impossibilité de référence à un passé duquel l'homme de l'hypermodernité est absent. Les enseignants ont certainement tous déjà entendu leurs élèves leur dire « J'sais pas, j'y étais pas ». Autrement dit, seule une temporalité de la présence et du présent s'offre comme champ possible d'appropriation du savoir. Ça limite les choses !

De l'individu de la modernité à l'individualisme de l'hypermodernité

La modernité et la psychanalyse qui en a accompli le projet ont vu l'homme devenir sujet de lui-même en s'appropriant de manière active tous les pans du savoir de sa personne. L'hypermodernité est passée de l'individuation soutenue par la psychanalyse, par ce « je parle je suis », ensuite du *cogito ergo sum* cartésien « je pense je suis », à un mouvement exacerbé de l'individu jusqu'à *l'individualisme* à l'époque postmoderne.

C'est ce que les sociologues ont baptisé le sujet atomisé de la postmodernité. Aucune civilisation n'a à ce point privilégié l'expression de la singularité, en prônant l'idée du sujet unique. Je suis un être unique ! Voilà l'assertion de l'homme d'aujourd'hui.

L'hypermodernité : monstration permanente pour une vie virtuelle

Mais alors, qu'y a-t-il de monstrueux à n'être que de soi ? Et revenons donc à notre première question : qu'est-ce qu'un monstre ?

De l'étymologie latine, monstre, de *monstrare*, signifie « montrer ». À l'origine, on montrait, on exhibait sur la place publique l'individu a-normal. Nous voilà d'emblée au cœur même du sujet de l'hypermodernité, qui n'est tout entière qu'une *société de l'exhibition*. Mais maintenant, c'est le sujet qui volontairement va sur la place publique, personne ne l'y entraîne.

La place publique n'est plus la place du marché, mais celle des *talk shows*, de la téléréalité, du « Loft » à « Koh-Lanta » en passant par « L'île de la tentation ». L'espace public est devenu celui de l'image. L'intimité même est jetée sur la Toile, autre espace public de la mise en scène du privé qui se transforme à son tour en image, là aussi rendue publique.

Quel est le « je » de cet homme né avec un écran sous le nez ? L'essor des jeux internet ou vidéo comme « Second life » ou « Sim's » met en scène la gestion d'une autre vie. Ces jeux au succès planétaire parlent de « seconde vie », on peut se demander si celle-là n'en devient pas la première. Ainsi, plus qu'une « vie bis », on constate l'appropriation d'une vie parallèle et la construction chez ces adolescents et jeunes adultes d'un moi virtuel.

Brève vignette clinique pour illustrer mon propos : je travaillais, il y a maintenant plusieurs années, avec une adolescente qui me racontait, pour démarrer sa séance, sa joie à la pratique de son loisir, ses prouesses et même ses rencontres. Alors que nous étions en plein été, elle me raconte que la pluie torrentielle de la veille a contrarié ses projets. Je m'étonne de ce fait et lui demande en toute naïveté si elle était à Paris la veille. Elle me répond naturellement : « Oui bien sûr, vous voyez bien que je ne suis pas partie en vacances. » Je lui explique alors avoir posé cette question parce que la veille je n'ai vu aucune pluie tomber. C'est seulement à ce moment-là qu'elle m'informe qu'elle parle de sa vie sur « Second life ». Jeu en ligne qui met en scène, comme son nom l'indique, une seconde vie. Mais y en a-t-il une première ?

Ma confusion traduit celle de ma patiente qui semble s'être appropriée cette seconde vie virtuelle comme première à toute autre. L'expression de ses émotions, son investissement affectif se trouvent médiatisés par l'écran qui devient support psychique à proprement parler.

En lieu et place de la subjectivité de l'homme moderne, ce nouvel homme a, pour dialectique de regard portée sur lui-même, l'image. Plate et sans contour ; même la 3D ne rendra pas à l'homme sa subjectivité perdue.

Nous voilà donc passés du stade du miroir au stade de l'écran. Il serait trop technique de vous proposer ici une réflexion sur ce point précis. Mais c'est là à mon sens un bouleversement fondamental dans la construction psychique de ce nouvel homme.

Là où un monstre était exhibé pour la grande frayeur de tous, aujourd'hui tous montrent, se montrent, à la mise en scène de soi où chaque individu est le héros de sa page Facebook. Cette exhibition de la vie privée sur ce qu'on nomme le plus faussement le monde des communautés internet – nous y reviendrons – nous ramène au plus près du monstre par cet acte même de monstration ! Plus encore qu'une simple exhibition qui serait, elle, momentanée, la monstration permanente hypermoderne agit en lieu et place de la vie elle-même.

Les adolescents ne sont pas les seuls (seulement les plus visibles) à s'empresser d'empiler quelques moments vécus, courts et découpés de façon séquentielle dans le seul but de les mettre au plus vite sur Facebook. Photos quasi en temps réel, et surtout accompagnées d'un énoncé sur ce qu'on appelle son « mur », lui aussi en temps parfaitement réel, qui fait office de vie aujourd'hui. Le mur s'est-il substitué au moi ?

Pour les rares dinosaures qui ne sauraient pas ce qu'est le mur sur Facebook, sachez que c'est la page d'accueil qui est visible par toute sa communauté internaute et mise à jour en temps réel. Par exemple : « Conférence au théâtre du Rond-Point, il fait chaud » ou « Arrivée à Marrakech, temps superbe et pas de révolution en vue ! ». Sur le mur sont publiés des billets d'humeur qui disent de soi à la fois d'un point de vue factuel et émotionnel.

L'activité frénétique communautaire sur Facebook vient dire l'illusion d'un lien, d'un trait commun qui témoigne d'une impossibilité de lien à un autre que soi, un autre – osons le dire – *pour de vrai*. Des sociologues ont cherché à analyser le statut de ceux qui sont qualifiés d'amis sur

Facebook ; on ne sera pas étonné de leur conclusion : les amis n'ont rien de l'amitié, mais tout de la définition même d'un public. L'exhibitionniste a évidemment un public pour assister aux mises en scène de lui-même.

Un moi virtuel pour un lien virtuel qui dit la difficulté pour cette génération-écran à se construire individuellement comme sujet, à traverser, comme dit le jargon psychanalytique, la subjectivation. Nous baptiserons ce sujet d'un nouveau genre, sujet-net : sujet@.

Lutter contre le vide

Soulignons, en plus de la nature de ces outils, la fréquence extrêmement importante de leur utilisation. Connexion permanente pour ces zombies technologiques qui permet d'occuper l'espace, de remplir ce vide insupportable de leur intériorité désertée de sujet. Remplisseuses de vide et illusionnistes du lien, ces nouvelles technologies disent l'impossibilité de ce nouvel homme à soutenir ce qu'en un temps ancien on nommait la solitude.

Pour tolérer d'être seul, il faut d'abord pouvoir *être* ! Consistance perdue qui laisse ce sujet@ vidé de lui-même. Un homme dénué d'intimité est-il encore humain ? À l'espace psychique, lieu d'intériorité nécessaire à la mise en abyme de soi pour grandir avec la conscience d'être vivant, s'est substitué un mouvement immédiat, non du dedans au dehors, mais du dehors au dehors.

De nouvelles pathologies apparaissent qui disent toute la problématique du manque de perception entre un « au-dedans de soi » et un « au-dehors ». La personne boulimique se fait vomir, elle rejette au-dehors ce qu'elle avait initialement ingéré du dehors au dedans. Il n'est pas question ici de nous lancer dans un exposé sur la boulimie, mais ces nouvelles maladies disent le mal-être propre à la société qui les a vues naître.

Mme K., anciennement alcoolique, vient consulter dans l'espoir d'arrêter les antidépresseurs qui lui sont prescrits depuis cinq ans. Elle se plaint d'une prise de poids qu'elle impute aux médicaments. Une fois le lien établi entre la nourriture et la boisson, l'une étant venue remplacer l'autre, la question peut enfin se poser à elle du besoin de boire ou de manger en excès. « C'est, dira-t-elle, un besoin de me remplir, me remplir pour ne plus me sentir si vide », de ce vide qu'elle qualifiera de « sidéral ». La patiente a pu commencer à se remplir de mots qui donnent enfin sens à son être. Sa prise de poids n'est donc plus, selon elle, une conséquence des antidépresseurs, qu'elle cessera de consommer dans ce même mouvement.

Nombreux sont les patients qui disent ce besoin de se remplir dans ces moments de compulsion, qu'elle soit alimentaire, financière, sexuelle ou autre... Se remplir pour ne plus se sentir si vide.

Imaginez visuellement le vide et vous verrez qu'il n'a pas de barrière, pas de limites. C'est pourquoi d'ailleurs la frontière entre le dedans et le dehors n'existe pas. Le vide n'est bordé par rien. Comme la jouissance qui ne connaît pas les limites que connaît le plaisir. Le psychanalyste hypermoderne aura donc comme fonction de venir border la jouissance, de lui donner enfin un autre destin pour la limiter à nouveau dans une intériorité possible de ce sujet, pour lui permettre d'être, d'être sujet.

Vidé de lui-même, cet homme hypermoderne souffre de n'avoir plus de dedans ! Et cette jetée dans le vide du vide intérieur s'accroche à une image palpable, attrapable, appréhendable pour continuer à se donner l'illusion d'être vivant. Ce « moi virtuel » n'indique pas simplement la construction d'une identité destinée aux supports des nouvelles technologies de communication. C'est aussi la construction intime d'une personnalité virtuelle.

Dans la clinique, nous rencontrons de plus en plus souvent des personnes qui, après pourtant avoir consulté pendant plusieurs années, changent de psy parfois plusieurs fois en affirmant avoir eu le sentiment de n'avoir pas parlé d'eux. C'est le cas de Gérard qui, à la question « Pourquoi avez-vous choisi de mettre un terme à votre précédent travail thérapeutique ? », répond : « Je ne sais pas, c'est comme si je parlais d'un autre, enfin un autre qui serait peut-être moi tout en n'étant finalement pas moi. J'ai essayé de parler de moi, mais c'était incontrôlable. Je lui servais toujours la même soupe. Alors je me suis dit qu'en changeant de crémerie je changerais peut-être de crème ! C'est peut-être une façon de me défendre mais franchement, je ne sais pas de quoi. » J'aimerais vous rapporter cette phrase magnifique qu'il a pu prononcer avec une émotion tragique : « Je ne suis pas *une* personne, moi, je suis personne. » Ce « un » de la psychanalyse, ce que Freud a nommé l'individuation.

Ces deux mécanismes du développement ordinaire de l'homme d'avant la révolution postmoderne, la subjectivation et l'individuation, levier de la construction psychique chez l'enfant, semblent bien difficiles à repérer chez notre sujet@. Mais repérer ce qui fait défaut chez ce nouvel homme ne se fait qu'en fonction de nos outils précédents. C'est la raison pour laquelle la psychanalyse – et particulièrement française, sans doute par héritage lacanien – est très active en recherche et publications pour tenter d'ajuster au mieux nos outils conceptuels à notre clinique franchement modifiée depuis l'époque freudienne.

Gérard, qui se pose désormais des questions à son sujet, autrement dit maintenant qu'il s'appréhende et se pense, affirme la conviction que par cette « fausse parole » – c'est son expression –, il se défendait du vide effrayant qu'il se refusait à ressentir. Cette frayeur de tomber tout entier dans le vide. Je ne le reçois plus, son travail est terminé maintenant « qu'il existe », comme il a pu dire en fin de cure.

Si l'issue d'une cure avant l'accomplissement postmoderne était d'être homme ou femme, disons que pour notre sujet@, il s'agit d'être humain !

Si Narcisse se mirait dans son reflet, dans une seule et même image de lui-même, l'homme du XXIe siècle se mire dans des fausses images multiples et fragmentées soutenues par la technologie et les médias. C'est une personne médiatique qui fait du moi la scène fantasmatique du spectacle. Dans la mise en scène des nombreux fragments du moi, l'homme hypermoderne est donc construit d'images virtuelles et multiples, non de lui-même mais d'un semblant de lui-même. La notion même de narcissisme, essentielle à la construction métapsychologique, semble là être tout entière à reformuler.

La vie virtuelle vient en lieu et place d'une vie psychique désertée de sujet. Cette représentation virtuelle de la vie vient, elle, en lieu et place d'une représentation psychique nécessaire à la construction humaine. Entendez à la perception de l'homme *par* lui-même.

Mais ne nous trompons pas, ce ne sont pas les nouvelles technologies qui font ou défont l'homme du XXIe siècle, c'est bien au contraire l'homme de l'hypermodernité qui s'est trouvé les technologies les mieux adéquates à l'expression de ce qu'il est. Chaque époque a les outils qu'elle mérite !

L'analyse de ces nouveaux outils de communication vient tout dire de la non-communication de ces « faux hommes » qui, coupés de tout échange, restent comme cloués dans un fauteuil, protégés d'une vie, d'une vraie vie, envisagée désormais comme dangereuse.

L'hypermodernité a redéfini l'espace de la famille devenue « forteresse », selon l'expression du sociologue Louis Roussel, protectrice de l'extérieur, du monde, de la vie. Ce retrait de l'individu atomisé sur lui-même, sur son même de sa famille propre, a accentué encore son atomisation en pulvérisant l'autre du lien. Le psychanalyste Jean-Pierre Lebrun parlera de néo-sujets, qui « vivent ensemble sans autrui », de cette fonction psychique de l'autre.

L'émergence d'une violence généralisée est la conséquence directe du bouleversement profond de ce que la philosophie nomme l'altérité. La violence n'a jamais été absente d'aucune civilisation ; ce qui est nouveau, c'est sa généralisation, sa banalisation : ne pas sortir son téléphone portable dans la rue au risque de se le faire voler, ne pas prendre le métro avec un collier au cou au risque de se le faire arracher... Ce qui est redouté n'est pas le vol du bijou ou du téléphone, mais le déchaînement de violence qui s'accompagne du vol. Écrabouiller, traîner, rouer de coups sont autant d'actes du quotidien qui viennent dire en plus de cette violence, elle-même symptôme des temps nouveaux, la mise en acte de la pulvérisation de l'autre.

Vidé de l'autre, il l'est de lui-même ; cela fonctionne dans les deux sens : vidé de lui-même, il l'est de l'autre.

Abolition des tabous pour une jouissance à plein régime

Le succès des supports technologiques tient à cette expression d'un homme qui n'est plus lié aux autres hommes que virtuellement. Toutes ces technologies ont pour support l'écran et ce, bien entendu, non par hasard : il s'agit bien d'images qui traduisent au plus près les caractéristiques de cet homme hypermoderne devenu, donc, homme de *l'exhibition.*

On parle communément de société de l'image, mais ce constat simpliste n'analyse pas de quelle « image » il s'agit : l'image elle-même a changé de statut. Prenons pour exemple le septième art, qui gagnait ses lettres de noblesse par le sens du message délivré. Le cinéma est remplacé par un nouveau format, celui des séries. À l'intérieur de ce nouvel espace, les longs-métrages eux-mêmes sont fabriqués selon ce même modèle de séquences courtes, bien découpées, sans liens entre les différentes scènes, parce que sans sens les unes avec les autres. Des suites d'agir, d'actes, qui sont montrées simplement pour pouvoir donner au spectateur la jouissance de ce qui y est vu.

Regardons de plus près ce qui nous est montré : cadavres découpés, morceaux de cadavres isolés, une jambe, un bras, sans corps, histoires sordides de perversions sexuelles outrancières, etc. Aucune civilisation avant la nôtre n'a autant montré et regardé le corps mort avec une telle jouissance. Toutes les époques, aux quatre coins de la planète, ont eu leurs nécrophiles, terme qui désigne une attirance pour la mort et les cadavres. Monstres isolés de tous qui choquaient la communauté humaine quand ils forniquaient avec un cadavre déterré ou quand ils consommaient des morceaux de viscères humains. Mais aujourd'hui c'est la société occidentale dans son ensemble qui exhibe ses morts. Il est devenu impossible de regarder une série télévisée sans voir ces cadavres découpés. Faites l'expérience, allumez votre télévision et regardez, des « Experts » à « NCIS », et mieux encore « Bones » qui consacre le thème même de la série aux os humains, le but des enquêteurs scientifiques est de dater la décomposition cadavérique, de reconstituer un visage à partir d'une tête carbonisée sans corps, d'un pied trempé dans l'acide, etc.

La télévision, pourrions-nous penser, reste tout de même un écran entre le voyeur, le téléspectateur, et ce qui est montré. Mais la jouissance de l'exhibition nécrophile va encore plus loin, si loin qu'elle ne connaît plus aucune limite : une exposition allemande, qui se présentait comme exposition sur l'art anatomique, a exhibé sur la place publique des cadavres, dont on avait retiré les molécules d'eau puis dans lesquels on avait injecté des molécules d'époxy, pour garder au frais, sans décomposition, ces corps morts, placés ensuite en position de… penser, courir, jouer aux échecs, etc. Cette exposition a été présentée pour la première fois en 1997 ; depuis, elle a fait le tour du monde et a connu à Tokyo deux millions et demi de visiteurs qui se sont rués pour regarder ces cadavres exposés ! Je renvoie ici à l'article du psychanalyste français Charles Melman sur cette exposition : « Enfin une jouissance nouvelle : la nécroscopie », paru dans un numéro spécial d'*Art Press* de mai 2001 titré « Représenter l'horreur ». L'article se trouve aussi à la fin de *L'Homme sans gravité. Jouir à tout prix* (Denoël, 2002), du même auteur, ouvrage que je vous recommande vivement si les bouleversements de la psyché du XXIe siècle vous intéressent.

Donc, tout se montre dans un acte cru et nu, tout est donné à voir et est vu avec la plus grande des jouissances sans plus aucune limite.

Il s'agit de « jouir à tout prix », comme le dit Melman, qui définit la nouvelle économie psychique par « la recherche dans l'exhibition de la jouissance d'un antidote à son apesanteur et à son manque de repère ».

Arrêtons-nous un instant sur ce concept de jouissance. L'acception courante du mot renvoie au plaisir sexuel ; pour Lacan, la jouissance est inconsciente et va au-delà du principe de plaisir. La jouissance est donc ce qui excède le plaisir et, contrairement à lui, se manifeste toujours par excès, et parfois jusqu'à la douleur. Ainsi, la jouissance a tout à voir avec la répétition inconsciente qui, en boucle, continuera à tournoyer parfois jusqu'à la mort avec laquelle elle compose.

C'est ce que nous montre parfaitement Marco Ferreri dans son film *La Grande Bouffe* où, au-delà du plaisir qu'il y a à manger, les protagonistes mangent à en crever, ce qu'ils finissent d'ailleurs tous par faire. Vous voyez que la jouissance a forcement un caractère tragique. Tout comme le monstre exhibé dans les foires au destin tragique, la toute-jouissance de l'homme hypermoderne relève de cette même tragédie. Cette jouissance exhibitionniste est le remède – l'antidote, nous dit Melman – contre son vide sidéral (merci à Mme K. pour son expression qu'on lui empruntera jusqu'au bout).

Cette société de l'image toute permise, sans plus aucun tabou ni pour le sexe, ni pour la maladie, ni pour la mort, ni pour rien, vient montrer un homme qui a définitivement fait exploser les barrières psychiques de l'interdit et du sacré. Comment a-t-il fait pour se dégager de ces repères ancestraux, de ce qui précédemment encadrait la vie et la mort, *sa* vie et *sa* mort ?

L'homme traditionnel, on l'a vu, par sa croyance en une instance supérieure à lui, un dieu dont dépendaient la vie et la mort, s'est vu devenir maître de donner la vie et de faire reculer la mort. Les progrès considérables de la médecine par le contrôle des naissances puis la procréation médicale ont fait exploser le cadre précédemment immuable de la reproduction de l'espèce humaine, qui devait voir s'accoupler un homme à une femme pour enfanter. Ça n'est plus nécessaire aujourd'hui : une éprouvette, des gamètes, un bon laboratoire, et le tour est joué.

L'homme a donc aujourd'hui le pouvoir précédemment dévolu à Dieu. La limite, plus encore que d'avoir été repoussée, semble avoir été *anéantie*, et ce d'autant plus que le discours scientifique médical ou autre est devenu aujourd'hui le discours dominant. Ce que véhiculent dans l'imaginaire social ces progrès médicaux est l'idée de *l'abolition de la limite* ; dans une société où ce qui fait loi n'est plus ce qui relève de la parole mais de la preuve. En un temps pas si ancien, un père était père parce qu'une femme l'avait désigné, reconnu comme tel. Les tests ADN, en scientificisant de manière certaine la question, ont balayé d'un revers de la main toute place donnée à la paternité qui s'appuie sur une parole. Mon propos n'est évidemment pas de regretter ces avancées spectaculaires, mais d'en mesurer les effets sur l'imaginaire social. L'individu qui se voit baigner dans une eau scientiste aura un lien à la parole, la sienne et celle de l'autre, bien dévalué, puisque seule la preuve fait foi de vérité. N'est vrai aujourd'hui que ce qui est scientifiquement démontrable.

Un autre élément fondamental dans l'analyse de l'écroulement des interdits et des tabous est du registre sexuel. La révolution soixante-huitarde, révolution sexuelle, a été l'aboutissement d'une volonté de libération des pulsions sexuelles envisagées alors comme source des névroses. D'un discours freudien dévoyé à son insu, « d'une ruse de l'histoire » comme le dit Hegel, la psychanalyse, en dévoilant le conflit inconscient contre les pulsions, a incité l'homme hypermoderne devenu conscient de l'inconscient à s'en libérer. Cette sexualité libérée ne se trouve plus régulée par aucune instance psychique.

La sexualité, placée au cœur du dispositif névrotique pour la psychanalyse, en définissait la symptomatologie humaine comme étant la trace d'un conflit entre un désir et un interdit. Le refoulement était alors l'agent de régulation de ces tensions. Mais s'il n'y a plus d'interdits sexuels, que reste-t-il à refouler ?

J'ai défini l'homme du XXIe siècle comme l'homme conscient de l'inconscient. Et cette conscience commune a bouleversé l'appréhension de l'homme par lui-même. Prenons, pour illustrer notre propos, l'exemple de certains traits de la personnalité qualifiés de moraux au XIXe siècle, qui sont devenus des pathologies de nos jours. L'inhibition, davantage qu'un qualificatif moral, était une vertu qui disait la capacité du sujet à maîtriser ses instincts. Aujourd'hui, c'est un symptôme psychopathologique. C'est un changement culturel très fort.

Cette conscience collective des révélations freudiennes a levé le voile sur des mécanismes psychiques vécus alors avec honte, culpabilité et malaise. Qui est encore gêné aujourd'hui de voir son fils ou sa fille nourrir des penchants des plus tendres pour le parent du sexe opposé ? Il est devenu quasiment hebdomadaire dans la pratique avec les enfants d'entendre les parents nous dire avec une fière satisfaction : « Oui, il fait son Œdipe, il dort dans mon lit, c'est normal ça, tout va bien de ce côté-là. » Mais alors, si la mère ou le père ne sont plus posés comme interdits aux mouvements de l'enfant, celui-ci traverse-t-il encore une construction œdipienne ? Au cœur de l'articulation du sujet sexué de la modernité, le complexe d'Œdipe, par sa vulgarisation outrancière, n'est-il pas tombé dans le domaine public ? Et ce faisant, n'a-t-il pas perdu sa force de construction dans la triangulation ? Maman, papa et moi ne seraient-ils pas devenus moi et moi ? Puisqu'à moi tout ou presque est permis...

Et nous parvenons à un interdit qui semble encore tenir le coup, celui du passage à l'acte sexuel avec sa descendance. La pédophilie reste, elle aussi, un bastion, le dernier (?) d'une limite non franchissable. La question du dernier bastion peut se poser. De retour de Thaïlande, des touristes faisaient part de leur écœurement à la vue d'une scène publique, dans un centre commercial, d'un homme âgé, très âgé, qui bécotait une enfant de 8-10 ans. L'histoire ne dit pas s'il s'agissait de prostitution ou d'un grand-père très aimant ! La prostitution sexuelle de mineurs n'est pas nouvelle, elle non plus ; ce qui est nouveau, c'est sa tolérance en un lieu public, c'est-à-dire avec le consentement de tous. La Thaïlande n'est pas la France, mais c'est quand même une part de notre civilisation. Il n'est pas extravagant de s'interroger sur la contamination de cette levée d'un des derniers interdits de notre humanité. Mais entendez qu'une société qui consomme ses propres enfants est vouée à la mort par cet acte même d'autoconsommation.

Nous n'en sommes pas là.

L'interdit de l'inceste et la traversée œdipienne dans la triangulation, voilà donc ce qui définissait le fonctionnement de l'appareil psychique de l'homme avant le bouleversement postmoderne. La question qui se pose aujourd'hui est celle de savoir si ce vide sidéral d'une intériorité absente connaît encore une tension quelconque ; et si oui, laquelle ? Pas entre le désir et l'interdit, puisque l'interdit ne marque pas son inscription. Posons alors la question autrement : quelles sont donc ces pathologies propres à notre époque ? Pourquoi l'homme du XXIe siècle consulte-t-il ?

Les douleurs de la séparation, amoureuse ou non, sont devenues de plus en plus insoutenables. C'est ce qu'on nomme aujourd'hui le deuil pathologique, d'après l'expression de Freud. Dans son article « Deuil et mélancolie », Freud détaille les modalités psychiques de l'accomplissement du deuil. Nous n'allons pas ici détailler tout le processus de ce deuil, retenons simplement ce qui lui est impératif et que notre homme hypermoderne ne semble plus pouvoir accomplir : pour faire « son deuil », comme on dit aujourd'hui – vous remarquerez que c'est bien le sien propre ; au XIXe siècle, on disait faire « le deuil » et non « son deuil » –, il faut consentir à la perte de l'objet.

Et c'est très exactement ce que l'homme hypermoderne, gavé d'excès consommatoire et bercé de l'illusion de sa toute-puissance, ne parvient plus à accomplir. Cette impossibilité à consentir à la perte de l'objet, ou même simplement à supporter son absence, engendre de nouvelles dépendances tous azimuts : au téléphone, aux jeux vidéo, au sexe... Nouvelles addictions pour cette société hypermoderne à l'homme hyperdépendant.

Du « je pense donc je suis » au « je dépense donc je suis »

Le dernier point que nous aborderons pour situer les grands bouleversements du XXIe siècle et qui est au fondement du postmodernisme est, bien entendu, la société de consommation : apparue dans les années 1950-1960, plus qu'un simple passage de la consommation du nécessaire au superflu, c'est devenu un mode de vie, de comportement, de culture et, surtout, de psyché !

Les relations sociales sont aujourd'hui structurées par la consommation de masse qui tend à assouvir son besoin toujours croissant de développement. Pour ce faire, la société contemporaine a inventé de nouveaux besoins et créé de nouvelles envies toutes prêtes à être satisfaites par l'objet de consommation. Le consumérisme frénétique a donné à l'homme contemporain une réponse immédiate à ses pseudo-désirs par son assouvissement. Il n'est plus jamais dans le manque ; plus encore, il n'est que dans l'excès de l'assouvissement d'envies qu'il n'avait pas la veille. Mais le mouvement sans doute le plus pernicieux de la société capitaliste est d'avoir amené cet homme à se définir en tant que tel par la nature des objets qu'il consomme. Il s'exprime dans sa singularité par ce qu'il consomme. Ce qui avait déjà amené, il y a trente ans, le sociologue et philosophe Jean Baudrillard à conclure que la consommation est le moyen pour l'homme contemporain de se différencier.

Du « Je pense donc je suis » de la modernité, nous voilà passés au « Je dépense donc je suis » de l'hypermodernité. Réduit à ne plus se définir que par sa consommation, l'homme hypermoderne a mis en lieu et place de sa transcendance première, de sa foi en une divinité qui donnait sens à sa vie, les objets de sa consommation. Le voilà donc piégé par l'excès qui, associé à la disparition des limites et interdits, a fait de lui un prêt à jouir !

La psychanalyse comme expérience inédite de la relation à l'autre pour l'émergence possible du sujet

De cette dialectique nouvelle de l'homme à lui-même, est née une « nouvelle économie psychique ». L'excès a remplacé le manque, les interdits ont volé en éclats et ont laissé cet homme, aux allures bien peu humaines, seul avec son injonction à jouir. La jouissance a donc pris le pas sur le refoulement. L'exhibition d'un moi virtuel est en lieu et place d'une intériorité perdue...

Cet homme prétendument affranchi de tous ses interdits est-il vraiment libre ? Citons le philosophe Maurice Clavel :

« L'aliéné, c'est celui qui se croit libre, libre dans ses désirs, ses besoins, ses achats, ses opinions, ses pensées intimes, sa culture ; et qui ne l'est pas, car les conditionnements psychiques – techniquement produits, consciemment ou inconsciemment sécrétés par le capital pour le maintien de sa puissance et l'expansion de ses débouchés – le déterminent tout entier, à son insu. On se croit libre entre telle ou telle option morale, et on ne l'est pas plus – ou ni plus ni moins – qu'entre telles ou telles marques concurrentes de lessive que le même *trust* fabrique, vous suggérant ainsi, par le pire des conditionnements, le sentiment de la liberté lui-même ! »

On voit donc tel quel le monstre exhibé en place publique : l'homme hypermoderne s'exhibe de son plein gré, avec aux pieds les mêmes chaînes que le monstre en son temps, mais notre homme, lui, n'en sait rien.

La tentative d'assassinat de la psychanalyse dans cette société n'a donc rien de bien étonnant, et les traitements psychiques qu'on tente de lui substituer ont tout de l'époque qui les a vus naître.

L'homme hypermoderne emmuré dans son vide existentiel a évacué l'autre du lien. Or toutes ces nouvelles thérapies abandonnent le consommateur à sa seule consommation en tout genre, et les thérapies (médicamenteuses ou non) abandonnent le patient à sa solitude ultime en ne proposant que l'analyse ou la rééducation de son comportement. Ces méthodes ont tout de la non-rencontre à l'autre, propre à l'homme@. Aucune d'elles n'interroge ce qui constitue le socle même de l'humain, son rapport à lui-même par le médium du lien à l'autre. Aucune de ces méthodes ne permet à l'homme de retrouver son statut de sujet.

La psychanalyse est un traitement de l'homme par un autre homme, ayant comme fondement, comme pierre angulaire de toute cure, le transfert. Bien souvent, l'homme hypermoderne fait l'expérience du vide et de sa chute avec pour la première fois « un filet », de l'expression d'une analysante, un fil... du patient à l'analyste, qui permet enfin dans le lien d'avoir un lien à soi, à soi-même et de sortir du virtuel à la souffrance pourtant bien véritable.

Seule la cure analytique propose de faire cette expérience inédite de la relation avec un autre que soi pour advenir à soi-même. Le monstre hypermoderne pourra remplir ce « vide sidéral » de la seule matière capable de le border : *la parole*. Seul l'accès à cette parole permettra à la jouissance de trouver une butée pour transformer le tragique de sa répétition en ordinaire du vivant.

Et les cures actuelles ont ceci de particulier qu'elles obligent l'analyste à *être plus qu'une main tendue de l'autre côté de la rive*. Elles permettent doucement à l'analysant de repérer qu'une autre main que la sienne puisse exister...

Myriam Illouz

Troisième partie

Monstruosité du monde

Pour un monstre : la fabuleuse, édifiante et sentimentale histoire de l'« Artsenal »

Le 13 janvier 2011, j'ai invité Sophie Rouffio. Cinéaste et monteuse, elle présentait son film : *Artsenal continent perdu*, au théâtre du Rond-Point à Paris, dans le cadre de l'Université populaire de Caen.

Toutes deux ensemble, nous avions un joli bijou de monstre en magasin, ça tombait bien. Il était en nous depuis longtemps, d'une manière différente pour l'une et l'autre : Sophie Rouffio l'avait bien connu, et moi j'y avais vécu, dedans.

Beau sujet de film pour une cinéaste, l'occasion ou jamais de le ressusciter, peut-être, le cinéma sert à cela, à donner l'éternité. Le faire revivre encore une fois, la dernière, n'était-ce pas la plus jolie manière également de nous en débarrasser ? Tant il est vrai qu'on ne peut vivre qu'en avant de soi.

Je sais, vous n'allez pas me croire facilement. Mais si, nous avons vécu un tas d'histoires, des improbables, des épuisantes, des orageuses et tendres, des belles, dans son ventre, si. Et même, tenez, si, quand sorties de là, nous n'étions plus exactement les mêmes ; métamorphosées, différentes à jamais, comme dans les histoires qui commencent par « Il était une fois ».

Mon récit se déroule à la fin du XXe siècle, il y a très, très, très longtemps[1].

Il était une fois l'Artsenal

Comme tous les monstres, il s'était révélé un beau jour, personne ne l'avait vu arriver, mais tout le monde en avait vaguement entendu parler. Au lieu de surgir au fin fond d'un fin fond, comme les monstres classiques qui peuplent les mers inhospitalières au nord, ou les forêts denses en général plus à l'est, lui, il avait surgi dans une petite banlieue ordinaire, en pleine ville, en France, figurez-vous, à Issy-les-Moulineaux, drôle d'endroit. Et là, bien entendu, il avait bousculé la circulation et l'ordre plan du banlieusard moyen, et inquiété sérieusement les voisins proches.

Il avait fait peur, en même temps que produit une vive fascination, et finalement le monde entier était passé le voir.

Comme tous les monstres, il avait disparu, réapparu, et disparu encore. Comme tous les monstres, il avait été dispersé *façon puzzle*.

Mais chacun des morceaux avait repoussé ici et là, autrement. Les monstres sont immortels, c'est bien connu.

Si, tortillant l'univers et tous ses lampions, le grand horloger en avait décidé autrement, et l'avait tortillé à l'endroit et pas à l'envers en pensant à autre chose, il m'aurait parachutée au temps des dinosaures, j'aurais bronzé sur les plages de la Pangée, bien plus pratique que les continents séparés. Pas de mer à traverser, pas d'avion à prendre, une seule terre, unique et généreuse, j'étais peinarde. Une seule terre, une seule langue, pourquoi pas le latin, comme Montaigne ? Je me connais, j'aurais choisi le latin, pour faire chic ou parler toute seule.

Ou alors j'aurais fait poisson, pour ne pas parler du tout, j'adore le silence. Si j'avais été poisson, l'avantage, c'est que j'aurais été muette, mais l'inconvénient, c'est que j'aurais fini mes jours dans un très gros poisson plus gros que moi, et vorace, c'est la loi.

Mais il en fut décidé tout autrement. Humaine, je suis. Théoriquement hors de danger.

Eh bien, tout de même, par une grosse baleine avalée je fus. Mais au lieu d'en mourir, j'y suis née une seconde fois.

Dans le ventre de l'Artsenal, j'ai merveilleusement travaillé, aimé, vécu. La vraie vie était là. Quand j'en suis sortie, quand il a fallu retourner à la vie réelle, ce fut très difficile. Les ventres, c'est bien, c'est confortable pour travailler, ou paresser. Mais un jour il faut en sortir.

Bon, je vais préciser, je vous sens perdus. L'Artsenal, c'était un lieu. Une usine désaffectée – jusqu'ici rien de grave –, sise joliment en bord de Seine – bon –, comme sortie du fleuve lent et fort caressant les berges vertes et boisées, et venue se poser dans un lieu ordinaire à souhait, comme si de rien n'était, mine de rien. Mine de rien, car par-derrière, l'hypocrite, la salope, elle fabriquait, non des boîtes de conserve ou des jouets, mais simplement des chars. Des chars. Elle dégueulait des chars.

Des chars dits d'assaut, pendant la Première et la Seconde Guerre mondiale, les meilleures. Des automitrailleuses, qui font du bruit, beaucoup de bruit. De son ventre sortaient tranquillement et régulièrement de beaux petits blindés sophistiqués munis de belles petites chenillettes bien propres et bien huilées, et hop et un et deux et mille, tous nommés AMX, destinés à cracher la mort qui pue. Une saloperie d'usine, donc. Un gigantesque monstre produisant d'autres monstres, destinés à transformer les hommes en barbaque, beurk.

Fort heureusement, un jour plus bleuté, plus calme pour les hommes, toutes les machines se sont arrêtées, et la chose s'est endormie, pour très longtemps. Tout le monde l'a oubliée, elle était moche, mais pas gênante. Et comme les filles moches et pas gênantes, elle est devenue invisible.

Bien plus tard, dans les années 1990, un artiste venu d'un autre côté du monde, la Corée, l'a repérée, a parlé d'elle à l'un, qui en a parlé à un autre, qui en a parlé à un autre, et ainsi de suite. Ensemble, ils ont réussi à la pénétrer, et l'ont trouvée fort à leur goût. Ensemble, ils se sont décidés à la prendre. Illico presto, d'autres artistes encore, qui crevaient de solitude en apnée dans leurs petits ateliers, ont eu vent de cette découverte. Ensuite, bizarrement, miraculeusement, elle a suscité le désir, un désir si grand.

Bien décidés à la réveiller et à s'en emparer, ils l'étaient, et pour la bonne cause, cette fois. Rendez-vous pris avec le ministère de la Défense, qui n'en avait plus rien à faire, de ce tas de briques. Ils étaient une poignée, ils furent bientôt quarante-six, venus du monde entier, mais surtout de Corée. Des artistes.

Tous ensemble, ils ont apprivoisé et dompté la bête. Ce ne fut pas simple, c'est jamais simple avec les grosses bestioles ; pas question de la terrasser, ce n'était pas un dragon, bien plutôt de l'amener doucement vers un autre chemin.

Il leur a fallu l'apprivoiser. Ensuite, c'est comme dans *Le Petit Prince,* ils en étaient devenus responsables. Quand on apprivoise, c'est fichu, on est responsable.

Il fallait comprendre le bâtiment pour le soigner d'abord, il semblait dans un piteux état. Vite le réparer, vite mais en douceur, puis l'occuper au mieux, pour être au chaud dans son creux, et travailler. Pour travailler, il faut être serein.

La bête ne s'est pas laissé faire comme ça. Créée dans les ateliers d'Eiffel, c'est vous dire sa force de résistance, son poids. Des tonnes de poutrelles métalliques soudées avec des rivets chauffés à blanc, il a fallu manipuler l'acier, la fonte, et des fantômes.

Et vivre le froid. L'hiver, c'était trop grand, d'une brutalité impitoyable, on travaillait déguisés en Esquimaux.

Je ne sais pas comment respirent les murs, mais je sais qu'ils respirent. Je ne sais pas comment ils transpirent, mais je sais qu'ils transpirent. Je ne sais pas comment ils font pour garder en mémoire le passé, mais je sais, je sens qu'ils le font. Tout le monde sait cela.

De cet affrontement, de cette approche intelligente et compréhensive jaillirent une communauté de travail bouillonnante, la création, l'amitié, l'amour et même parfois des œuvres ou des enfants, la Beauté, la Vie.

Mais le monstre était éphémère, en sursis. Sa seule fragilité. On essaya bien de le sauver. De le classer. On le déclara bien trop laid pour avoir le statut de monument (historique). Frappé de démolition dix ans plus tard. Dix ans, c'est toujours ça de pris.

En 2002, en janvier, *the end of the game*, la bête est rasée, dispersion des artistes.

Les années passent. 2008, décembre : Sophie Rouffio a l'œil ouvert et la mémoire longue. Le travail de mémoire, elle connaît, c'est son emploi et sa mission. Elle cherche les artistes, les retrouve ici et là, fait appel à leur sentiment fort du lieu perdu, rassemble leurs témoignages, leurs images physiques et mentales, leurs sensations. Certains ont eu la bonne idée de filmer, tous ont photographié la peau, les organes, le squelette et les boyaux du monstre.

Elle fait ouvrir les tiroirs. Accessoirement, elle ne se rend pas compte qu'elle ouvre aussi une boîte de Pandore. On ne vit pas dix ans avec quarante-cinq autres bipèdes à l'ego bien trempé sans conflits, sans jalousies, sans amours fortes, sans amitiés querelleuses. L'artiste est un animal étrangement conçu, pour le meilleur et pour le pire.

Sophie Rouffio rassemble les paroles, superpose les images d'archives et celles du présent, mixe en documentariste. En un mois de tournage et un autre au montage, le film est là. Une performance.

Projection du film un soir, tout le monde est réuni dans mon atelier d'aujourd'hui. La dernière fois. Émotions, pleurs, rires. Étrange, sur l'écran, on parle d'une seule voix, on dit tous la même chose, d'une manière ou d'une autre. Cela forme une litanie.

Une litanie, c'est une chanson de perte et de regrets.

Ce monstre, on l'a tant aimé. *Nous nous sommes tant aimés*, mais c'est le titre d'un autre film, non ?

Première rencontre avec la bête

1992. En quête d'un atelier depuis plus d'un an, je fouine en vain dans le 92. Rêve d'un à-part où pourraient se déployer mes grands dessins, rêve de murs hauts, rêve de papillon, d'ailes. La capitale est avare d'espace, si ça continue l'exil me guette. Brr, j'aime la campagne comme un décor, mais pour travailler j'ai besoin de sentir la ville sale gronder.

Un matin, téléphone : « C'est au pont... Des Coréens, des artistes, occupent une usine de chars, fonce, il reste des places... » Des Coréens ?

Vérification : la guerre d'Indochine est finie depuis longtemps, et les Coréens du Nord ne sont pas près d'envoyer des ressortissants faire les zouaves à l'Ouest. Il s'agit donc probablement d'une vague d'hommes du Sud, bien décidés à tenter leur chance en Occident, et à fourguer leurs œuvres d'art en même temps que leurs bagnoles. L'art est un marché. Nam June Paik, Samsung : même combat.

Je passe le pont, je me gare devant l'usine. Un monstre.

J'étais passée devant le bâtiment des dizaines de fois sans le voir. On ne voit l'autour que séduit, dans le meilleur des cas, ou cerné par la nécessité, acculé. On voit l'Autre pour les mêmes raisons, fondamentalement égoïstes, j'en ai peur. Ne rentrent dans mon champ, au fond, que ceux qui peuvent de près ou de loin m'ouvrir d'autres horizons, bousculer ma paresse, me surprendre, augmenter mon périmètre, me faire avancer d'une case, ou me faire du bien, ou me faire rire, ce qui est la même chose.

J'y suis. Extérieur peu engageant. Une porte blindée ; ce doit être la gueule de la bête. C'est fermé. Je fais le tour. Hideux. Laideur de la brique rouge brique, grandeur des forteresses. Ne manquent plus qu'un pont-levis et des douves.

Deux toits quatre pentes pour deux corps de bâtiments parallèles à la Seine, séparés d'elle par une voie rapide. Aucune raison de s'arrêter là, aucune possibilité non plus. Alignement sévère de fenêtres grillagées et noires le long de la voie, affichages et tags. La grande porte est close. Rien de photogénique ; désaffecté, on dit. Enfin, carrément *désaffectueux*, oui, aurait dit Émile Ajar.

Une angoisse me saisit. L'angoisse sourde liée à l'abandon et aux fermetures définitives, aux promesses de démolition, communément éprouvée à la simple vue des fenêtres qu'on mure, des portes qu'on barricade et qu'on scelle, des wagons plombés, des souterrains qu'on bouche, des puits comblés, des sous-marins. Fantasmes liés à l'enfouissement, aux caveaux et à la Mort.

Je repère une petite ouverture à droite. C'est par là ?

J'entre dans la nef. L'usine aujourd'hui est vide, toute propre. Elle ne sent rien, les pigeons s'y baladent de poutrelle en poutrelle, froissant l'air. Quelques machines somptueuses, un pont roulant, des palans, des colonnes en fonte, j'imagine le tout en action, autrefois : je vois la chaîne, l'alignement des blindés en construction. Ma voisine avait dit : « J'y ai travaillé, moi, *aux chars*, avant, pendant la seconde guerre, comme femme de ménage, pour les Allemands. »

Je peine à me faire une idée. Au fond, ça n'a aucun sens pour moi, la guerre, ce ne sont que des mots, des images, abstraites, en vert-de-gris, peut-être.

Images aussi d'hommes requis, dont je vois les fantômes, dont j'entends les voix. Hommes réquisitionnés, obligés par l'Histoire avec un grand H à fabriquer des engins de mort. Et appliqués à bien faire. Car les outils de l'horreur se doivent d'être parfaits. Toutes les armes sont belles : les pierres taillées, les lances, les lames vives étincelantes, les obus ronds et lisses, la crosse des fusils délicatement ciselée. Je comprends Jacques Monory, le peintre : pour se détendre, il dessine des revolvers en bleu. Bien faire ce qui doit produire le Mal absolu. Un travail extraordinaire, dont les hommes s'acquittent, semble-t-il, depuis toujours, et sans rechigner. Ils n'ont pas d'autres choix.

Trop facile, la morale après coup.

Et puis tous les goûts sont dans la nature : le gentil boucher du coin, par exemple, il faut le voir pétiller au souvenir de ses abattoirs chéris, et répéter à l'envi : « Avant, je faisais *que de tuer*, c'était bien, j'aimais ça. » Je saisis mal, mais je sens bien le truc. Pour les vaches ou les hommes, c'est pareil. C'est le premier qui coûte. Ensuite, c'est la routine. Au suivant.

Fasse le ciel que je n'aie jamais une seule grenade à jeter ! Mais va savoir...

D'autres images de chars surgissent à ma mémoire, en contrepoint : la dernière séquence du film *La vie est belle*, quand l'enfant survivant gagne son vrai grand jouet, et puis celles d'un vrai jeune Chinois place Tian'anmen, tout seul, tout petit face au char communiste à l'arrêt. Il s'appelait Chang. Comment a-t-il osé ?

Au même instant, je me souviens, un autre Chang gagnait Roland Garros, exactement au même moment, sur une autre chaîne, à la télé. Je zappais de l'une à l'autre, ahurie, les larmes aux yeux. Ici, il faisait beau, un après-midi bleu, quelle heure était-il à Pékin ?

Les édifices, heureusement, comme les hommes qui ont de la chance, vivent plusieurs vies, sont promis à des vents contraires. Belle reconversion donc, pour cette funeste architecture : passer de l'art de la guerre à l'art tout court. Du tragique aux allégresses de l'invention. Gentillesse du sort, perspective renversée, rédemption pour un lieu.

Cinq mille mètres carrés. Sacré volume : le XIXe siècle se débarrasse des Dieux et consacre le Progrès, donne aux gares et aux grands magasins le charme trompeur des serres ensoleillées et aux usines des mensurations de cathédrales.

Mon œil embrasse d'un coup un ventre propice à tourner des polars. Lumière diffuse, quasi religieuse, filtrée par des fenêtres bouchées par la crasse.

Mais ça vit à nouveau. Affairés, les Coréens préparent l'espace à sa nouvelle fonction. Pour l'heure, ils se sont faits nettoyeurs, soudeurs, électriciens, charpentiers, obéissant ensemble à un plan invisible. Armés de barres de fer, ils montent l'ossature serrée qui offrira la possibilité à quarante-six artistes de travailler séparément dans quarante-six espaces fermés sur eux-mêmes. Mais ouverts sur le haut, unis par le même toit.

Je dépose un dossier, les places sont chères, je veux en être. Si on ne me prend pas, je jure que jamais plus je ne repasserai par le pont, convaincue d'avance par l'énergie nouvelle du lieu, et j'attends, fébrile, assise sur mon canapé. Deux jours sans bouger.

Une petite voix flûtée tombe enfin du téléphone : un certain M. Soo-Young Kwak, qui me dit que oui, oui, j'ai le droit de venir choisir mon espace et de m'y installer. Il me fait part immédiatement du règlement, des consignes de sécurité, histoire de me mettre au pas. Pour gérer le navire, l'organisation est draconienne, et hiérarchisée, avec un président à la tête d'une association. On ne plaisante pas. La peur du feu : essences, siccatifs sucrés et autres résines vaporeuses vont côtoyer de près le gaz des chauffages individuels. Je choisis prudemment un milieu, près de la sortie de secours, on ne sait jamais.

Commence là un vrai grand voyage immobile. Bousculée, je frotte mes incertitudes à d'autres codes, à d'autres systèmes de représentation. Un exemple : la Corée possède cinq points cardinaux, Nord/Sud/Est/Ouest plus le Centre. Dans la peinture occidentale, la composition évite le centre, l'œil tourne et prend mille chemins, faits de courbes et de contre-courbes, pour arriver au sujet en mille détours. C'est flagrant dans le système baroque. Le système coréen est frontal. C'est ainsi que les compositions sont plus fortes, avec un seul objet, unique, central, du moins en peinture.

Mon attachement au papier touche à l'Asie, une certaine manière de rouler et de le dérouler aussi. Ainsi, le dessin apparaît, disparaît, au gré de celui qui décide de le montrer, plaisir fugace. Ainsi n'encombre-t-il pas l'Univers. Politesse. Héritage des rouleaux à la chinoise : un monde se révèle et l'on s'émerveille, et pfft, on roule et c'est fini. C'est un honneur d'y avoir eu accès.

J'achète des kilomètres de papier…

Genius loci (le génie du lieu)

N'importe quel jardin, tous les paysagistes vous le diront, possède son génie : dans la religion romaine classique, il faut le chouchouter, car il incarne l'esprit de protection d'un lieu, met en branle toutes les énergies, les fait circuler, pour que tout se passe bien, les échanges entre les nuages et le vent et le soleil et la lune, toutes les histoires complexes de photosynthèse, d'équilibre des saisons, afin que le moindre brin d'herbe pousse correctement. Bref, le génie du lieu ne chôme pas.

À l'Artsenal, *où était-il, le génie des lieux* ?

Dans les ateliers ? Parfois. Au gré des déambulations et des cheminements, si les portes étaient ouvertes, aller au plus loin de soi pour revenir à soi, c'était simple, et magique. Circule, circule, il y a à voir ! Boulimiques, insatiables, curieux du travail des autres, nous étions perpétuellement perplexes. À l'atelier, toutes les idées en chantier, à l'état brut, ou d'ébauche, en cours, sont visibles, concrètement, matériellement lisibles. Pour rencontrer les monstres d'à côté, il suffisait de tendre l'oreille, les sons se mêlaient, le cri d'une scie sauteuse ou un lied romantique.

Une porte ouverte ? Faire comme avec les chevaux, devant un box : soit la bestiole vient voir et pose sa tête avec bienveillance, on peut entrer, et c'est magique, soit elle tourne les talons en disant *ciao* et l'on devine que ce sera pour une autre fois, ou jamais. Il faut marier discrétion et intérêt, attention et courtoisie, délicatesse et curiosité. Souvent éberlués, toujours respectueux, attentifs, nous parlions des heures : chaque conversation permettait à chacun de cerner au plus près sa propre singularité.

Nous étions si différents. Quinze cultures différentes. Nous goûtions au grand plaisir d'être portés, ou *déportés* par l'autre. L'idée du voyage rôdait : quand l'un revenait du Japon, l'autre repartait en Allemagne, en Russie, en Namibie.

Les critiques d'art défilaient, également séduits par l'hybridation du monstre, flairant le sujet en or ; les articles de presse pleuvaient pour tous, comme les propositions d'expositions, d'échanges, de voyages, de résidences.

L'écriture coréenne fascinait : mais comment rêver en signes, des ovales, des carrés, des angles droits ? Les Coréens nous appelaient, nous, les « non-Coréens ». Je détestais être définie par défaut. J'ai appris à correctement prononcer les patronymes chinois, coréens, japonais. J'ai appris à ne pas les confondre.

J'ai appris l'esthétique et l'éthique de l'Asie.

Où était-il, le génie des lieux ?

Dans les couloirs, c'est certain.

Dans les deux couloirs, où j'appris la solidarité dans le travail, dans l'instant. Artsenal était un grand endroit, physiquement une grosse brute, mais moralement très chic. Philippe Daubry, dans le film, se fait la même remarque : « J'avais toujours travaillé seul, tout seul. Et sans jamais personne à qui pouvoir poser mon problème, et qui donne une réponse, là, dans l'instant, tout de suite, quand il y a urgence. Le couloir de l'Artsenal était un lieu magique. Même si on ne savait pas qui on allait croiser, ce qu'on savait, c'est que cette personne était toujours la bonne ! Elle, elle avait la réponse ! » Bien sûr, le génie s'y baladait, dans le couloir, ou alors nous surveillait, va savoir.

Où était-il, le génie des lieux ?

Dans nos grandes fêtes, ouvertures d'ateliers, défilés de mode, tournages de films, expositions personnelles et collectives, concerts. Toujours convié, invité à la peine, invité au plaisir, comme il se doit.

Où était-il, le génie des lieux ?

Chez Blandine Béchet, officiellement secrétaire, organisatrice incroyable, increvable, et assurant le lien. Comment faisait-elle pour supporter l'égocentrisme de chacun, les humeurs des présidents successifs, les angoisses existentielles des artistes, monstres toujours pressés, toujours inquiets ?

Où est-il aujourd'hui, le génie des lieux ?

Il est parti à l'arrivée des bulldozers, et personne ne l'a jamais revu.

Mystères

Simon Shandor (Hongrie) : « La nuit, entrer la nuit... On sentait une espèce de souffle, pchiiiiiiiiiiiiiit [il souffle en faisant de grands gestes avec les bras, comme s'il tenait le monde]. À l'intérieur, on sentait le souffle de la liberté, et c'était à l'intérieur, là, quelque chose comme un esprit. Oui, c'était lui, l'esprit de la liberté qui traînait, et il était à nous. C'était à nous, c'était un empire. »

Normand Paradis (Québec) : « La nuit, c'était mystérieux, il y avait des sons, des bruits, beaucoup de gens repartaient, mais d'autres venaient. Le soir arrivait la musique, il y avait un tas de mystères, mais on n'avait pas peur, des grincements comme dans les films, ou des voix, tout un tas de mystères. C'était un autre monde, l'atelier, on était hors du temps. »

Philippe Daubry (Belgique) : « Issy-les-Moulineaux est une ville industrielle à l'origine. Il y avait énormément d'entrepôts appartenant à l'armée, et l'Artsenal, c'était l'un des derniers à être resté, en tant que friche, c'est-à-dire lieu vide. Les artistes de l'Artsenal ont quand même gardienné ce lieu pendant une dizaine d'années. Les fondateurs, les Coréens et quelques Occidentaux qui étaient à Pantin, sont quand même arrivés dans un lieu vide, vide, entièrement vide. Pour moi, et c'est ça l'important, c'est la grosse différence, c'est qu'on n'était pas seul. Parfois, c'est sûr, on se retrouve entre artistes à un vernissage, mais rarement on parle d'un problème, d'un écueil dans le travail. Là, c'était formidable. Formidable. Le mystère, le paradoxe de l'Artsenal, c'est qu'il y avait une quinzaine de nationalités différentes, et que ça n'a jamais été considéré comme un lieu de métissages. Entre nous, finalement, nous appartenions à la même famille, il n'y avait pas de différence. Je suis belge, Normand est canadien, Simon est hongrois, et alors ? On parlait la langue commune de l'art. Quitter l'Artsenal, c'était quitter cette communauté qui fonctionnait, où chacun était reconnu par les autres et il n'y avait aucun doute là-dessus. »

Yang Din (Chine) : « Quand je suis entré à l'Artsenal, c'était comme si j'entrais dans le ventre d'un bateau, il y a des machines, le bruit, la boue et la poussière, et chaque jour et chaque nuit toujours, toujours il y a des gens qui bossent.

L'univers Artsenal était très fort, malgré des conditions précaires, misérables, tout le monde essayait de bien construire son espace, tout le monde essayait de bien travailler pour sa propre création. Il régnait là un Esprit, que le bâtiment donnait *invisiblement*... une force invisible mais palpable pour chacun d'entre nous. Et l'art c'est ça, un esprit, un esprit universel. »

Lee Bae (Corée du Sud) : « Ce lieu très brut, très sombre, très haut, très froid, très fort... Ce n'était pas un atelier d'artiste, c'était un lieu contre lequel on résistait, tout le monde devait résister contre ce lieu. C'est pourquoi, à ce moment-là, j'ai beaucoup travaillé avec des matériaux très bruts. [...] Quand je regarde mon travail aujourd'hui par rapport à cette époque, c'était très très fort, beaucoup plus fort là-bas, incroyable ! Je ne peux plus travailler aujourd'hui comme avant. Le résultat de mon travail venait de la résistance de ce lieu. Je me fous de l'artistique, je m'en fous ! Mais il faut, je dois résister ! Heureusement, c'est fini ! Si l'Artsenal existait encore, ce serait foutu pour moi. Non, heureusement, c'est fini. Je dois redémarcher, je dois retravailler. Je dois rechercher, je dois retourner dans la vie réelle. L'Artsenal était isolé de la vie réelle. Je résistais dans un rêve, mon rêve, mon rêve de l'art. »

Karole Reyes (Mexique) : « Après l'Artsenal, pour moi, ça a été très dur. La transition a été très difficile. Je ne trouvais pas mes marques dans mon nouvel espace, je tournais en rond, ça m'ennuyait. Vraiment ça ne m'amusait plus du tout. On était dans un cocon, on était dans une bulle, et tout d'un coup on s'est retrouvé dans la réalité. À chaque fois que j'y pense, je me dis que c'était mieux là-bas, même si toutes les conditions étaient mauvaises, on était mieux là-bas. »

Épilogue

C'était il y a très très longtemps, au XXe siècle, vers la fin, vous imaginez…

Le grand luxe, époque sans portable. Nous étions injoignables, inatteignables, ensemble.

Le grand luxe : la circulation des idées, et des informations, dans l'instant. Le partage.

Le grand luxe : le mouvement, jour et nuit, qui porte, une grande vague.

Un savoir-vivre.

Dans le film, nous disons tous notre immense regret du monstre.

Le regret, encore un autre monstre, intérieur, le pire de tous.

Quatre ans après la démolition fatale, j'ai commencé à donner des conférences à l'Université populaire de Caen. Un autre bateau, des valeurs comparables : énergie, travail, générosité, partage. En avant.

Françoise Niay

L'État, le plus froid de tous les monstres froids

Le visage de Nietzsche :

> « Nous oublions trop facilement qu'aux yeux des étrangers qui nous voient pour la première fois, nous sommes tout autre chose que ce que nous pensons être nous-mêmes : et généralement nous ne sommes rien de plus qu'une particularité qui saute aux yeux et détermine l'impression d'ensemble. Ainsi, le plus doux et le plus équitable des hommes n'a qu'à porter une grosse moustache et il pourra en quelque sorte s'asseoir à son ombre et s'y asseoir en paix – les yeux ordinaires voient en lui l'accessoire d'une grosse moustache : à savoir un caractère militaire prompt à s'échauffer, violent à l'occasion – et ils se comportent avec lui en conséquence. »
>
> Friedrich Nietzsche, *Aurore*[1] (1881)

Pour une lecture, au-delà des apparences

Nietzsche, ce « rêveur politique » que je place sous le signe de la douceur au risque de surprendre, nous appelle par « De la nouvelle idole », ce texte apparemment « explosif » figurant dans

Ainsi parlait Zarathoustra[2], à réfléchir non pas tant au Politique qu'à ce qu'il y a d'*Individuum* en nous-mêmes, si la Politique n'est pas un détail pour lui.
Et si nous appliquons au texte choisi les conseils de lecture d'un visage et l'identification de son sens profond, au-delà du premier détail venu et convenu, il s'agit, dès lors, de placer ces mots qui le composent sous le signe d'un autre ouvrage du philosophe : *Vérité et mensonge au sens extra-moral*[3] (1873).

Autrement dit, ne croyons pas un seul mot de ce que je vous dis – de ce que Nietzsche écrit, du moins en première lecture –, mais questionnons donc toujours qui nous sommes au moment où nous parlons et lisons, et tentons de savoir de quels points de vue – car il y en a plusieurs pour chacun de nous – nous nous situons, méfions-nous également du détail que l'on prendrait pour totalité.

Voilà l'intérêt du perspectivisme qui a son mot à dire au sujet de notre être en devenir. Il n'est pas dommageable de procéder à une fréquentation intelligente du doute, dans la lecture et le commentaire de ce texte, tâchons de briser les apparences.

Acceptons de bousculer nos idées reçues et de faire au demeurant un tri sélectif qui ne peut lui-même demeurer définitif. Il n'est pas facile de passer une journée nietzschéenne, mais il me paraît beaucoup moins enthousiasmant de vivre sans comprendre, ou « proprement les yeux fermés » pour le dire à la manière même d'un

Descartes, ou l'œil demi-ouvert d'ailleurs, même à commencer par être dérouté et probablement même à cette condition.

Acceptons donc cette mise en danger – toute relative toutefois – et même s'il s'agit de revenir aux affaires, grandes ou petites, une fois cette lecture terminée.

À propos d'Éducation, d'abord. L'éducation est, par définition et selon l'étymologie latine, le processus qui fait sortir tout individu humain d'un état premier vers un autre, qui le conduit « hors de », comme l'indique le préfixe « ex », autrement dit hors du donné naturel ou du moins en vue de le modifier. L'éducation est donc cette entreprise de dénaturation, puisqu'elle suppose la transformation d'un état premier considéré comme insuffisant en un autre, tout relatif et généralement institutionnalisé. Or cette dénaturation porte en elle un caractère problématique, puisque la poire dénaturée est ainsi mal considérée mais que l'homme éduqué est bien vu. Se peut-il qu'il soit dénaturé à la manière de la poire oubliée dans ma cuisine ? Pourrait-il être *monstrueux* à être dénaturé comme elle et comme elle peut nous apparaître ?

À propos de l'État, considérons-le comme l'effet d'une rationalisation de la vie politique, qui représente cette instance s'élevant au-dessus des intérêts et des conflits particuliers – en principe. Notons toutefois, avec intérêt, qu'il est ici considéré comme « le plus froid des monstres froids ».

Qu'en est-il de cette « nouvelle idole » qui se substituerait ou s'ajouterait à une autre (ancienne) qu'il s'agirait probablement d'abattre à coups de marteau, pour le dire en termes nietzschéens ?

Dès lors, inscrivons cette lecture dans la perspective de ce que Nietzsche propose dans sa « grande politique » au service de l'Individu et n'oublions surtout pas, en même temps, que Zarathoustra est un homme seul... Voyons alors ce que réserve une entreprise généalogique à l'œuvre dans notre approche du texte pour être fidèle à cet esprit qui traverse la lettre du philosophe du « Grand Midi », et quand bien même aurions-nous acquis une certitude quelconque, considérons-la déjà comme passagère. Voilà où va se loger cette mise en danger dont Nietzsche propose à son danseur de corde de « faire son métier ». Ceci permettra de confirmer par avance la thèse avancée un peu plus loin.

> « Alors Zarathoustra retourna dans les montagnes et dans la solitude de sa caverne pour se dérober aux hommes, pareil au semeur qui après avoir répandu sa graine dans les sillons, attend que la semence lève. »
>
> *Ainsi parlait Zarathoustra*, livre II

Amour de l'individu ou haine de l'État ?

Je vois dans cet extrait du *Zarathoustra* de Nietzsche ce point qui me paraît essentiel : le philosophe, ici, s'attache moins à mettre l'État en pièces qu'à lancer un appel d'urgence à l'*Individuum*... Cet *Individuum* et la place essentielle qu'il occupe sont donc plutôt, à cet égard, le détour obligé et fracassant pour une lecture ouverte de ce texte si bien connu pour désigner l'État comme « le plus froid de tous les monstres froids ». J'aime à penser que le philosophe se situe bien davantage du côté de l'amour de l'individu que du côté de la haine de l'État.

De même, on aura soin de se souvenir, pour engager cette lecture, que Nietzsche est ce philologue, celui qui aime les mots et nous invite à ne pas considérer les siens au pied de la lettre. Le marteau nietzschéen permet de briser les idoles mais également de graver de nouvelles tables de la loi, qui ne sont pas de marbre, comme une invitation au dépassement de soi. La pensée de Nietzsche[4], pour le coup, serait moins politique qu'elle n'est esthétique. Même si, en l'occurrence, il serait fautif de parler d'un désintérêt total pour la politique, parce qu'il est ce rêveur pour lequel la « grande politique » relève d'une nécessité vitale pour l'espèce humaine face au péril mortel du nihilisme...

L'État et la violence : quels rapports entretiennent-ils ?

S'il « y a quelque part encore des peuples et des troupeaux... », c'est dire que tout n'est pas perdu pour les hommes... Mais qu'est-ce donc qui s'est perdu et qui fait problème ici ? « Chez nous » en revanche, dans notre vieille Europe, « il y a des États ». L'État, si nous en donnons rapidement une définition, est cette instance ayant pour fonction de nous protéger de notre propre violence. La violence que les individus exercent les uns contre les autres est le socle même de la nécessité de l'établissement de l'État et justifie sa fonction. Comment parvient-il alors à juguler cette violence ? Et d'ailleurs y parvient-il ? Et quels problèmes Nietzsche décèle-t-il dans son activité et ses effets ?

Je propose de transposer sur le plan individuel ce que Nietzsche appose d'abord au plan collectif, « ces peuples et ces troupeaux ». Autrement dit, y a-t-il encore quelque chose en nous qui parvienne à traverser la forteresse (vide) de l'État ? Ou celle de l'ordre politique qui ne peut que contrevenir à notre force vitale (qu'on le veuille ou non) ? Y a-t-il encore en nous une « puissance d'exister » qui pourrait contrevenir à la contrainte institutionnelle ? Cet ordre politique que nous avons finalement intériorisé, ce « monstre » nous dévore bien de l'intérieur, avec notre consentement de surcroît. Pour le dire avec La Boétie, cet ami cher à Montaigne, nous en faisons notre « servitude volontaire », donc notre affaire.

À replacer ces « peuples et troupeaux » dans l'Individu même, il ressort un mélange d'animalité et d'humanité policée qui n'est pas pour déplaire. « Nous » sommes devenus l'Animal essentiellement politique, réalisant par là une situation antinomique, à tel point que la politique ne peut que tuer l'humain en l'homme parce que l'animal en nous est atteint dans son instinct, une sorte de double peine et de réduction tragique nous frappent. Éternel débat entre l'Instinct et l'Institution, unis par un mariage de raison, qui se joue là dans l'Individu même et qui aboutit à cette dénaturation. Qu'est-ce que l'État alors ? La « mort des peuples », purement et simplement.

Et dans l'individu, celle de sa part instinctive. L'État, qui est l'effet de la rationalisation de la vie sociale et qui est censé régler les relations interhumaines, devient l'instrument de la mort, ce dérèglement absolu, et cette mort équivaut à l'affaiblissement radical de l'instinct, cette « Grande Raison ». Son essence repose sur la négation – de la Vie. Ce monstre froid, « le plus froid de tous les monstres froids », est une véritable machine à tuer : nous voilà alors rendus à l'état cadavérique. « Il les enlace, les mâche et les remâche. » La « nouvelle idole » voudrait placer autour d'elle des « héros » et des « hommes honorables ». Stratégie qui consiste à capter ce qu'il y a de meilleur pour s'approprier les « superflus ».

De surcroît, l'État « ment » et il ne trouve pas son Essence, comme l'avait pensé Hegel, dans la réalisation de la Raison s'élevant au-dessus de l'histoire des peuples, et qui se sait elle-même dans sa vérité libre. Il se trouve que son Avoir en mots s'est constitué par défaut, par défaillance, la nôtre au demeurant, d'où le portrait implicite et décapant des hommes en êtres « faibles ». Mais lequel d'entre nous est assez fort pour entendre ceci et « ouvrir ses oreilles » ? L'État est le rempart de la multitude – se rejoue alors le débat de l'Individu contre l'État – et, d'ailleurs, il n'y aurait pas besoin d'État s'il n'y avait pas la multitude. L'État ne peut donc concerner l'Individu et son épanouissement propre.

Les cœurs riches et autres grandes Âmes sont touchés, tout le monde s'y laisse prendre et le mensonge d'État atteint le cœur des hommes. Nul ne paraît épargné. Comment croire que l'« État est le peuple », sauf à abandonner en soi tout esprit créateur et se mettre au service de la cause mortelle plutôt que de « servir la vie » ?

Cette cohorte de fatigués accomplit la mission de l'État qui évoque et convoque le Bien, et lorsqu'on nous demande de quoi nous serions fatigués, nous devrions répondre que nous sommes fatigués de la vie. L'État serait ce lieu de perdition qui « ment dans toutes les langues » alors que « chaque peuple a son langage du bien et du mal », d'où le caractère falsificateur et « voleur » de la nature et de la fonction étatiques.

On notera que la nature de l'État est sa fonction : l'État est ce qu'il fait, il donne la mort. Et le nom de « peuple » devra recouvrir non pas un agrégat d'hommes épars placé sous l'autorité de l'État, mais plutôt un ensemble d'individus qui ont encore quelque chose à se dire et peut-être à parler *vrai*. On peut également choisir comme angle d'attaque de ce texte, pour grille de lecture philosophique, l'instrument formidable du langage qui se présente ici sous ses multiples expressions. L'État ment froidement et délivre un discours mensonger, alors il divise.

Ce mensonge est-il ontologique ? Autrement dit, porte-t-il sur quelque chose qui *est* et qui serait détourné de son sens par le discours politique ? Ou bien, tout simplement, est-il pragmatique et destiné à maintenir l'ordre par tous les moyens (ce qui fait alors plutôt désordre…) ? Et pour le coup, et le disant avec Machiavel qui en dit long sur la stratégie politique, « la fin justifierait les moyens ». Le plus grand mensonge étant de laisser croire que l'État est le peuple alors qu'il n'en est que sa négation, à défaut même de le représenter puisque « partout où il y a encore du peuple, il ne comprend pas l'État et il le déteste comme le mauvais œil et une dérogation aux coutumes et aux lois ». Aux sources de l'État, il y aurait l'abandon de certaines prérogatives des « peuples » et donc une Institution qui naîtrait par défaut. Et dans son caractère tout relatif, puisque à chacun sa langue du bien et du mal par opposition à un Universel qui s'appelle la Vie et qui déborde de toutes parts.

La Chute est la caractéristique de cette opération politique et l'on aurait tort de comprendre qu'il « y a trop d'hommes qui viennent au monde » comme l'indication d'une volonté de sélection quantitative, mais plutôt celle d'une mise en exergue de ce qu'il est fondamental de valoriser, qualitativement, dans l'Individu. La sélection se veut – non quantitative mais qualitative – et doit se faire de soi à soi. Nul n'est suffisamment bien placé pour décréter qui doit vivre ou non ! Mais chacun est invité à augmenter en soi les forces vitales et à affaiblir celles qui tuent. C'est d'ailleurs le sens de la dureté que Nietzsche propose, et l'injonction « Devenez durs » n'a pas à être interprétée comme s'il était convenu d'être dur avec l'autre. D'où l'immense malentendu et la tragique mésinterprétation des propos de Nietzsche qui suivirent dans certaines officines – même si je ne prétends pas détenir une vérité ultime sur sa pensée, ce qui contredirait ma lecture nietzschéenne de la pensée de Nietzsche.

D'ailleurs, à faire le procès du mensonge, Nietzsche ne défendrait pas non plus l'idée d'une vérité absolue contre le Faux, d'où la difficulté de passer une journée nietzschéenne ; et si je puis dire pour reparler de « vérité », ne nous y trompons pas, cela dit non sans ironie. Il renvoie notre possibilité d'interprétation à cette « mer du doute » qu'il dessine d'abord à propos de l'éducation, de la religion et de la morale qu'il considère comme un ensemble complexe d'éléments acquis, d'habitudes, de préjugés, de conjectures, et bien sûr, à propos de la politique. C'est un monde de valeurs qui a une histoire, une généalogie et dont il s'agit de déceler les mécanismes internes et la relativité. Que vaudrait pour le philosophe la mise en place d'autres « vérités » dans quelque domaine que ce soit ? Rien ou pas grand-chose et tout au moins la mort de l'esprit. Mieux vaut préserver l'Instinct de la connaissance !

L'homme est ce curseur, oscillant sur une ligne d'intensités, « funambule » sur une corde, ou « pont jeté entre la bête et le surhomme » qui a à se chercher. L'équilibre est instable. Ce que Nietzsche nous apprend, c'est à *lire*, donc à démêler ces fils enchevêtrés qu'il appelle « évolution générale ». Et cette lecture n'est jamais que la manifestation de son « instinct de la connaissance » que l'on aura soin de distinguer de l'établissement d'un Corpus de vérités nouvelles se substituant aux anciennes. On peut ici évoquer cette autre formule, la sienne, qui vient confirmer cela : « Ce n'est pas le doute, c'est la certitude qui rend fou », dira-t-il...

Or une des caractéristiques de l'humain est de mettre en place des idoles. L'État se présente alors comme l'aboutissement de ce combat qui cesse faute de combattants ou, du moins, en raison d'un affaiblissement qui justifie la posture de soumission que sa mise en place génère. Cercle vicieux pour le moins. « Le combat vous a fatigués et maintenant votre fatigue se met au service de la nouvelle idole. » Miroir aux alouettes, l'État devient cette matrice qui prétend « tout vous donner si vous l'adorez ». C'est de l'usurpation de l'« éclat de la vertu », la nôtre, qu'il se nourrit. L'État absorbe et recycle, telle une machine à broyer, et ce sont les « meilleurs » d'entre nous qui « servent d'appât », comme les produits d'appel dans les têtes de gondole des grands supermarchés, pour tenir ici exceptionnellement le langage marketing… Cette image du coursier de la mort soumis aux attraits « cliquetants » est effrayante.

Alors vient la dénonciation violente de l'« invention d'une mort pour le plus grand nombre », une « mort qui se vante d'être la vie » qui se vend, à la manière dont les bonimenteurs séduisent leur public, comme leur nom l'indique, donc mentent bien… Cette mort dont on paie le prix – très cher –, celui de la vie. « L'État, le lieu où le lent suicide de tous s'appelle la vie. » Nietzsche reprend à son compte le fameux mot de Voltaire « Écrasez l'infâme » et déclare la guerre sous le nom de morale à ce qui s'emploie à affaiblir l'homme et le pousse à l'autodestruction, à l'abnégation au devoir, à la pénitence et à la rédemption. À tout ce qui compromet et entrave l'avenir de l'homme, le philosophe de la « grande solitude » entend opposer une « grande politique » dont les propositions essentielles se retrouvent à la fin de son *Ecce Homo*.

L'État, cette instance qui détient sur un territoire donné le monopole de la violence légitime selon l'analyse de Max Weber (je préférerais dire « légale » parce que conforme à la loi qui n'est pas toujours juste), exige que chacun abandonne sa part de violence et s'en remette à la force symbolique qu'il détient. Il s'agit donc de renoncer à une partie de soi, la partie belle, au sens où elle fonde l'Esthétique nietzschéenne, celle qui permet la construction solitaire de l'Individu – et cela pour que fonctionne l'Institution – ; en retour, l'État protège l'Individu contre tout autre. Ce renoncement, Nietzsche l'appelle suicide organisé et mort lente de tous.

Dramatique inversion des valeurs, dans laquelle la mort saisit le vif, se substitue à lui et érige l'humanité au rang du règne des « superflus » et de leur triomphe... Hommes paradoxaux « qui acquièrent des richesses et en deviennent plus pauvres ». « Voyez donc ces superflus », « ils volent les œuvres des inventeurs et les trésors des sages ». Cela dit, pour en finir avec ce que l'on appelle « culture » : elle ne saurait être que le détournement d'œuvres géniales, ce capital ancestral qui échappe par nature à l'Institution, mis au goût du jour, est réapproprié et forcément dévoyé. Il y a une transformation de ce capital qui le fait dégénérer. La culture serait donc l'effet d'une dégénérescence, elle est en ce sens dénaturation.

Et si toute éducation est dénaturation, si l'homme est le seul animal auquel viennent s'ajouter ces éléments acquis, tout ce qui fait l'objet d'une tension entre Naturel et Culturel qui contient l'indéniable nécessité d'un abandon de l'instinct au bénéfice d'une culture faite de renoncements, alors cet affaiblissement est appelé « maladie de l'homme » et l'homme est bien cet animal malade... « Tout leur devient maladie et revers. » La civilisation est dénaturation au sens négatif, et tout comme la poire dénaturée se transforme à sa perte, l'humain subit le même sort... « Ils sont toujours malades »... Qu'advienne alors l'ère du Surhomme créateur, donc de l'expansion des potentiels humains réduits pour l'heure à leur plus simple expression, sinon la plus mauvaise.

Et Nietzsche de se faire l'accusateur des « journalistes », de « ceux qui se dévorent et ne peuvent même pas se digérer ». Cette autophagie paraît tourner au drame. Si les « journalistes » s'entre-dévorent, c'est probablement parce que leur combat se situe au plan de la surface. Du terre à terre, en somme, mais non au sens de la terre préconisé par Nietzsche. De même, la course à l'argent qui s'apparente au but ultime poursuivi ne peut donner lieu qu'à une déperdition et faire que ce que l'on appelle « puissance » n'est qu'« impuissance », comme l'entendrait d'ailleurs cette grande figure de la philosophie qu'est Spinoza. « Ils veulent la puissance et avant tout le levier de la puissance, beaucoup d'argent, ces impuissants ! » Le pouvoir de la presse est donc assis sur du négatif et est conjoint à la politique, et tout se passe comme si la fonction journalistique se réduisait à une activité, une agitation, proche parente de la maladie biliaire. Nietzsche n'y va pas de main morte ! Nous sommes tous invités à comprendre ce bousculement qui n'épargne personne. Quoi de plus salutaire que d'opérer ainsi ? Qui sait philosopher ne peut comprendre autrement. Quoi qu'il soit dit ou écrit, je dois toujours me placer au centre de tout aphorisme, de toute critique. Et en prendre de la graine.

Suit une description forgée à l'image animalière... pour dire cette agilité du singe qui grimpe et représenterait ici la course aux honneurs, au pouvoir et à l'argent. Mais ce à quoi l'on assiste, c'est à ce marasme qui confond tragiquement « le trône et la boue », car « souvent aussi le trône est dans la boue ». Nietzsche stigmatise, dans son analyse de l'État, la domination des faibles dans une attaque en règle ; par « faible », sachons entendre celui qui fait preuve de « défaillance » dans sa « volonté de puissance » (et non pas comme l'autre, cet autre qu'il faudrait abattre). Le faible n'est pas l'autre, en revanche la faiblesse est en soi. En chacun. Comme abandon de soi. Alors la Volonté de puissance est essentiellement cette force dynamique dont le mouvement expansif est conçu positivement sur le modèle de la vie.

> « Un être vivant veut avant tout donner libre cours à sa force, la vie est volonté de puissance et l'instinct de conservation n'en est qu'une des conséquences les plus fréquentes. »
>
> *Par-delà le bien et le mal*[5], aphorisme 13

« Ils m'apparaissent tous comme des fous... des singes grimpeurs et impétueux »... La Politique, telle qu'elle est pratiquée, n'est ni plus ni moins que la gestion des passions, à défaut d'être seulement la gestion de la Cité, et l'un des sens ne contredit pas l'autre. Parlons de folie au sens que lui donnait Shakespeare en son temps, mais qui vaut également pour nous. La passion, du verbe latin *patior*, est ce que l'on subit, ce dont on n'est pas maître, et ce que l'on subit fait de nous des esclaves. Les passions nous aliènent et la Politique ainsi menée canalise nos passions, notre folie commune et individuelle. Cela me rappelle cette magnifique pensée de Pascal, pour lequel « s'ils ont écrit de politique c'était comme pour régler un hôpital de fous[6] ». Il s'agissait de Platon et d'Aristote, écrivant l'un *Les Lois* et l'autre *La Politique*...

Et du même coup, « leur idole sent mauvais, ce froid monstre : ils sentent tous mauvais, ces idolâtres ». Réquisitoire implacable qui condamne le fait politique érigé sous ces conditions, et fustige ses usagers. C'est de l'édifice tout entier qu'il s'agit, sans exception et au risque de nous déplaire. Alors, demeure un salut possible pour ces « frères » qui oseraient ne plus subir et cesseraient d'« étouffer dans l'exhalaison de leurs gueules et de leurs appétits ». Suit une série d'injonctions : « Cassez », « Évitez », « Éloignez-vous », empruntées au vocabulaire de l'action libératrice qui contrevient à la situation d'esclaves... jusqu'au sacrifice.

La force de l'homme seul : son éloge

S'il y a un salut possible (annoncé d'ailleurs dès le point initial du texte par lequel on pressent que l'espoir demeure), il appartient à chacun de saisir l'opportunité qui rend libre. Sans doute ce sort est-il réservé à ceux qui n'ont pas donné dans la compromission au plus haut point et qui ont préservé en eux cette part de clairvoyance empêchant une cécité totale et une paralysie définitive. « Maintenant encore les grandes âmes trouveront devant elles l'existence libre »... Apercevoir ici qu'« il reste bien des endroits pour ceux qui sont solitaires ou à deux, des endroits où souffle l'odeur des mers silencieuses », c'est bien corroborer ce que le lecteur averti et en éveil pressent dès le commencement de cet extrait du *Zarathoustra* : « Il y a quelque part encore des peuples et des troupeaux » que j'interprétais comme l'assignation de liberté à l'individu sommé d'aller chercher en lui-même ses ressources profondes, plutôt que de lire au pied de la lettre la seule condamnation négative de l'État. Le salut probablement appartient à celui qui possède moins et, par là, est moins possédé : « Bénie soit la petite pauvreté ! »

« Là où finit l'État, là seulement commence l'homme qui n'est pas superflu : là commence le chant de la nécessité, la mélodie unique, à nulle autre pareille. » Nous retrouvons alors le fil de cette « volonté de puissance » qui traverse et oriente tous ces mots que nous venons de lire ensemble. Et si la conservation de la vie constitue bien le développement correct de la volonté de puissance pour chaque existence individuelle, il est toutefois possible de contrevenir à ce mouvement. Face à l'effort et à la tâche qu'implique le dépassement de soi – pourtant possible –, certains individus considèrent la vie comme une situation de fait que l'on aurait simplement à capitaliser sans la développer. Cette conception négative, appauvrie et défaillante de la Volonté de Puissance est avant tout, selon Nietzsche, une démonstration de faiblesse, comme un signe d'impuissance à créer, à se dépasser soi-même. Le critère de la volonté de puissance permet, comme nous l'avons vu plus avant, d'établir une typologie humaine, et le fort est celui qui est suffisamment puissant dans sa volonté pour créer et se dépasser lui-même ; en revanche, le faible, rappelons-le ici, est l'individu chez lequel ce mouvement fait défaut, il est celui par excellence dont l'État a eu raison…

Ce « chant de la nécessité » qui attend le fort, quand il le voudra, n'est pas celui de l'« accident », il est anhistorique et s'élève au-dessus des passions des hommes et des luttes qui les divisent. Il n'est pas politique, il est esthétique, il est composé d'un agencement harmonieux des notes qui ont cessé d'être discordantes. Cette « mélodie est unique », elle se dit d'une seule voix. L'individu imaginé et pensé par Nietzsche dans sa splendeur, dans la luminosité du « Grand Midi », est fondamentalement seul et doit aspirer à aimer sa « grande solitude ».

> « S'il s'agit désormais dans toute politique de rendre la vie supportable au plus grand nombre possible, c'est affaire aussi à ce plus grand nombre de déterminer ce qu'il entend par vie supportable. »
>
> *Humain, trop humain*[7], aphorisme 438

Autrement dit, toute la sphère politique, avec ses institutions et son État, représente par excellence l'affaiblissement de l'homme : nous sommes dans le règne de l'Impersonnel, dans lequel le « travail est la meilleure des polices », pour le dire à la manière de Nietzsche dans son *Aurore*. Pour remédier à cette tyrannie des valeurs faibles, il s'agit de recréer les conditions d'un déploiement harmonieux de la volonté de puissance et l'on ne saurait voir, dans la pensée de Nietzsche, la simple destruction. « Cassez plutôt les vitres » – la matière à briser est donc friable, fragile et cassable alors qu'on la croit d'emblée si dure –, et « sautez dehors ». Autrement dit, brisez les idoles (anciennes ou nouvelles) dont la consistance paraît dans un premier temps d'airain.

S'éloigner de l'idolâtrie des superflus et de la « fumée des sacrifices humains » – tant de sacrifices inutiles – représente cette chance de salut. Il y a donc, pour les grandes âmes, une possibilité constructive de trouver une existence libre.

Il existe aussi des espaces à créer, à trouver – en soi – pour les grands solitaires, à condition de réduire cette tension entre l'Individu et l'État, entre l'Instinct et l'Institution, entre la Volonté de Puissance et le renoncement à la Vie. « Là où finit l'État, là seulement commence l'homme qui n'est pas superflu… » Ni superficiel mais profond, ni en surnombre mais à sa place, autrement dit recentré sur lui-même, dont la vie propre ne se trouve pas au-dehors, sous le vernis des apparences, mais bien au centre de ce noyau dur, finalement inattaquable. Il s'agit bien d'un passage de l'inutilité à la nécessité, celle qui chante… et qui danse.

En finir avec l'État, cette idole nouvelle, pour envisager le règne du « renouveau » du « jeu » de l'« oubli ». Ce règne du Surhomme, de l'Enfant qui exercerait sur lui-même cette autorité joyeuse. Autrement dit, n'assurer son pouvoir qu'en soi-même – et le nommer « puissance d'exister » –, n'avoir besoin de conquérir d'autre territoire que l'intérieur de soi, et y régner en maître, ne pas tenter d'installer son autorité sur quiconque, car il sera largement suffisant de suivre les contours fluctuants et sûrs de la Vie et de travailler à son expansion.

Ainsi nous comprenons peut-être davantage la signification de cet extrait du Zarathoustra : « De la nouvelle idole ».

Paule Orsoni

Le basculement du monde, un monde mort-vivant

« Un spectre hante l'Europe : le spectre du communisme », écrivaient Marx et Engels dans le *Manifeste du Parti communiste* au moment des révolutions de 1848 ; révolutions pas si éloignées qu'il ne le semble de notre monde. Celles qui agitent le monde arabe y font invariablement penser, comme si elles étaient devenues une sorte de référence[1]. Peut-on y voir le signe d'une obligation, celle de revoir toutes les fondations du mouvement ouvrier, pour œuvrer à une refondation ?

L'espoir semble avoir déserté le monde. Le capitalisme est devenu le seul horizon possible depuis la chute du mur de Berlin le 9 novembre 1989. Cet événement a marqué la fin du XXe siècle, comme le démontre l'historien Eric Hobsbawm dans *L'Âge des extrêmes. Le court XXe siècle, 1914-1991*[2]. Disparaissait de notre vue la guerre froide, suivie de la « coexistence pacifique », reconnaissance que le monde était politiquement partagé en deux. Cette chute était une bonne et une mauvaise nouvelle, indissolublement liées comme souvent. La bonne : le stalinisme était mort. L'onde de choc de cette mort mettra du temps à exercer tous ses effets. La mauvaise : la possibilité de remplacer le capitalisme par le socialisme disparaissait de l'horizon et même de l'enseignement. Les livres d'économie oublient désormais de penser les alternatives au capitalisme.

L'espoir de changement, de révolution, se trouve confiné dans les arcanes d'un mode de production spécifique qui n'a rien d'éternel, mais qui se pose comme tel. Pourtant, la révolution se trouve incluse dans la crise systémique qui démarre en août 2007 et continue d'exercer ses effets morbides, avec des morts sociales via les suppressions d'emplois, les fermetures d'entreprises, les restructurations en cours, le chômage, la précarité, le creusement des inégalités, la pauvreté.

Le mort-vivant en action

Vous connaissez, sans doute, ce film : *La Nuit des morts-vivants*[3]. Les expériences atomiques réveillent les morts et veulent anéantir les vivants. Double parabole. D'un côté, le risque atomique – comment ne pas penser à Fukushima ? –, et même la guerre ; de l'autre, une fable philosophique qui n'a pas vieilli : le passé envahit le présent et éradique toute possibilité d'avenir. Le futur ne peut, dans ce contexte, que se conjuguer au passé. Le passé valorisé, déifié et par là même décomposé et recomposé pour les besoins de justification des dirigeants. Le « c'était mieux avant[4] » n'en finit pas de se décliner. Il avoue une perte essentielle, celle de l'imagination, une réduction du champ des possibles aux hiers, sans percevoir que le monde est en train de fondamentalement se transformer. Le passé submerge le monde, empêchant de comprendre le bouleversement lié à la crise systémique actuelle. Les recettes du passé ne peuvent convenir au monde d'aujourd'hui. Elles creusent la tombe du futur.

Une société incapable d'offrir des emplois à ses jeunes, incapable de lutter contre l'augmentation du chômage, comme c'est le cas actuellement pour tous les pays capitalistes développés, est une société en état de faillite totale[5]. Refuser de poser cette priorité, « un emploi pour chaque jeune », c'est cracher sur le futur, c'est insulter l'avenir. C'est considérer que les morts-vivants ont pris le pouvoir et ne veulent pas le lâcher. Ils s'organisent pour faire disparaître ce présent qui les dérange. Les lobbies sont à l'œuvre pour la défense du passé, plus encore pour son triomphe. Peuvent-ils vaincre ? Ne sont-ils pas condamnés ? On sait que dans les mythes du vaudou, tuer un zombie – l'autre figure du mort-vivant – est plus difficile que de tuer un vivant. Le combat ne fait que commencer. Il est à la fois interne au capitalisme et externe.

Le spectre ? Quel spectre ?

Le spectre a changé de forme. Cette « apparition effrayante d'un mort », selon *Le Robert*, envahit le monde. Le monde lui-même est devenu ce mort-vivant, sorte d'incarnation du basculement d'univers. Un monde est en train de mourir et ne veut pas laisser la place, il se bat contre le présent au moyen de groupes de pression, de prévarication, de corruption, pour survivre même s'il est condamné. Ainsi, la naissance d'un monde nouveau reste dans les limbes. Comment peut-il surgir ? Comment abattre le mort-vivant ? Quelle stratégie mettre en place ? Autant de débats qui n'ont pas leur place dans les réflexions desdites élites politiques. Seule la communication domine. La « petite phrase » mortelle ou les jeux de l'amour prennent la place d'une réflexion. Le personnel politique apparaît distancé, vivant sur une autre planète. La crise politique, par conséquent, est profonde. Elle inclut tous les partis politiques considérés comme incapables de faire des propositions à la fois efficaces immédiatement et construisant un avenir.

A-t-on pris la mesure des justifications théoriques actuelles ? La politique d'austérité drastique, de baisse des finances publiques, de déstructuration des services publics et des solidarités collectives, de destructions d'emplois publics remettant en cause les droits essentiels (s'instruire, se loger, se soigner) n'est validée que par la nécessité de conserver les trois A – cette majuscule est importante, le petit « a » est une dégradation – des agences de notation. Et ce pour garder de faibles taux d'intérêt sur les marchés financiers afin de refinancer la dette. Alain Minc – un Coluche qui s'ignore – a qualifié ces trois A de « trésor national ». On croit cauchemarder.

Ce monde mort-vivant est en panne d'une représentation du monde. L'idéologie permet de figurer le monde et de légitimer les politiques économiques, les tactiques mises en œuvre. L'idéologie libérale – qu'il ne faut pas totalement confondre avec la théorie libérale – s'est imposée dans les années 1980. Elle a remporté une énorme victoire en France, avec l'aide de François Mitterrand qui, dès juin 1982, a abandonné toute velléité de définir une politique économique différente de celle des autres pays capitalistes développés. L'espoir a changé de camp, le combat a changé d'âme, pour paraphraser Victor Hugo[6]. Cette victoire sans combat a permis au capitalisme d'imposer ses restructurations d'ensemble pour construire une nouvelle forme de capitalisme. Les conséquences structurelles sur la société ont été d'importance. S'est imposée l'idée que l'économie se réduisait au fonctionnement des marchés. Que l'État ne devait pas intervenir. Les vessies sont devenues des lanternes.

Jamais l'État n'est autant intervenu. Pour déréglementer, privatiser, construire des normes différentes en déstructurant les droits collectifs, sous couvert de mieux faire fonctionner les marchés, de les laisser libres et d'accéder ainsi à l'équilibre général, à « l'allocation optimum des ressources » pour parler comme les économistes libéraux. Les marchés par eux-mêmes et en eux-mêmes devaient déterminer les lignes du présent et du futur via le prix. Une hausse des prix indiquait les endroits où il fallait investir, une baisse des prix là où il fallait désinvestir. La « concurrence libre et non faussée » semblait imposer sa loi. Il était question de l'autorégulation des marchés.

Des « lois » loin de toute réalité. Jamais cette concurrence libre et non faussée n'a existé dans le capitalisme. La tendance du capital est de se concentrer, se centraliser, comme de se mondialiser. Marx l'avait démontré, « la concurrence crée le monopole ». L'idéologie libérale rêve. Elle est porteuse d'une utopie antisociale qui veut construire une société composée d'individus et non pas de groupes sociaux et de classes sociales.

La contradiction la plus visible de cette vision vient du Medef – l'organisation du patronat français – ou mieux encore de Warren Buffett, le milliardaire américain (troisième fortune du monde en 2011), qui sait ce que la lutte des classes veut dire et comment défendre la classe qu'il représente, celle des capitalistes. Cette lutte des classes a tendance à se mener à sens unique. Un des sujets de cette lutte s'est évanoui, sans disparaître pour autant[7]. Gouvernements et patronat savent défendre leurs intérêts de court terme contre les salariés. Ils savent que, pour augmenter le profit de l'entreprise, il faut baisser la masse salariale totale et, au-delà, infliger une défaite à l'ensemble organisé des salariés. Warren Buffett prétend d'ailleurs que sa classe, celle des capitalistes, a gagné la guerre des classes.

Cette représentation du monde s'est écroulée dans la crise systémique, structurelle, que le capitalisme est en train de vivre depuis août 2007. C'est la première fois que la « stratégie du choc[8] » se heurte à la réalité de la profondeur de la crise. Il n'est plus possible de prétendre que le choc provient d'une mise en œuvre limitée du libéralisme, justifiant ainsi un accroissement des politiques d'inspiration libérale. La crise de légitimité de l'idéologie libérale est totale. Plus personne – je parle des gouvernements comme des institutions internationales – ne se dit libéral. Pourtant, paradoxe d'entre les paradoxes, les politiques dans cette crise continuent de s'inspirer des préceptes

– et même des dogmes, comme l'équilibre des finances publiques – du libéralisme. Une politique morte-vivante ! Qui exerce des effets désastreux en creusant les inégalités, augmentant la pauvreté et, par voie de conséquence, ne règle ni les problèmes du déficit et de l'endettement ni la récession qui pointe toujours son nez.

Pour le moment aucune idéologie de rechange, ce qui accentue les crises politiques et sociales qui marquent cet entre-deux. Aux États-Unis, les questionnements se multiplient. Les programmes des universités sont en train d'être bouleversés. Il n'est plus question d'enseigner le libéralisme. Pour autant, impossible de trouver un nouveau Keynes[9] capable comme son aîné de révolutionner la vision du monde capitaliste pour proposer un nouveau paradigme.

Des coïncidences, révélatrices de crises profondes

Un monde nouveau demande à émerger. La fin de l'année 2010 et l'année 2011 ont fait la démonstration de cette naissance. Les coïncidences sont parlantes.

La révolution tunisienne a servi de modèle pour tout le monde arabe et au-delà. Les « indignés » deviennent une force sociale pour refuser des politiques iniques et passées de mode, les despotes sont menacés par cette poussée démocratique qui n'a pas d'équivalent dans l'Histoire. Ce soulèvement demande à être analysé avec de nouveaux outils : il peut conduire au meilleur, l'avènement d'une société démocratique, fraternelle et libre, comme au pire avec des réactions de retour en arrière, à travers la montée des extrêmes.

Il faut parler de révolution. La donne change sur le terrain géopolitique. Dix ans après les attentats du 11 septembre 2001, le monde change de dimension. Les attaques terroristes sur le sol américain ont accouché d'une idéologie : le partage du monde en deux, divisé par le *clash* des civilisations. Le monde arabo-musulman était considéré comme globalement terroriste – l'ennemi avait un visage – et l'Occident, mené par George W. Bush, comme défenseur de la démocratie. Cette séparation aurait dû faire rire. Elle s'appuyait sur la négation de l'Histoire et plus particulièrement de l'histoire des idées. La redécouverte d'Aristote doit beaucoup à Averroès et les cultures dites occidentales et arabo-musulmanes ont plus de points communs que de différences. Ce *clash* a pourtant eu des effets. Il a permis la montée de l'extrême droite en même temps que la remise en cause des libertés démocratiques. Sous le prétexte de lutter contre le terrorisme, les pouvoirs de police et de contrôle se sont étendus. Ces attentats ont engendré et justifié la construction d'une nouvelle forme d'État, un État répressif.

L'irruption des masses sur la scène politique dans le monde arabe a changé cette représentation du monde. Le *clash* des civilisations est en train de s'évanouir. C'est, là encore, une nouvelle manière de voir le monde qui commence à s'imposer. Pour l'instant, aucune idéologie de rechange. Les traces du monde ancien restent inscrites dans ce bouleversement, grippant le mouvement.

En mars 2011, ce fut la terrible catastrophe écologique vécue par le Japon. Le résultat d'une série de crises non résolues. Le risque que fait peser le nucléaire, d'abord : les centrales ne sont pas conçues pour résister à un tsunami. Tsunami qui n'est d'ailleurs que la pointe visible de l'iceberg des dérèglements climatiques et des déséquilibres écologiques profonds que vit la planète. Fukushima venait ainsi rappeler la profondeur de la crise écologique et l'absence de moyens pour y remédier.

Le monde de demain sera celui des énergies renouvelables, d'une pensée qui inclut l'écologie comme voie pour fonder un nouvel avenir. Le « capitalisme vert » n'est pas forcément l'avenir. Pour combattre les déséquilibres écologiques profonds, il faut l'intervention massive des États. La politique joue un rôle essentiel. D'ores et déjà, les entreprises développant les éoliennes comme celles de la filière photovoltaïque ont besoin des subventions des pouvoirs publics. Pourquoi, dans ces conditions, ne pas créer un grand service public de l'environnement qui pourrait à la fois créer des emplois, générer une nouvelle croissance et combattre les crises écologiques ?

Le Japon, si le pouvoir politique prend conscience de ses possibilités, pourrait être le premier pays à entrer dans une nouvelle ère, celle des énergies renouvelables. Mais les lobbies sont puissants, surtout ceux du nucléaire. Le gouvernement peut-il résister à ces pressions ? Pour l'instant, il semble que non.

Tout au long de l'année 2011, la crise systémique a continué d'exercer ses effets. Le monde capitaliste a connu un nouveau krach, cette fois dans la nuit du 8 août. Ce krach se poursuit et se traduira vraisemblablement par une nouvelle récession. Pour le comprendre et pour appréhender ce monde agonisant mais qui ne veut pas mourir, il faut revenir sur la crise systémique elle-même pour dégager les marques du futur.

Retour sur la crise systémique, financière, économique et écologique

Pour appréhender ce basculement du monde, il faut revenir sur la crise systémique actuelle. Elle soulève des questions de fond que, pour le moment, aucun responsable politique – pas seulement en France – n'a voulu poser publiquement. Ces questions se résument dans la nécessité de faire naître un nouveau régime d'accumulation ou ordre productif, pour parler comme les économistes. Autrement dit, une nouvelle manière de créer des richesses. La crise, ce choc, met en évidence les limites du régime d'accumulation passé et impose de le faire mourir pour dépasser ces limites[10].

Reprenons la chronologie des faits. Dans la nuit du 10 au 11 août 2007, les cours des marchés financiers s'effondrent. La crise financière est là. Le facteur déclencheur, les *subprimes*, ces produits financiers liés au crédit hypothécaire des ménages américains qui se sont massivement endettés pour devenir propriétaires de leur maison[11]. Les banques sont en première ligne. Elles ont été les innovateurs, les concepteurs de ces nouveaux produits financiers, en même temps qu'elles en sont devenues les cautions. La faillite des ménages américains en grand nombre, suivie de celle des sociétés de crédit hypothécaire, oblige les banques à inscrire dans leur bilan des titres dépréciés. Personne ne sait exactement à quel niveau chacune de ces banques est engagée. Par voie de conséquence, le système de compensation journalier est gelé. Tous les jours, les banques se réunissent et celles qui ont des liquidités prêtent à celles qui en manquent ; le système financier fonctionne dans l'ensemble. La crise financière change la donne. Toutes les banques – y compris françaises – se sont lancées dans les produits financiers incluant des *subprimes*. La construction de ces produits, dits « CDO », est un modèle de sophistication opaque. Ces produits sont constitués de *subprimes*, titres à risque élevé de défaut de paiement[12], de titres moins risqués et de Sicav monétaires[13] à risque quasi nul. Les banques font noter le tout par les agences de notation qui acceptent comme argent comptant – ces termes s'imposent – les déclarations des responsables des banques. Les agences de notation, comme les agences de l'environnement, font confiance aux déclarations des banques ou des entreprises. Elles ne vont pas vérifier sur place. Ces agences de notation sont payées par ceux et celles qui sont notés…

Ces CDO[14] sont notés AAA, la note la plus élevée. Ils sont considérés comme des produits sûrs ! Michael Lewis, dans *Le Casse du siècle*[15], raconte cette arnaque permise par le système lui-même. Il note que les employés des agences de notation n'ont qu'une seule envie : devenir traders. Ils ont donc tout intérêt, pour leur plan de carrière, à souscrire aux desiderata des banques et à ces traders tout-puissants. Les monstres sont là. Des monstres générés par le système qui, à son tour, appelle la corruption. Il faut corrompre pour continuer à spéculer, à gagner de l'argent.

Ces traders se réfèrent, pour leur spéculation, aux modèles mathématiques élaborés par l'école française, une école réputée. Modèles qui, par un coup d'État terrible pour la pensée économique et les sciences sociales en général, ont pris le pas sur l'analyse de la réalité. Pour reprendre un mot de Brecht – qui disait que lorsque le Parti communiste et le peuple n'étaient pas d'accord, il fallait dissoudre le peuple –, ici les modèles mathématiques ont dissous la réalité. Ce coup d'État explique aussi la profondeur de la crise et la négation de la réalité. Il participe de ce monde mort-vivant.

Cette crise financière, les gouvernements et les élites vont tout faire pour la minimiser. Plus encore, elle sera niée. Christine Lagarde, à l'époque ministre de l'Économie et des Finances[16], prétendra voir le pic vers le bas, derrière elle, à chaque nouveau soubresaut. Elle aurait pu s'attirer la réflexion de confondre l'entrée et la sortie. À chaque fois qu'elle le voyait derrière, il était devant... Pour rire, il faudrait reprendre toutes ses déclarations. Elle est d'ailleurs en bonne compagnie.

Dès ce mois d'août 2007, le scénario se met en place, scénario qui se retrouve à chaque moment du processus. Les banques centrales interviennent massivement[17]. Elles ouvrent les vannes du crédit, baissent les taux d'intérêt pour permettre le refinancement des banques et des opérateurs financiers, et éviter ainsi la faillite immédiate de ces établissements. Le système financier se trouve en possession d'énormes montants de liquidités. Si les modalités de la compensation n'avaient pas été gelées, le système financier pouvait continuer à fonctionner. Chaque banque, pensant que l'autre pouvait faire faillite, refusait de lui prêter, pouvant ainsi provoquer la faillite – la cessation de paiement – de cette dernière. Les banques centrales ont résolu le problème conjoncturel et individuel. Chacun des opérateurs financiers – banques et assurances surtout – avait besoin de liquidités pour éviter la faillite et ainsi continuer à spéculer, mais, globalement, structurellement, le système financier n'en avait pas besoin. Par contre, la question centrale était – est toujours – celle de la solvabilité et de la profitabilité. Celle-là n'est pas résolue.

Que pouvaient faire les opérateurs financiers de cet afflux de liquidités sinon chercher de nouveaux lieux de spéculation pour continuer à fonctionner comme avant ? Sans comprendre qu'il fallait changer de braquet sinon toute la bicyclette. Sur leur route, ils ont trouvé les dettes souveraines et les matières premières. Deux nouvelles crises qui viennent secouer le monde dans l'année 2010 pour la première et 2011 pour la seconde. Les actes II et III de la crise étaient contenus dans l'acte I. Et la pièce n'est pas finie.

Cette crise ne pouvait rester financière. Via l'endettement, elle devait s'élargir en crise économique. La croissance économique, depuis les années 1990, voguait sur un océan de dettes.

Face à la baisse des revenus pour les salariés – dans les pays capitalistes développés, près de 90 % de la population active est salariée –, à la hausse des marchés financiers, aux formes nouvelles du financement pour répondre aux besoins des États, l'endettement a permis de construire une nouvelle manière de boucler le circuit économique. L'endettement des États-Unis a d'ailleurs tiré la croissance mondiale durant cette période, jusqu'à août 2007.

C'était aussi le cas via la sphère financière elle-même. L'habitude a été prise de parler de « bulles », terme justifié pour signifier la croissance exponentielle de la sphère financière, mais limité. Il laisse penser que la sphère « réelle » – celle de la création des richesses – est indépendante de la finance. Or la création monétaire dans la sphère financière doit être validée, à un moment ou un autre, par la création de richesses. Sinon c'est le krach, une manière d'ajuster la création monétaire à la création de richesses.

Nous côtoyons des monstres tous les jours, qui n'ont pas l'impression de faire partie de cette engeance mais d'être des humains comme tout le monde. Ils et elles fréquentent les salles de marché, décident du sort de milliers d'individus simplement en appuyant sur une touche de terminal d'ordinateur pour faire gagner – ou perdre – à leur entreprise, banque ou autre institution financière, des millions d'euros ou de dollars. La barbarie s'est fait un visage, celui d'un capitalisme mangeur d'êtres humains, organisant la pauvreté, les inégalités, en faisant reposer la responsabilité d'un système absurde sur les individus qui en sont victimes. En conséquence, les suicides ou les meurtres augmentent comme au temps des premières usines Ford au début du XXe siècle aux États-Unis. Il n'est pas besoin de se forcer pour voir les monstres s'engouffrer dans ces modalités d'un système qui fait de l'absurde son quotidien. Lorsque le monde nourrit de son sein la barbarie, il ne faut pas s'étonner que les monstres envahissent le monde...

Nicolas Béniès

Biographies des auteurs

SÉVERINE AUFFRET est agrégée de philosophie, diplômée d'arabe littéral moderne. Elle a publié plusieurs ouvrages sur l'articulation femmes/philosophie et fourni une réédition de l'œuvre de Gabrielle Suchon, une philosophe française du XVIIe siècle. Cofondatrice de l'Université populaire de Caen, elle est également cofondatrice de celle des îles du Ponant, basée à Groix, en 2010.

NICOLAS BÉNIÈS, économiste, professeur émérite de l'Université, a publié *Le Petit Manuel de la crise financière et des autres*, qui n'est ni un manuel ni petit, mais essaie de faire le point sur la crise systémique du capitalisme qui commençait (Syllepse, 2009), *Marx, le capitalisme et les crises* pour faire le point sur la méthode nécessaire et les concepts (La Ville brûle, 2010) et prépare un ouvrage de nouveau sur la crise pour développer la problématique de cet article. Il est aussi critique de jazz et a publié *Le Souffle bleu* (C&F éditions). Blog http://soufflebleu.fr.

ALEXANDRA DESTAIS, docteure en littérature française de l'université de Caen, est chargée de mission aux droits des femmes et à l'égalité pour le département du Calvados. Elle anime le séminaire « Femmes et Société » à l'Université populaire de Caen pour la saison 2012-2013 (« Ascension de femmes/Bastions masculins »). Conférencière, elle a écrit de nombreux articles et prépare un essai pour 2013.

ARNO GAILLARD a enseigné pendant plus de dix ans l'histoire du cinéma dans le secondaire. Sélectionneur pour le Festival de Cannes, section « Semaine de la critique », il a été aussi l'un des premiers journalistes cinéma *on line*, dès 1997. Il est actuellement responsable des pages cinéma du guide culturel *Pariscope* et collabore à l'émission « Chants/contrechamps » sur Radio Libertaire. Arno Gaillard a travaillé avec Roberto Rossellini et Fernando Arrabal et tourné plusieurs courts-métrages sur des artistes (Raymond Depardon, les sculpteurs Francesco Marino Di Teana et René Coutelle). Il tourne actuellement un documentaire sur l'Université populaire de Caen, au sein de laquelle il intervient en tant que responsable du séminaire cinéma depuis octobre 2004.

GILLES GENEVIÈVE est né en 1957, à Trouville. Professeur des écoles, il a principalement enseigné dans un quartier classé en ZEP, à Caen. Il se consacre au développement des activités de discussion philosophique à l'école depuis 1998. Il a participé, aux côtés de Michel Onfray, à la création de l'Université populaire de Caen, en 2002. Il y anime depuis un atelier de discussion philosophique pour jeunes. Il a soutenu la diffusion de cette démarche innovante auprès de l'Unesco.

MYRIAM ILLOUZ est psychanalyste, installée en cabinet à Paris. Psychologue clinicienne, elle est diplômée de l'université de Paris VII (DESS de psychopathologie adulte sous la direction de Joël Dor et DEA de psychopathologie et psychanalyse sous la direction de Paul-Laurent Assoun). Elle a enseigné l'introduction à la lecture de textes freudiens au département de psychologie de l'université de Poitiers. Elle a coordonné une équipe médicosociale pendant dix ans dans un établissement parisien spécialisé dans l'accompagnement d'adultes psychotiques. Spécialiste des questions institutionnelles, elle travaille régulièrement à l'analyse des pratiques et à la supervision d'établissements avec différentes équipes médicosociales. Elle collabore à l'Université populaire depuis 2010.

BÉNÉDICTE LANOT, née en 1955, est professeur de culture générale en classes préparatoires aux grandes écoles de commerce, à Caen. Elle a fait sa thèse sur Sylvie Germain et a publié plusieurs ouvrages, dont un *Dictionnaire de culture littéraire*, coécrit avec Frank Lanot, Emmanuel Deschamps et Pierre Présumey (PUF, 2002), et un petit cahier d'écriture intitulé *Le Livre-Avenir. Écrire avec des écrivains*, toujours avec Frank Lanot (Gallimard, 2005). À l'Université populaire de Caen, elle est chargée du séminaire de littérature contemporaine.

JEAN-PIERRE LE GOFF, comme son nom l'indique, est d'origine bretonne. Comme son nom ne l'indique pas, 1) il est né à Innsbruck ; 2) il n'est pas sociologue, mais historien des sciences et des techniques, avec les rapports entre arts et sciences comme domaine de prédilection ; 3) il est pensionné de l'Éducnat et inconditionnel du service (au) public qu'il pratique ici et maintenant, dès que c'est encore possible : parfois dans l'institution (cours d'histoire de l'art à l'université de Caen depuis 2009) et, depuis 2004, hors de l'institution (séminaire d'histoire des mathématiques à l'Université populaire de Caen).

FRANÇOISE NIAY, dessinatrice et bestiairologue, poursuit inlassablement sa traque ciblée, débusquant les artistes qui transfigurent les Bêtes pour nous parler des Hommes. Elle raconte l'art contemporain à l'Université populaire de Caen depuis sept ans, ses voyages, ses rencontres, ses coups de cœur. Elle écrit des nouvelles sur l'art, la nature, les bêtes, écrit aussi pour des artistes : des monologues, du théâtre… *Jules et Jime*, un hommage à *La Mer* de Jules Michelet, est sa première pièce, avec deux personnages et des animaux dans tous les coins.

MICHEL ONFRAY, philosophe, a enseigné dans les classes terminales d'un lycée de Caen de 1983 à 2002. Démissionnaire de l'Éducation nationale, il crée cette même année une université populaire à Caen, puis une seconde à Argentan en 2006 : l'Université populaire du goût. Traduit dans près d'une trentaine de pays, il est l'auteur d'une soixantaine d'ouvrages, pour une grande part publiés aux éditions Grasset et aux éditions Galilée. Parmi ses publications récentes, *Le Crépuscule d'une idole. L'affabulation freudienne* (Grasset, 2010) et *L'Ordre libertaire. La vie philosophique d'Albert Camus* (Flammarion, 2012) ont rencontré un énorme succès. Les conférences qu'il donne dans le cadre de l'Université populaire sont diffusées chaque été sur France Culture.

PAULE ORSONI était professeur de philosophie au lycée Gambetta d'Arras jusqu'en 2009. Elle est cofondatrice de l'Université populaire du Nord-Pas-de-Calais (plus connue sous le nom de l'UP d'Arras) en 2003. Elle est intervenante associée à l'Université populaire de Caen à partir de 2009. Elle a fait paraître dans le cadre de l'Unesco : *Les Femmes et la Philosophie. La domination masculine*. Elle tient, depuis 2009, un blog de philosophie (http://leblogdepauleorsoni.blogspot.fr/) et fait partie du Réseau international des femmes philosophes (Unesco).

GÉRARD POULOUIN, enseignant, syndicaliste, cofondateur de l'Université populaire de Caen. Il a dirigé divers colloques au sein de l'université de Caen-Basse-Normandie et à Cerisy-la-Salle, dans le cadre du Centre culturel international. Il a été membre du Comité des intellectuels pour l'Europe des libertés, il est membre de la Licra.

Notes

Aux confins, le monstre

1. Voir Michael Camille, *Les Gargouilles de Notre-Dame*, traduit de l'anglais par Myriam Dennehy, Paris, Alma, 2011.

2. Quasimodo vit au milieu des gargouilles, il trouve place auprès des monstres de pierre. Dans *Notre-Dame de Paris* (livre I, chapitre 5), Hugo décrit le personnage. À côté de sa difformité, il y a « je ne sais quelle allure redoutable de vigueur, d'agilité et de courage ; étrange exception à la règle éternelle qui veut que la force, comme la beauté, résulte de l'harmonie ».

3. Christian Bobin, *Un assassin blanc comme neige*, Paris, Gallimard, 2011, p. 54.

4. Voir Hans Belting, *Bosch. Le Jardin des délices*, traduction de Pierre Rusch, Paris, Gallimard, 2005.

5. Voir www.musee.unterlinden.com/assets/.../TentationSt_Antoine.pdf.

6. Le tableau est visible au musée des Beaux-Arts de Rennes. On le trouvera reproduit sur divers sites internet.

7. André Pieyre de Mandiargues, *Les Monstres de Bomarzo*, photographies de Glasberg, Paris, Grasset, 1957, p. 9-42.

8. Gilbert Lascaux, *Le Monstre dans l'art occidental*, Paris, Klincksieck, 1978, Ire partie, chapitres 2 et 3.

9. Dante, *La Divine Comédie, L'Enfer*, chant XVII, vers 1 et 9-12, traduction de Jacqueline Risset, Paris, Flammarion, coll. « GF », 1992.

10. « Géryon est sans doute le monstre auquel Dante accorde la description la plus complexe » : « Géryon atteint la complexité la plus confuse. Nous sommes encore dans le domaine du mélange humain-bestial, mais ce dernier élément est emprunté à trois ordres différents : reptiles, insectes et mammifères [...] » (Gérard Luciani, « Les monstres dans "La Divine Comédie" », *Circé, Cahiers de recherche sur l'imaginaire*, n° 5, 1976, p. 16 et 24-25).

11. La version du conte par Madame Leprince de Beaumont l'a emporté sur celle de Madame de Villeneuve. On trouvera *La Belle et la Bête* de Madame de Villeneuve, originellement publié dans *La Jeune Amériquaine et les contes marins* (1740), dans la collection Folio.

12. « Haussée en couleurs par Cocteau, magnifiquement vêtue et poilue par Christian Bérard, la Bête est parfaite. Trouvaille de lui avoir prêté ces instincts sauvages : cela nous vaut ce moment de pure émotion où Josette Day donne à boire au monstre dans le creux de ses mains douces [...] » (Henry Magnan dans *Le Monde*, 1er novembre 1946).

13. Mary Shelley, *Frankenstein ou le Prométhée moderne* [1818], traduit de l'anglais par Paul Couturiau, Paris, Gallimard, coll. « Folio ». « Comme dans *La Belle et la Bête*, le monstre y est un être repoussant et terrifiant, mais aussi une créature presque humaine ou trop humaine qui excite la compassion » ; « Le monstre, abandonné par son créateur Frankenstein, est expulsé ou s'expulse de la contrée des hommes [...] vers les territoires désertiques » (Pierre Lazlo, « Extase sublime et déclin de la nature. Notes sur le *Frankenstein* de Mary Shelley », *Revue des sciences humaines*, n° 188, 1982, p. 89 et 92).

14. Voir, entre autres, *Paris Match* à la date du 12 janvier 2011, via : www.parismatch.com.

15. Le rabbin Yehouda ben Betsabel, dit Rabbi Loew, décédé en 1609, théologien et pédagogue, est associé à la création du Golem. Cette créature juive a été reprise dans des contextes fort divers.

16. King Kong apparaît dans le film américain de 1933, il a été plusieurs fois repris dans des films fantastiques.

17. Gilbert Lascaux, article « Monstres », *Encyclopædia Universalis*, Paris, 2008, tome XVI.

18. Claire Stoulling, « Un titre, une exposition : *Beautés monstres* », in *Beautés monstres. Curiosités, prodiges et phénomènes*, sous la direction de Sophie Harent et Martial Guédron, Paris, Somogy/musée des Beaux-Arts de Nancy, 2009, p. 10.

19. Jean-Michel Delacomptée, « Ambroise Paré, l'œil exotique », in Ambroise Paré, *Discours de la Momie et de la Licorne*, Paris, Gallimard/Le Promeneur, 2011, p. 22-24. Du même auteur, on pourra lire : *Ambroise Paré. La main savante*, Paris, Gallimard, coll. « L'un et l'autre », 2007.

20. *Le Dictionnaire universel* d'Antoine Furetière, tome II, Paris, SNL/Le Robert, 1978.

21. *Ibid*.

22. Voltaire, *Dictionnaire philosophique*, tome VII, in *Œuvres complètes*, Paris, Dalibon libraire, 1825, p. 149-153. Cet article appartient à cet autre ouvrage de Voltaire : *Questions sur l'Encyclopédie* ; l'édition de Kehl des œuvres de Voltaire rassemblait les articles du *Dictionnaire philosophique*, ceux de *Questions sur l'Encyclopédie* et quelques autres ; l'édition de 1825 procède pareillement.

23. Jean-Pierre Raynaud, « Carnaval de Dieu. La dé-monstration selon Hugo », *Revue des sciences humaines*, n° 188, 1982, p. 34.

24. *Monstres, merveilles et créatures fantastiques*, sous la direction de Martial Guédron, Paris, Hazan,

2011, p. 305. Voir Jean-Jacques Courtine, « De Barnum à Disney », *Cahiers de médiologie*, n° 1, 1995, p. 73-81 (je remercie Gérard Foucher de l'Université populaire de Dijon de m'avoir fait connaître ce texte).

25. Nina Berberova, *Le Roseau révolté* [1958], traduit du russe par Luba Jurgenson, Arles, Actes Sud, 1988, p. 44.

26. *Monstres, merveilles et créatures fantastiques*, *op. cit.*, p. 319-321.

27. Shakespeare, *Macbeth*, traduit par Jean-Claude Sallé, V, 10, in *Œuvres complètes*, *Tragédies II*, Paris, Robert Laffont, coll. « Bouquins », 1995, p. 723.

28. Voir : www.licornedecluny.com/docdamlicorn.htm.

29. Une citation : « [...] Notre-Seigneur Jésus-Christ, licorne céleste, descendit dans le sein de la Vierge [...] » (Pierre de Beauvais, « Bestiaire », in *Bestiaires du Moyen Âge*, mis en français moderne et présentés par Gabriel Bianciotto, Paris, Stock, 1980, p. 39). Et cette autre citation : « [la licorne] est un animal extrêmement farouche, à tel point qu'on ne peut l'attraper que par l'entremise d'une vierge car alors il vient poser la tête sur son sein. Dans l'iconologie, c'est un symbole de l'immaculée conception » (Harry Muslich, *La Découverte du ciel*, traduit du néerlandais par Isabelle Rosselin avec la participation de Philippe Noble, Paris, Gallimard, 1999, p. 73).

30. Cet animal fabuleux a d'autres significations : « [...] il est pour l'homme à la fois l'emblème du Christ et celui du démon, ayant été déjà dans l'Antiquité la passion brutale et la sexualité primaire » (Yves Cazaux, « L'animal fabuleux », *Corps écrit*, n° 6, 1983, p. 22).

31. Shakespeare, *Macbeth*, V, 2, *op. cit.*, p. 709.

32. Suétone, *Vies des douze Césars*, traduction d'Henri Ailloud, Paris, Gallimard, coll. « Folio classique », 2010 (reprise d'une traduction originellement publiée par Les Belles Lettres, 1931-1932).

33. Racine, première préface à *Britannicus*, in *Œuvres complètes*, tome I, Paris, Gallimard, « Bibliothèque de la Pléiade », 1950, p. 385.

34. Suétone, *op. cit.*, p. 243, 246-247, 249, 251.

35. Extrait cité par Roger Quilliot dans la présentation qu'il a donnée de *Caligula*, in Albert Camus, *Théâtre, récits, nouvelles*, Paris, Gallimard, « Bibliothèque de la Pléiade », 1972, p. 1732.

36. Corneille, *Œuvres complètes*, Paris, Gallimard, « Bibliothèque de la Pléiade », 1980, tome I, p. 535-536. Voir la notice de Georges Couton, p. 1376-1382.

37. Jean-Honoré Fragonard, *Médée tuant ses enfants* (vers 1761), Ottawa, musée des Beaux-Arts du Canada.

38. Corneille, *Œuvres complètes*, Paris, Gallimard, « Bibliothèque de la Pléiade », 1984, tome II, p. 197.

39. *Ibid.*, p. 1285-1286.

40. Tite-Live, *Histoire romaine*, tome I, livre 1, texte établi par Jean Bayet et traduit par Gaston Baillet, Paris, Société d'édition des Belles Lettres, 1943, p. 79. Autre traduction, celle de Gérard Walter : *Historiens romains. Histoire de la République*, Paris, Gallimard, « Bibliothèque de la Pléiade », 1968, tome I, p. 86-87.

41. Jean-François Thomas, dit Thomas de Thomon, *Tullia conduisant son char sur le cadavre de son père* (1798), Ottawa, musée des Beaux-Arts du Canada.

42. Jean Serroy, préface, in Corneille, *Le Menteur. La Suite du Menteur*, Paris, Gallimard, coll. « Folio », 2000, p. 9.

43. Remy de Gourmont, *Lilith* suivi de *Théodat*, Paris, Société du Mercure de France, 1906, p. 52-53.

44. Drieu La Rochelle, *Charlotte Corday. Le Chef*, Paris, Gallimard, 12e édition, 1944, p. 74.

45. Voir Michel Onfray, *La Religion du poignard. Éloge de Charlotte Corday*, Paris, Galilée, 2009, p. 75.

46. Maria Àngels Anglada, *Le Violon d'Auschwitz*, traduit du catalan par Marianne Million, Paris, LGF, Le Livre de poche, 2010, p. 32, 34, 50, 55, 58, (éditions Stock, pour la traduction française).

47. Pierre Péju, *Le Rire de l'ogre*, Paris, Gallimard, 2005, p. 195.

48. Stéphane Courtois, « Les crimes du communisme », in *Le Livre noir du communisme*, Paris, Robert Laffont, 1997, p. 13-14.

49. Curzio Malaparte, *Le Bonhomme Lénine*, traduit de l'italien par Juliette Bertrand, Paris, Grasset, 1932, p. 6.

50. *Ibid.*, p. VIII, X, XI, XIII.

51. Voir Philip Short, *Pol Pot. Anatomie d'un cauchemar*, traduit par Odile Demange, Paris, Denoël, 2007.

52. Voir « Cambodge : au pays du crime déconcertant », in *Le Livre noir du communisme, op. cit.*, p. 632. Dans la note 1, p. 632, l'adjectif « monstrueux » est associé aux crimes commis par les Khmers rouges.

53. Douch, de son vrai nom Kaing Guek Eav, ex-professeur de mathématiques, a dirigé un centre de torture installé dans un lycée à Phnom Penh. Voir le film de Rithy Panh, *S. 21. La machine de mort khmère rouge*, de 2002.

54. Hannah Arendt, *Eichmann à Jérusalem. Rapport sur la banalité du mal*, traduction de l'anglais par Anne Guérin revue par Michelle-Irène Brudny de Launay, Paris, Gallimard, coll. « Folio », 2000 (texte de Hannah Arendt : 1963 ; texte français aux éditions Gallimard : 1966).

55. André François-Poncet, « Introduction », in *Les Lettres secrètes échangées par Hitler et Mussolini*, Paris, Éditions du Pavois, 1946, p. 7.

56. *Les Lettres secrètes échangées par Hitler et Mussolini, op. cit.*, p. 163.

57. Cité par Stéphane Courtois, in *Le Livre noir du communisme, op. cit.*, p. 16.

58. Pierre Klossowski, « Le Monstre » [publié dans *Acéphale*, n° 1, juin 1936], *Écrits d'un monomane*, Paris, Gallimard/Le Promeneur, 2001, p. 95.

59. Ce ne sont pas des succubes ni des incubes associés au mal. Une illustration : « Elle avait fermé les yeux, mais trop tard ; elle avait vu le monstre face à face, [...] elle l'avait vu, non plus façonné par le désir, mais déformé selon la réalité la plus étroite : il était si laid, avec sa face de bouc cruel, si laid et si bestial et ivre d'une volonté si précise et si basse, qu'elle s'indigna et se redressa » (Remy de Gourmont, « Le faune », in *Un cœur virginal*, suivi de *Histoires magiques*, Paris, Les Éditions du Carrousel, 1999, p. 286).

60. Hervé Cronel, compte rendu de l'ouvrage d'Adam B. Ulman, *Staline, l'homme et son temps*, *La Nouvelle Revue Française*, n° 303, 1er avril 1978, p. 127.

61. Tommy Robinson, fondateur de l'English Defence League, « a traité le terroriste norvégien de "monstre" », il a ajouté à Aarhus : « Il avait raison dans le sens où l'islam est une menace pour l'Europe » (Olivier Truc, « Un tueur sous influences », *Le Monde*, 14 avril 2012, Culture & idées, p. 7).

Lilith, du monstre femelle à la femme rebelle

1. Recueil anonyme rédigé en hébreu et en araméen autour du Xe siècle et considéré comme religieusement incorrect.

2. La « femme non liée » est un état qui a été théorisé par Nathalie Heinich dans *États de femme. L'identité féminine dans la fiction occidentale*, Paris, Gallimard, 1996. Il désigne l'état de celle qui échappe à l'ordre traditionnel et cumule ce qui auparavant était réparti entre trois états de femme distincts : l'indépendance économique, la vie sexuelle (la maîtresse, illégitime) et la reconnaissance sociale (la femme mariée, légitime). « La non-liée marque un nouvel état, impensable auparavant, où la femme peut être indépendante économiquement tout en ayant une vie sexuelle qui ne la coupe pas pour autant d'une vie sociale. » Ce nouvel état naît après la Première Guerre mondiale. Voir

aussi Nathalie Heinich, *Les Ambivalences de l'émancipation féminine*, Paris, Albin Michel, 2003.

3. Le Livre d'Isaïe, XXXIV, 14.

4. La Bible, traduction œcuménique, Paris, Le Livre de poche, Ancien Testament, vol. 1 et vol. 2.

5. Genèse, II, 22-25.

6. Voir aussi Jacques Bril, *Lilith ou la mère obscure*, Paris, Payot, 1981.

7. Catherine Halpern et Michèle Bitton, « Le mythe moderne », in *Lilith, l'épouse de Satan*, Paris, Larousse, 2010, chap. 6, p. 150. Citation du *Faust* de Goethe : « la plus ancienne évocation littéraire de Lilith ».

8. Remy de Gourmont, *Lilith*, Paris, Mercure de France, 1901.

9. Vladimir Nabokov, « Lilith », in *Poèmes et problèmes*, Paris, Gallimard, 1999.

10. Anaïs Nin, préface de *Vénus Erotica*, Paris, Le Livre de poche (n° 5441), 2008.

11. Anaïs Nin, *Vénus Erotica*, Paris, Stock, 1978.

12. Joumana Haddad, *Le Retour de Lilith*, Paris, L'Inventaire, 2007.

13. Alina Reyes, *Lilith*, Paris, Robert Laffont, 1999. Voir aussi : *Le Boucher*, Paris, Seuil, 1988, et *Charité de la chair. Le sexe et le sacré*, Paris, Presses de la Renaissance, 2010.

14. Voir l'édition récente : *Manifeste de la femme futuriste*, Paris, Mille et Une Nuits, 2005.

15. Mariella Righini, *Écoute ma différence*, Paris, Grasset, 1978.

16. Reza Baraheni, *Lilith*, Paris, Fayard, 2007.

17. Stéphane Hessel, *Indignez-vous !*, Montpellier, Indigènes, 2010.

Quand la raison vacille : démon(s)trer l'incongru

1. André Chastel, *Fables, Formes, Figures*, 2 vol., Paris, Flammarion, coll. « Idées et Recherches », 1978 ;

voir aussi : Pierre Francastel, *La Figure et le Lieu*, Paris, Gallimard, NRF, 1967.

2. Giambattista Marino (Naples, 1569-1625) a écrit *L'Adone*, c'est-à-dire l'histoire d'Adonis et de Vénus (1623). Il est le père de la doctrine du *concetto*, dite aussi « marinisme », à la cour de Marie de Médicis et d'Henri IV. Il fut l'ami de Du Bartas, de Voiture, de Madeleine de Scudéry, de Jean-Louis Guez de Balzac.

3. C'est, en particulier, le cas du *Rhinocéros* de Dürer, qui sera représenté de très nombreuses fois aux XVIe et XVIIe siècles en gravure, parfois coloriée, en bas relief sur une porte du Duomo de Pise et dans la grotte dite des Animaux de la Villa di Castello à Florence. Voyez encore l'une des nombreuses éditions de la *Cosmographia* de Sebastian Münster ou de l'*Historia animalium* de Conrad Gessner. Et n'oubliez pas de rendre visite au *Rinoceronte vestido con puntillas* (« Rhinocéros en dentelles ») que Salvador Dali « sculpta » en 1956 et que l'on peut voir à Puerto José Banús, Marbella.

4. Voyez la traduction française : *Piero della Francesca. De la perspective en peinture*, traduction du toscan du *De prospectiva pingendi*, introduction et notes, avec une préface d'Hubert Damisch et une postface de Daniel Arasse, Paris, In Medias Res, 1998. Réédition, Paris, 2005.

5. Avec le spectacle que ce monde donnera de lui-même ou de ses fallacies grâce à la lanterne magique dont d'aucuns vont bientôt se saisir pour séduire par l'image : je n'invente rien, la chose ou plutôt son usage dans cette intention apparaît dès le XVIIe siècle chez le jésuite Athanase Kircher, ardent contre-réformateur, qui se propose de projeter des images pour réjouir – donc séduire –, ou dessiller les yeux des fidèles, *ad majorem Dei gloriam* (« pour la plus grande gloire de Dieu »)...

6. Leonardo da Pisa (ou Pisano, Léonard de Pise), dit Fibonacci (vers 1175-vers 1250) est un mathématicien italien, fils d'un commerçant, qui vécut en partie

en Algérie, à Bougie, où résidait son père, Guilielmo Bonacci. Il ramena de ce séjour les éléments nécessaires à l'introduction de l'algèbre arabo-musulman en Europe occidentale, en particulier les chiffres arabes (peut-être apparus sous d'autres formes deux siècles auparavant, du temps de Gerbert d'Aurillac, le Pape de l'an mil). L'attribution du nom de Fibonacci (fils de Bonacci) semble posthume : Leonardo se faisait plutôt appeler Bigollo (« le voyageur »).

7. Fig. 35 *bis* et 35 *ter*, p. 141-142 de l'ouvrage en question, dans la réédition : Paris, Dervy, 1981.

8. Dans cette note 22, *ibidem*, on peut lire : « Éd. Bong, Paris. ». NDLA : s. d. : en 4 vol. (1908-1910).

9. Dans notre exemple de la médiatrice, l'objet à construire est défini comme le *lieu* des points équidistants de deux points *A* et *B* donnés distincts dans un plan, c'est-à-dire un ensemble conçu comme pouvant être décrit, voire parcouru, point par point ; et on parlera alors de la médiatrice d'une ligne droite au sens euclidien du terme, à savoir ce que nous appelons aujourd'hui un segment de droite limité par ses deux extrémités *A* et *B*.

10. La logistique est à l'origine l'art de compter.

11. *I. e.* dont on ne peut montrer la fausseté, par exemple en raisonnant par l'absurde, c'est-à-dire en faisant l'hypothèse contraire pour aboutir à une contradiction.

Femmes criminelles : les mères infanticides

1. Direction de l'Administration pénitentiaire, statistique mensuelle de la population écrouée et détenue en France, situation au 1er novembre 2009.

2. D'après l'ouvrage collectif : *Figures de femmes criminelles. De l'Antiquité à nos jours*, de Loïc Cadiet, Frédéric Chauvaud, Claude Gauvard, Pauline Schmitt Pantel et Myriam Tsikounas, Paris, Publications de la Sorbonne, mars 2010.

3. Florence Dupont, *Médée de Sénèque. Ou comment sortir de l'humanité*, Paris, Belin, 2000.

4. Cité par Jean Delumeau, *La Peur en Occident. XIVe-XVIIIe siècle, une cité assiégée* (chapitre « Les agents de Satan »), Paris, Fayard, 1978.

5. *Le Deuxième Sexe*, tome II, p. 290 à 343 de l'édition originale : Paris, Gallimard, 1949.

6. *Ibid.*, p. 301.

7. *Ibid.*, p. 307.

Sur un prétendu divin marquis...

1. Cet article synthétise des hypothèses développées dans un livre à paraître sous le titre *La Passion de la méchanceté. Sur un prétendu divin marquis*.

Le nouveau monstre moral : l'abolition du libre arbitre

1. On appellera « monstre » l'agent du mal, le champion de la barbarie, conscient de ses actes et persévérant dans son œuvre mauvaise. On le distinguera de qui a participé à la barbarie sans le savoir ou à son corps défendant, s'est retrouvé les « mains sales » et s'en tourmente (tel l'Allemand du *Silence de la mer*, de Vercors).

2. Il relève en fait de ce que j'appelle, faute de mieux, la « littérature documentaire » : à charge pour nous d'entendre dans l'oxymore le double échec, littéraire et documentaire.

3. Adolf Eichmann est un haut fonctionnaire qui a assuré la logistique de la « solution finale » : il a administré le transport des déportés vers les camps de la mort.

4. Christophe Dejours, dans *Souffrance en France* (Paris, Seuil, 1998) notamment, commente la manière dont la division du travail conforte cet abandon de notre responsabilité envers autrui.

5. La voix auctoriale ou voix de l'auteur, comme son nom l'indique, fait autorité.

6. Voir à ce propos « Propagande, publicité et désinformation », conférence prononcée à l'Université de tous les savoirs en 2000 par Serge Tisseron.

7. On n'invoquera pas l'alibi de la « liberté du romancier » : ce serait pure sophistique dans un ouvrage qui prétend tirer sa respectabilité de la valeur documentaire.

8. Ils n'étaient pas écorchés vifs.

9. Le phénomène fut marginal, il ne dit pas l'intentionnalité de la structure concentrationnaire.

10. Nous savons désormais que notre humanité, elle aussi, se réinvente et se redéfinit dans l'histoire, que de nouvelles structurations institutionnelles et symboliques de nos sociétés réinventent incessamment, au cœur de l'intime, la manière dont nous vivons notre corps et notre cœur, notre identité, notre vocation d'humains. Pour ceux qui en douteraient, il faudrait revenir aux propos de Régis Debray et à la discipline médiologique qu'il a initiée. Quant au prétendu pouvoir contraignant de notre patrimoine génétique, il n'est que d'écouter les analyses proposées par la morphogénétique d'Alain Prochiantz pour savoir que l'expression du génome est liée à l'histoire individuelle, que « c'est naturellement que l'homme est anaturel ».

11. Polynice, fils d'Œdipe, a été tué par son frère Étéocle. Créon a interdit qu'on donne à ce prince rebelle (il a dressé sept princes contre Thèbes) une sépulture. Son cadavre pourrit au soleil.

12. Elle réduit aussi la justice à sa fonction sécuritaire : en atteste la manière dont la « dangerosité » du criminel, depuis 2008, peut faire obstacle à sa remise en liberté, en négation des principes du droit.

13. À cet égard, les analyses falsificatrices de Lucien Goldmann qui, dans *Le Dieu caché* (1955), traite (maltraite) et *Les Pensées* de Pascal et le théâtre de Racine, ont joué un rôle catastrophique.

14. Ce n'est pas par hasard que, dans *Race et Histoire*, Lévi-Strauss décalque le « chacun appelle barbarie ce qui n'est pas de son usage » de Montaigne. L'affirmation selon laquelle « le barbare, c'est celui qui croit à la barbarie » rappelle à ceux qui ont découvert tardivement et de manière fragile l'universalité de l'idée d'humanité leur devoir de fidélité à cette découverte.

15. La formule, qu'on doit à Jean-François Lyotard, englobe à la fois les grands récits de la modernité, au premier rang desquels on trouve la croyance dans le sens de l'histoire, mais aussi toutes les utopies et tous les utopismes, tous les systèmes d'explication de l'histoire qui ont nourri les engagements militants. On se défie aujourd'hui des idéologies et des utopies parce qu'elles sont réputées avoir nourri la barbarie du XXe siècle. Cette défiance peut nourrir les renoncements contemporains, voire ce que j'appellerai le nihilisme d'aujourd'hui.

16. Voir à ce propos Enzo Traverso, *Le Passé, mode d'emploi : histoire, mémoire, politique*, Paris, La Fabrique, 2005.

17. On peut, pour échapper à la vision d'une culpabilisation doloriste, lire avec profit le petit ouvrage de Derrida, *Donner la mort* (Paris, Galilée, 1992). Il y affirme que, étant voués à venir en aide à tous les autres, étant confrontés à l'impossibilité d'accomplir ce devoir, nous nous trouvons incessamment sommés de trahir ou d'abandonner soit l'un soit l'autre. Écouter un enfant, c'est aussi laisser l'autre enfant à lui-même ; nourrir un affamé, c'est aussi laisser un autre affamé mourir de faim. En prendre conscience ne conduit pas tant à battre sa coulpe qu'à empêcher la bonne conscience qui pervertit la charité, et à retrousser ses manches...

18. René Girard, *Le Bouc émissaire*, Paris, Grasset, 1982.

Pour un monstre : la fabuleuse, édifiante et sentimentale histoire de l'« Artsenal »

1. Je remercie chaleureusement Sophie Rouffio, notre mémoire à tous. Et Karole Reyes et Blandine Béchet. Seuls quelques noms me reviennent en mémoire : Gary Breunig, Chong Jae-Kyoo, Philippe Desloubières, Christina Elinesco, Florentin Tanas, Philippe Fabian, Philippe Daubry, Hong Soon-Myung, Jang Seung-Taik, Kim Hyung-Hi, Kim Nam-Yong, Kim Sun-Tae, Kim Sung-Tai, Kim Tae-Jung, Kwak Soo-Young, Kwun Sun-Cheol, Lee Bae, Lee Sang-Woo, Jean Gabriel Lopez, Lui Cu-Rie, Pak Dong-Il, Park Seung-Soon, Satoru Sato, Shin Hye-Kyung, Simon Shandor, Frédéric Vade, Yang Din...

L'État, le plus froid de tous les monstres froids

1. Friedrich Nietzsche, *Aurore* (1881), Paris, Gallimard, coll. « Folio », 1989.
2. Friedrich Nietzsche, *Ainsi parlait Zarathoustra* (1885), Paris, LGF-Le Livre de poche, 2008.
3. Friedrich Nietzsche, *Vérité et mensonge au sens extra-moral* (1873), Arles, Actes Sud-Babel, 2002.
4. Pour en savoir plus sur Nietzsche, voir : Dorian Astor, *Nietzsche*, Paris, Gallimard, coll. « Folio », 2011 ; Daniel Halévy, *Nietzsche*, Paris, Hachette Littératures, 1986 ; et Patrick Wolting, *Nietzsche et le problème de la civilisation*, Paris, PUF, 1999.
5. Friedrich Nietzsche, *Par-delà le bien et le mal* (1886), Paris, Gallimard, coll. « Folio », 1987.
6. Blaise Pascal, *Pensées sur la politique*, Paris, Rivages, coll. « Rivages-Poche », 1992.
7. Friedrich Nietzsche, *Humain, trop humain* (1878), Paris, Gallimard, coll. « Folio », 1987.

Le basculement du monde, un monde mort-vivant

1. Voir, par exemple, *Enjeux. Les Échos* de juillet-août 2011, intitulé fort justement : « 1848, le premier printemps des peuples ».

2. Eric Hobsbawm, *L'Âge des extrêmes. Le court XXe siècle, 1914-1991*, Complexe-*Le Monde diplomatique*, Bruxelles-Paris, 1999.

3. *La Nuit des morts-vivants,* film de George A. Romero, sorti en 1968. Le pessimisme de l'auteur s'est trouvé combattu par le mouvement révolutionnaire qui a agité la France, notamment cette année-là. Comme quoi, cette « France qui s'ennu[yait] », pour reprendre le titre de l'éditorial de Pierre Viansson-Ponté dans *Le Monde* de l'avant Mai 68, avait su faire la démonstration de son réveil.

4. Même Joan Baez participe de cette mascarade en déclarant : « La mobilisation était plus facile avant. » Avant quoi ? Avec qui ? Pourquoi ?

5. Paul Krugman, économiste américain et prix Nobel – titre qui lui a été attribué, mais le Nobel d'économie n'existe pas –, affirme que la priorité ne peut pas être la lutte contre les déficits mais contre le chômage. Il veut mettre au premier rang des préoccupations des gouvernements la création d'emplois, notamment pour les jeunes. Le débat aux États-Unis s'est concentré durant l'année 2011 sur la politique de Roosevelt en 1937. Avait-il eu ou non raison de mettre en œuvre la politique de grands travaux passant par l'électrification de la vallée du Tennessee ? Le Tea Party répond non, Krugman argumente pour le oui. En arrière-fond, la peur de la prochaine récession qui pourrait être plus profonde que celle de 2008-2009.

6. Dans le poème « L'expiation » du recueil *Les Châtiments* (1853) : « Soudain, joyeux, il dit : Grouchy ! – C'était Blücher/L'espoir changea de camp, le combat changea d'âme »... Et cet « horizon sombre comme la

mer », c'était aussi le nôtre. La défaite face au libéralisme est un Waterloo de grande ampleur.

7. Il serait trop long, dans ce cadre, de développer sur les changements d'organisation du travail à l'intérieur et à l'extérieur des unités de production, passant par la destruction des « bastions » ouvriers, dont l'emblème était les usines Renault, appelées « forteresses ouvrières ». Désormais, les unités de production sont, au plus, de deux cents salariés. La contradiction de la centralisation des informations et de la décentralisation des unités de production se trouve résolue par la mise en œuvre de la troisième révolution scientifique et technique : l'informatique et l'électronique.

8. Voir Naomi Klein, *La Stratégie du choc*, Arles, Actes Sud, 2008 ; un film documentaire du même nom en a été tiré (2010).

9. John Maynard Keynes, économiste britannique, écrit son ouvrage le plus connu en 1936 : *La Théorie générale de l'emploi, de l'intérêt et de la monnaie* – traduction très approximative en français. Il propose des solutions pour sortir de la dépression des années 1930, qui passent par la hausse des revenus pour relancer l'activité économique. Il révolutionnera aussi l'enseignement des sciences économiques. Il sera l'inspirateur des politiques économiques suivies dans les années dites des « Trente Glorieuses » (de 1944-1945 à 1974-1975). Il défend l'intervention de l'État pour lutter contre les équilibres de sous-emploi.

10. Voir Nicolas Béniès, *Marx, le capitalisme et les crises*, Montreuil, Éditions La Ville brûle, 2010.

11. Pour comprendre ces produits financiers et appréhender les crises, voir Nicolas Béniès, le *Petit Manuel de la crise financière et des autres*, Paris, Syllepse, 2009.

12. Tout le monde – tous les opérateurs financiers – sait, avant la crise d'août 2007, que les ménages américains ne pourront pas payer... à un moment donné !

13. Une Sicav est une société d'investissement à capital variable. Son capital est constitué d'un portefeuille de titres qui évolue au gré des cotations, soit à la Bourse soit sur un marché financier ou monétaire. Une Sicav monétaire est, en général, liée aux taux d'intérêt du marché à court terme et, comme tel, dépendant de celui de l'institut d'émission. Elle est – était, avant la crise d'août 2007 dite des *subprimes* – considérée comme plus sûre, même si elle rapporte moins. Elle est recommandée par les banquiers aux petits épargnants. Dans la crise financière de 2007, la surprise a été grande de constater que les montages financiers type CDO (*Collateralized Debt Obligation*) ou autres « véhicules » dits d'investissements structuré (SIV en anglais) incluaient les Sicav monétaires pour obtenir la note triple A maximum des agences de notation. Du coup, les petits épargnants comme les petits propriétaires ont été les victimes de cette première phase de la crise financière.

14. Pour *Collateralized Debt Obligation* (en français, « obligation adossée à des actifs »), ce qui ne dit pas de quoi sont composés ces titres, ces produits financiers. On parlera aussi de « véhicules d'investissements structurés », SIV en anglais.

15. Traduction française : Paris, Sonatine, 2010. Michael Lewis, journaliste économique, est aussi un ancien trader. En anglais, l'enquête s'intitule *The Big Short*. Être *short* sur les marchés financiers signifie jouer à l'inverse de la tendance générale. Ainsi, alors que les CDO étaient l'objet de spéculation à la hausse, les *shorters* jouaient la baisse via les produits d'assurance, les CDS – *Credit Default Swap*. Bizarrement, les CDS sont cotés alors qu'ils ne représentent aucune opération, ni financière ni réelle. Ils sont liés à une opération de prêt et assurent le créancier contre le défaut de paiement du débiteur.

16. À l'automne 2012, Christine Lagarde est directrice générale du FMI, elle a changé de langage. La fonction crée l'organe...

17. Après le krach d'août 2011, se retrouve cette même intervention.